探偵《たんてい》チームKZ《カッズ》事件《じけん》ノート

コンビニ仮面《かめん》は知《し》っている

藤本《ふじもと》ひとみ／原作《げんさく》
住滝《すみたき》 良《りょう》／文《ぶん》 駒形《こまがた》／絵《え》

講談社 青い鳥文庫

もくじ

おもな 登場人物《とうじょうじんぶつ》

立花《たちばな》 彩《あや》
この物語《ものがたり》の主人公《しゅじんこう》。中学《ちゅうがく》1年生《ねんせい》。高校《こうこう》3年生《ねんせい》の兄《あに》と小学《しょうがく》2年生《ねんせい》の妹《いもうと》がいる。「国語《こくご》のエキスパート」。

黒木《くろき》 貴和《たかかず》
背《せ》が高《たか》くて、大人《おとな》っぽい。女《おんな》の子《こ》に優《やさ》しい王子様《おうじさま》だが、ミステリアスな一面《いちめん》も。「対人関係《たいじんかんけい》のエキスパート」。

上杉《うえすぎ》 和典《かずのり》
知的《ちてき》でクール、ときには厳《きび》しい理論派《りろんは》。数学《すうがく》が得意《とくい》で「数《かず》の上杉《うえすぎ》」とよばれている。

小塚《こづか》 和彦《かずひこ》
おっとりした感《かん》じで優《やさ》しい。社会《しゃかい》と理科《りか》が得意《とくい》で「シャリ(社理《しゃり》)の小塚《こづか》」とよばれている。
若武《わかたけ》 和臣《かずおみ》
サッカーチームKZ《カッズ》のエースストライカーであり、探偵《たんてい》チームKZ《カッズ》のリーダー。目立《めだ》つのが大好《だいす》き。
七鬼《ななき》 忍《しのぶ》
彩《あや》の中学《ちゅうがく》の同級生《どうきゅうせい》。妖怪《ようかい》の血《ち》をひく一族《いちぞく》の末裔《まつえい》。IT《アイティー》の天才《てんさい》で、人工知能《じんこうちのう》の開発《かいはつ》を手《て》がける。
美門《みかど》 翼《たすく》
彩《あや》のクラスにやってきた美貌《びぼう》の転校生《てんこうせい》。鋭《するど》い嗅覚《きゅうかく》の持《も》ち主《ぬし》で、KZ《カッズ》のメンバーに加《くわ》わった。

1　この本《ほん》を、初《はじ》めて読《よ》んでくださる方々《かたがた》へ

初《はじ》めまして、私《わたし》、立花彩《たちばなあや》です。

中学《ちゅうがく》1年生《ねんせい》で、進学塾《しんがくじゅく》の秀明《しゅうめい》ゼミナールに通《かよ》っています。

その秀明《しゅうめい》の仲間《なかま》で「探偵《たんてい》チームKZ《カッズ》」を結成《けっせい》したのは、小《しょう》6の時《とき》。

ある事件《じけん》に巻《ま》きこまれ、それを解決《かいけつ》するために発足《ほっそく》したチームだったのですが、今《いま》では積極的《せっきょくてき》に事件《じけん》を捜《さが》して解決《かいけつ》しています。

KZ《カッズ》のメンバーは、全部《ぜんぶ》で7人《にん》。

それぞれが特技《とくぎ》を持《も》っていて、それをフルに発揮《はっき》すると、私《わたし》たち探偵《たんてい》チームKZ《カッズ》は無敵《むてき》なんだ。

リーダーは、若武和臣《わかたけかずおみ》。

サラサラの髪《かみ》で、ちょっとキザで、でも運動神経抜群《うんどうしんけいばつぐん》、そして目立《めだ》ちたがり屋《や》。

特技《とくぎ》は、素晴《すば》らしいリーダーシップと、えっと・・・詐欺師《さぎし》の能力《のうりょく》、かな。

6人《にん》のメンバーは、上杉和典《うえすぎかずのり》、小塚和彦《こづかかずひこ》、黒木貴和《くろきたかかず》、美門翼《みかどたすく》、七鬼忍《ななきしのぶ》、そして私《わたし》。

上杉君《うえすぎくん》は、数学《すうがく》が断《だん》トツだから、「数《かず》の上杉《うえすぎ》」と呼《よ》ばれている。

宇宙《うちゅう》の成《な》り立《た》ちも数式《すうしき》で証明《しょうめい》できるんだって言《い》ってるけど、ほんとかな。

数学《すうがく》の他《ほか》にも、心理学《しんりがく》や病理学《びょうりがく》に詳《くわ》しいんだ。

性格《せいかく》は、クールで理知的《りちてき》。

突慳貪《つっけんどん》だから冷《つめ》たく見《み》える時《とき》もあるけど、根《ね》は優《やさ》しいんだよ。

小塚君《こづかくん》は、社会《しゃかい》と理科《りか》の知識《ちしき》がすごい。

地理《ちり》にも歴史《れきし》にも明《あか》るいし、動植物《どうしょくぶつ》はもちろん、昆虫《こんちゅう》でも、岩石《がんせき》でも、星座《せいざ》でも、つまり人間《にんげん》社会《しゃかい》と自然界《しぜんかい》のあらゆることを知《し》ってるんだ。

それなのにちっとも威張《いば》ったりせず、のんびり屋《や》さん。

KZ《カッズ》の中《なか》では、一番《いちばん》の癒《い》やし系《けい》だよ。

黒木君《くろきくん》はね、女子《じょし》の心《こころ》をとらえる魔術師《まじゅつし》。

あ、男子《だんし》や大人《おとな》ともつながりをキープしてて、その交友関係《こうゆうかんけい》の広《ひろ》さは驚異的《きょういてき》なんだ。

家庭環境《かていかんきょう》は謎《なぞ》で、どことなく哀《かな》しげな目《め》をしている。

とても神秘的《しんぴてき》で、大人《おとな》っぽい感《かん》じのする男《おとこ》の子《こ》だよ。

翼《たすく》は、比較的新《ひかくてきあたら》しいメンバー。

誰《だれ》もがうっとりするような完璧《かんぺき》な美貌《びぼう》を持《も》っていて、万能型《ばんのうがた》の天才《てんさい》。

とりわけすごいのは、どんな匂《にお》いも嗅《か》ぎ分《わ》けられること。

KZ《カッズ》の調査《ちょうさ》には、すごく便利《べんり》なんだ。

でも日常生活《にちじょうせいかつ》では、感《かん》じすぎてつらいみたいで、いつもマスクをかけてる。

忍《しのぶ》は、KZ《カッズ》に一番最後《いちばんさいご》に入《はい》ってきたメンバー。

IT《アイティー》関係《かんけい》に強《つよ》くて、どんなアプリも作《つく》れるし、パソコンも自由自在《じゆうじざい》に操《あやつ》るイマドキ少年《しょうねん》。

実家《じっか》は、三重県《みえけん》の伊勢志摩《いせしま》にあって、平安時代《へいあんじだい》から続《つづ》く豪族《ごうぞく》の末裔《まつえい》なんだって。

そのせいかどうか霊感《れいかん》を持《も》ってて、悪霊退治《あくりょうたいじ》もできるんだ。

でも一時期《いちじき》引《ひ》きこもりだったせいで、常識《じょうしき》から外《はず》れてるし、空気《くうき》も読《よ》めない。

無邪気《むじゃき》なところがあるから、誰《だれ》も怒《おこ》らないけれどね。

そして私《わたし》は、国語《こくご》が得意《とくい》。

だから探偵《たんてい》チームKZ《カッズ》では、書記《しょき》をしています。

今《いま》まで解決《かいけつ》してきた数々《かずかず》の事件《じけん》は、私《わたし》が全部《ぜんぶ》、事件《じけん》ノートに記録《きろく》してあるんだ。

KZ《カッズ》のメンバーは皆《みな》、個性《こせい》が強《つよ》いから、仲《なか》のいい時《とき》ばかりじゃない。

ケンカも始終《しじゅう》だし、分裂《ぶんれつ》の危機《きき》にさらされることも、ある。

でも私《わたし》は、このチームが大好《だいす》き。

きっと皆《みんな》も、そうなんだ。

だからケンカしても、いつの間《ま》にか元《もと》に戻《もど》って、また事件《じけん》を追《お》っている。

そんな関係《かんけい》が、私《わたし》は、すごく気《き》に入《い》っています。

いつまでもいつまでもＫＺ《カッズ》が続《つづ》きますようにって、祈《いの》ってもいる。

ではこれから、探偵《たんてい》チームＫＺ《カッズ》に起《お》こった、もっとも最近《さいきん》の事件《じけん》について、詳《くわ》しくお話《はな》しします。

読《よ》んでね！

2 奇妙《きみょう》な微笑《ほほえ》み

「あ、ごめん、」

私《わたし》が思《おも》わずそう言《い》ったのは、教室《きょうしつ》を出《で》ようとして、向《む》こうから入《はい》ってこようとしていたクラスメイトと鉢合《はちあ》わせしそうになったからだった。

「ごめんね！」

相手《あいて》は、中屋敷久美《なかやしきくみ》さん、通称《つうしょう》は久美《くみ》っち。

私《わたし》は今《いま》まで、ほとんど話《はな》したことがない。

席《せき》も遠《とお》いし、それに久美《くみ》さんは佐田真理子《さたまりこ》のグループの1人《ひとり》なんだ。

派手《はで》でおしゃれで、進《すす》んでる女子《じょし》が集《あつ》まっているグループで、お昼休《ひるやす》みに、よく大《おお》きな声《こえ》で話《はな》している。

男子《だんし》と付《つ》き合《あ》ってる子《こ》も多《おお》いみたい。

久美《くみ》さん自身《じしん》は、グループの中《なか》では目立《めだ》たない方《ほう》、かな。

「あ、こっちこそごめんね。」

そう言《い》って久美《くみ》さんは、ニッコリ笑《わら》った。

その時《とき》、私《わたし》は初《はじ》めて、久美《くみ》さんの笑顔《えがお》を正面《しょうめん》から見《み》たんだ。

なんか・・・不思議《ふしぎ》な感《かん》じがした。

どこといって変《へん》なところがあるわけじゃなかったんだけれど、何《なん》となく腑《ふ》に落《お》ちないっていうか、奇妙《きみょう》な感《かん》じを受《う》けたから。

なぜそんなふうに感《かん》じるのか、自分《じぶん》でもよくわからなかった。

で、そのまま教室《きょうしつ》を出《で》て、文芸部室《ぶんげいぶしつ》に向《む》かったんだ。

でも違和感《いわかん》がずっと消《き》えず、心《こころ》の中《なか》にいつまでもその笑顔《えがお》が残《のこ》っていた。

はて、どうしたんだろう、私《わたし》。

そう考《かんが》えていたその時《とき》、これが驚《おどろ》くような大事件《だいじけん》の始《はじ》まりになるなんて、思《おも》ってもいなかったんだ、ほんと。

＊

「立花《たちばな》です、入《はい》ります。」

文芸部室《ぶんげいぶしつ》の前《まえ》でノックしながら声《こえ》をかけ、返事《へんじ》をもらってからドアを開《あ》ける。

中《なか》では土屋部長《つちやぶちょう》と内藤副部長《ないとうふくぶちょう》、それに2人《ふたり》の部員《ぶいん》が、大《おお》きな机《つくえ》に載《の》せたそれぞれのパソコンに向《む》かって執筆中《しっぴつちゅう》だった。

私《わたし》も、窓辺《まどべ》の棚《たな》の上《うえ》に置《お》いてあるノートパソコンを1台取《だいと》り上《あ》げ、空《あ》いている所《ところ》に座《すわ》る。

パソコンを立《た》ち上《あ》げてワードを開《ひら》き、自分《じぶん》の好《この》みの字数《じすう》にセッティングした。

で・・・1字《じ》も書《か》かれていない画面《がめん》を見《み》つめながら、考《かんが》える。

私《わたし》・・・何《なに》を書《か》けばいいんだろう。

言葉《ことば》が好《す》きで、それを通《つう》じて世界《せかい》を広《ひろ》げたり、いろんな人《ひと》とつながったりしたくて、小説《しょうせつ》を書《か》いてみようって思《おも》いついて・・・1作目《さくめ》は何《なん》とか書《か》いた。

それが入部試験《にゅうぶしけん》だったものだから、もう必死《ひっし》で。

だけど次《つぎ》に書《か》くことが、もうない感《かん》じ。

もしかして私《わたし》、全部出《ぜんぶだ》しつくしてしまったのかも。

そっと周《まわ》りを見回《みまわ》せば、皆《みな》、食《く》い入《い》るように自分《じぶん》の画面《がめん》を見《み》つめている。

誰《だれ》もが、もう完全《かんぜん》に2次元《じげん》の人間《にんげん》に成《な》り切《き》っていて、私《わたし》はつくづくと感心《かんしん》した。

やっぱこうでなくっちゃ、小説《しょうせつ》なんて書《か》けないよね。

私《わたし》も集中《しゅうちゅう》しよう、集中《しゅうちゅう》！

とは思《おも》うものの・・・ちっともできず、I《アイ》 can《キャン》 not《ノット》。

思《おも》わず溜《た》め息《いき》が出《で》てしまった。

今《いま》までの人生《じんせい》で、私《わたし》、KZ《カッズ》活動《かつどう》を除《のぞ》けば、小説《しょうせつ》になるような経験《けいけん》ってしたことがないからなぁ。

KZ《カッズ》で扱《あつか》った事件《じけん》を書《か》くしかないのだろうか。

そう思《おも》った瞬間《しゅんかん》、頭《あたま》の中《なか》を砂原《すなはら》の顔《かお》が横切《よこぎ》った。

砂原《すなはら》と初《はじ》めて出会《であ》ったのは、「卵《たまご》ハンバーグは知《し》っている」の頃《ころ》。

紆余曲折《うよきょくせつ》の激《はげ》しいその人生《じんせい》は、まさに劇的《げきてき》のひと言《こと》。

ドラマティックで、小説《しょうせつ》にぴったり！

といって私《わたし》がそれを書《か》いていいものかどうか疑問《ぎもん》だったけれど、苦《くる》し紛《まぎ》れに、とりあえず砂原《すなはら》翔《かける》と文字《もじ》を打《う》ってみた。

続《つづ》けて、その容姿《ようし》と性格《せいかく》を書《か》く。

砂原《すなはら》とはクリスマスや、バレンタインやハロウィンなんかでいろんな接触《せっしょく》をしてきたから、書《か》くことはたくさんあった。

エピソードも色々《いろいろ》と覚《おぼ》えていたしね。

懐《なつ》かしく思《おも》い出《だ》しながらキーを打《う》っていると、ささやくような声《こえ》が耳《みみ》に忍《しの》びこんだ。

「砂原《すなはら》って、誰《だれ》!?」

ぎゃっ！

振《ふ》り返《かえ》れば、いつの間《ま》にか片山悠飛《かたやまゆうひ》が、私《わたし》のすぐ後《うし》ろに立《た》っていた。

「よ！　久《ひさ》しぶり。」

私《わたし》は焦《あせ》ってパソコンの蓋《ふた》を閉《し》める。

「その『砂原君《すなはらくん》』に、随分思《ずいぶんおも》い入《い》れ深《ふか》いみたいだけど、」

ドキリとするくらいきれいな目《め》で、こちらをのぞきこむ。

「どーゆー関係《かんけい》？」

私《わたし》は閉《と》じたパソコンの上《うえ》に、顔《かお》を俯《ふ》せた。

「人《ひと》に知《し》られたくない関係《かんけい》。」

悠飛《ゆうひ》の声《こえ》が聞《き》こえる。

「へぇ、アブない関係《かんけい》なんだ。」

違《ちが》うっ！

「じゃ言《い》いふらそっと。」

だから、違《ちが》うってば!!

ムッとして顔《かお》を上《あ》げると、目《め》に涙《なみだ》を浮《う》かべて笑《わら》っている悠飛《ゆうひ》が見《み》えた。

「からかうと、超《ちょう》おもしれ。」

ふん。

「悠飛《ゆうひ》、うるさいよ。」

土屋部長《つちやぶちょう》が言《い》った。

「皆《みんな》の邪魔《じゃま》だろ。」

片山悠飛《かたやまゆうひ》は、私《わたし》と同《おな》い年《どし》。

でも全国中学生文芸大会《ぜんこくちゅうがくせいぶんげいたいかい》で入賞《にゅうしょう》した才能《さいのう》の持《も》ち主《ぬし》で、それを買《か》われて文芸部《ぶんげいぶ》の顧問《こもん》をしているんだ。

同時《どうじ》に、野球部員《やきゅうぶいん》でもある。

新玉中央《しんたまちゅうおう》リトルに所属《しょぞく》していた時《とき》には、4番《ばん》でスラッガー。

野球《やきゅう》に縁遠《えんどお》いKZ《カッズ》メンバー若武《わかたけ》や上杉君《うえすぎくん》にも名前《なまえ》を知《し》られていたほどのエースなんだ。

今《いま》は、体調《たいちょう》を崩《くず》して休部中《きゅうぶちゅう》だけどね。

そして、なんといっても学年1《がくねんいち》のモテ男《お》！

顔《かお》きれいだし、爽《さわ》やかで、カッコいい。

私《わたし》も、「危《あぶ》ない誕生日《たんじょうび》ブルーは知っている」で出会《であ》った瞬間《しゅんかん》、自分《じぶん》の好《この》みにぴったりだって思《おも》ったくらい。

事件《じけん》を通《つう》じて性格《せいかく》もよくわかって、やっぱこれはモテるよね、モテないはずがないって確信《かくしん》した。

で、ちょっとは親《した》しくなったんだけれど、悠飛《ゆうひ》はいつも冗談《じょうだん》ばっか言《い》ってるから、本当《ほんとう》の気持《きも》ちがてんで摑《つか》めない。

どこまでが本気《ほんき》なのか、まるっきりわからないんだ。

だから近《ちか》づくと、火傷《やけど》しそうで恐《こわ》い。

悠飛《ゆうひ》も、心《こころ》に入《はい》りこまれるのは嫌《いや》みたいだから、今《いま》はお互《たが》い、ほどほどの距離《きょり》を保《たも》っている感《かん》じ。

これからは・・・不明《ふめい》だけど。

「部室《ぶしつ》では、静《しず》かに。」

土屋部長《つちやぶちょう》の声《こえ》を聞《き》きながら、悠飛《ゆうひ》は私《わたし》を見《み》た。

「ほら立花《たちばな》、怒《おこ》られてるぞ。」

私《わたし》じゃないっ！

悠飛《ゆうひ》をにらんだ私《わたし》の隣《となり》で、内藤副部長《ないとうふくぶちょう》がはっとしたように立《た》ち上《あ》がる。

「あ、図書室《としょしつ》が閉《し》まる前《まえ》に本返《ほんかえ》しとかなくっちゃ。誰《だれ》か、一緒《いっしょ》に持《も》ってってくれない？」

私《わたし》はすぐに手《て》を上《あ》げた。

「行《い》きます。」

パソコンの前《まえ》に座《すわ》ってても捗々《はかばか》しく進《すす》みそうもなかったし、小説《しょうせつ》について副部長《ふくぶちょう》にいろいろと聞《き》いてみたかったから。

「俺《おれ》も行《い》く。」

悠飛《ゆうひ》も手《て》を上《あ》げ、３人《にん》で部室《ぶしつ》を出《で》た。

でも本《ほん》の量《りょう》は２人《ふたり》で持《も》てるくらいだったから、結局《けっきょく》、悠飛《ゆうひ》は何《なに》も持《も》たず、ただついてきただけだったんだ。

「持《も》ってやる。」

手《て》を出《だ》した悠飛《ゆうひ》から、私《わたし》は身《み》を背《そむ》けた。

「いい！」

これを渡《わた》したら、自分《じぶん》が副部長《ふくぶちょう》と一緒《いっしょ》に図書室《としょしつ》に行《い》く意味《いみ》がなくなると思《おも》ったんだ。

「片山君《かたやまくん》こそ、役《やく》に立《た》ってないから来《こ》なくていいと思《おも》うけど。」

私《わたし》がそう言《い》うと、副部長《ふくぶちょう》がクスッと笑《わら》った。

「悠飛《ゆうひ》は、立花《たちばな》さんにチョッカイ出《だ》したり、纏《まと》わりついたり、したいんだよね。」

悠飛《ゆうひ》は、両手《りょうて》をズボンのポケットに突《つ》っこんだまま天井《てんじょう》を仰《あお》いだ。

「そう見《み》える？」

他人事《ひとごと》みたいな言《い》い方《かた》だった。

「俺《おれ》って、ガキかな。」

副部長《ふくぶちょう》は、深《ふか》くうなずく。

「中《ちゅう》1男子《だんし》の典型《てんけい》だと思《おも》うよ。ま、年上《としうえ》から見《み》れば、そこがかわいいんだけどね。」

悠飛《ゆうひ》はガックリと項垂《うなだ》れ、黙《だま》りこんだ。

副部長《ふくぶちょう》は笑《わら》いながら、私《わたし》の方《ほう》を見《み》る。

「立花《たちばな》さんは、悠飛《ゆうひ》をどう思《おも》ってるの？」

急《きゅう》に聞《き》かれても、なぁ・・・。

そう思《おも》ったんだけど、この際《さい》だから本当《ほんとう》のことを言《い》っておいた方《ほう》がいいかなって気持《きも》ちになった。

で、思《おも》い切《き》って口《くち》を開《ひら》いたんだ。

「片山君《かたやまくん》は、すごくモテるって聞《き》いてるし、事実《じじつ》、素敵《すてき》だと思《おも》います。でも私《わたし》、部活《ぶかつ》している時《とき》は一生懸命《いっしょうけんめい》だし、余裕《よゆう》ないので、からかわれたくないです。」

瞬間《しゅんかん》、悠飛《ゆうひ》は、私《わたし》に向《む》き直《なお》った。

その目《め》に真剣《しんけん》な光《ひかり》がきらめいていて、私《わたし》はビクッとし、立《た》ちすくむ。

もしかして、怒《おこ》った？

「おまえさぁ、」

悠飛《ゆうひ》は副部長《ふくぶちょう》の前《まえ》を横切《よこぎ》り、私《わたし》が胸《むね》に抱《かか》えていた本《ほん》に自分《じぶん》の胸《むね》が当《あ》たるほど近《ちか》くまで進《すす》んできた。

私《わたし》はジリジリと後退《あとずさ》りし、廊下《ろうか》の壁際《かべぎわ》まで後退《こうたい》、そこに背中《せなか》を押《お》し付《つ》ける。

「マジか？」

そう言《い》いながら悠飛《ゆうひ》は腕《うで》を伸《の》ばし、その肘《ひじ》を私《わたし》の顔《かお》のすぐ横《よこ》の壁《かべ》に、ドンと突《つ》いた。

そこに体重《たいじゅう》をかけ、こちらに身《み》を乗《の》り出《だ》す。

「俺《おれ》のこと、素敵《すてき》だって思《おも》ってるって、」

顔《かお》のすぐそば、ほんの10センチくらいの距離《きょり》に悠飛《ゆうひ》の澄《す》んだ目《め》があって、長《なが》い睫《まつげ》の影《かげ》を受《う》けて青《あお》く光《ひか》りながらこちらを見《み》つめていた。

「ほんとにマジ？」

私《わたし》は心臓《しんぞう》がドキンドキンし、息《いき》もできなかった。

「答《こた》えろよ。」

その状態《じょうたい》があと1分《ぷん》でも長引《ながび》いたら、窒息《ちっそく》していたと思《おも》う、絶対《ぜったい》。

そうならずにすんだのは、後《うし》ろから副部長《ふくぶちょう》が悠飛《ゆうひ》の襟首《えりくび》を摑《つか》んで引《ひ》き離《はな》してくれたから。

「こら悠飛《ゆうひ》、何気《なにげ》に壁《かべ》ドンしてんじゃない。しかもそれ、もう古《ふる》いから。図書室閉《としょしつし》まるでしょ、ほらさっさと歩《ある》く。おまけに着眼点《ちゃくがんてん》、思《おも》いっきり違《ちが》ってるし。立花《たちばな》さんが言《い》ってるのは、部活中《ぶかつちゅう》にからかうなってこと。悠飛《ゆうひ》が素敵《すてき》ってのは、付《つ》け足《た》しの社交辞令《しゃこうじれい》、わかった⁉」

悠飛《ゆうひ》は、歩《ある》き出《だ》しながら副部長《ふくぶちょう》の手《て》を振《ふ》り払《はら》う。

「ちょっとからかっただけじゃん。」

むっ！

「立花《たちばな》は、ようやく見《み》つけた俺《おれ》の玩具《おもちゃ》。つまんない学校生活《がっこうせいかつ》の潤《うるお》いなんだ。放《ほ》っといてくれる？」

副部長《ふくぶちょう》は脚《あし》を伸《の》ばし、パコンと悠飛《ゆうひ》の脹《ふく》ら脛《はぎ》を蹴《け》った。

「それ完璧《かんぺき》、一方通行《いっぽうつうこう》でしょうが。そういうのを、横暴《おうぼう》っていうんだよ。」

「痛《いた》。やったな、内藤《ないとう》！」

「呼《よ》び捨《す》て禁止《きんし》、副部長《ふくぶちょう》と付《つ》けろ。」

応酬《おうしゅう》しながら歩《ある》いている2人《ふたり》は、なんか・・・すごく息《いき》が合《あ》っていて、まるでお笑《わら》いコンビみたいだった。

私《わたし》なら緊張《きんちょう》したり、意識《いしき》したりしてしまうようなところでも、副部長《ふくぶちょう》は軽《かる》く流《なが》してスイスイと会話《かいわ》を進《すす》めていくんだ。

とても洒脱《しゃだつ》な感《かん》じがして、カッコよかった。

やっぱ年《とし》の功《こう》？

私《わたし》も3年《ねん》になったら、そんなふうになれるのかなぁ。

「ほら悠飛《ゆうひ》、手《て》が空《あ》いてるんだから、ドア開《あ》けて。」

図書室《としょしつ》の前《まえ》で副部長《ふくぶちょう》に言《い》われ、悠飛《ゆうひ》がドアを開《あ》ける。

中《なか》は、とても明《あか》るくて広《ひろ》い空間《くうかん》で、手前《てまえ》に新刊《しんかん》の入《はい》っているラックが並《なら》んでいた。

その突《つ》き当《あ》たりにカウンターがある。

実《じつ》は私《わたし》、図書室《としょしつ》って、ほとんど来《き》たことがないんだ。

本《ほん》は、買《か》って読《よ》む派《は》だから。

新《あたら》しい本《ほん》を開《ひら》いた時《とき》の、パリッていう感触《かんしょく》がすごく好《す》き。

ああ誰《だれ》も手《て》を付《つ》けたことのない新《あたら》しい世界《せかい》がここにあって、私《わたし》はこれからそこに入《はい》っていくんだって思《おも》えるから。

「返却《へんきゃく》お願《ねが》いします。」

副部長《ふくぶちょう》がカウンターに本《ほん》を置《お》く。

私《わたし》も、自分《じぶん》の持《も》ってきた分《ぶん》をその隣《となり》に置《お》いた。

図書部員《としょぶいん》がやってきて、それらの本《ほん》の裏表紙《うらびょうし》内側《うちがわ》に付《つ》いているポケットから返却《へんきゃく》カードを出《だ》し、日付印《ひづけいん》を押《お》していく。

室内《しつない》を見回《みまわ》していた副部長《ふくぶちょう》が目《め》を丸《まる》くした。

「ねえ、司書《ししょ》の先生《せんせい》、替《か》わったの？」

私《わたし》は副部長《ふくぶちょう》の視線《しせん》の方向《ほうこう》を追《お》い、カウンターの内部《ないぶ》で本《ほん》の整理《せいり》をしている30代後半《だいこうはん》の女性《じょせい》を見《み》つけた。

ショートカットで、楕円形《だえんけい》の眼鏡《めがね》をかけていて、潔癖《けっぺき》そうな感《かん》じがした。

「今月《こんげつ》からね。」

図書部員《としょぶいん》は、ちらっとそちらに視線《しせん》を流《なが》す。

「すごく有能《ゆうのう》なんだ。頭《あたま》いいし、テキパキしてて指示《しじ》も的確《てきかく》。」

へぇ、すごい。

「でも超厳《ちょうきび》しいんだよ。下《した》にいる立場《たちば》としては、結構大変《けっこうたいへん》。」

小声《こごえ》で話《はな》していると、司書《ししょ》の先生《せんせい》は作業《さぎょう》を終《お》え、こちらにやってきた。

「手伝《てつだ》いましょうか？」

図書部員《としょぶいん》に声《こえ》をかけると同時《どうじ》に、片手《かたて》でもう本《ほん》を取《と》り上《あ》げ、点検《てんけん》している。

「ああこれ、それからこれも、こっちも、傷《きず》ついてるから直《なお》さないとダメね。」

修理《しゅうり》が必要《ひつよう》な本《ほん》と、それ以外《いがい》を手早《てばや》く区別《くべつ》し、それぞれに積《つ》み上《あ》げてから、眼鏡《めがね》の枠《わく》の上《うえ》から副部長《ふくぶちょう》を見《み》た。

「あなたがやったのね。素知《そし》らぬ顔《かお》で返《かえ》さないで、きちんと申《もう》し出《で》なさい。」

副部長《ふくぶちょう》は、豆鉄砲《まめでっぽう》を食《く》らった鳩《はと》のような顔《かお》になる。

「いえ、私《わたし》じゃありませんけど。」

すると司書《ししょ》の先生《せんせい》は、その3冊《さつ》を副部長《ふくぶちょう》の前《まえ》に広《ひろ》げ、傷《きず》ついている場所《ばしょ》をゆっくりと指《ゆび》でなぞった。

「貸《か》し出《だ》す時《とき》には、完全《かんぜん》な状態《じょうたい》だったはずなの。点検《てんけん》して出《だ》してるんですからね。それが返《かえ》ってきた時《とき》に傷《きず》ついているってことは、借《か》りた人間《にんげん》の責任《せきにん》じゃないのかしら？」

う・・・正論《せいろん》。

「あなたが借《か》りてたんだから、あなたの責任《せきにん》でしょ。」

反論《はんろん》の余地《よち》がまるでないっ！

「図書室《としょしつ》の本《ほん》は公共物《こうきょうぶつ》です。1人《ひとり》1人《ひとり》が責任《せきにん》を持《も》ってくれないと困《こま》るのよね。」

え・・・どうするんだろ、副部長《ふくぶちょう》。

私《わたし》がハラハラしていると、副部長《ふくぶちょう》はちょっと不貞腐《ふてくさ》れたような顔《かお》になり、司書《ししょ》の先生《せんせい》をにらんだ。

その場《ば》の空気《くうき》が緊張《きんちょう》していく。

私《わたし》は内心《ないしん》すごく焦《あせ》りながら、今《いま》ここで自分《じぶん》に何《なに》ができるのかを夢中《むちゅう》で考《かんが》えた。

副部長《ふくぶちょう》を庇《かば》うような発言《はつげん》をすることは、もちろんできる。

問題《もんだい》は、それがこの場《ば》を収拾《しゅうしゅう》することになるかどうかだった。

そのせいで、いっそうエスカレートするということもあるもの。

ああ、どうしよう⁉

迷《まよ》う私《わたし》の前《まえ》で副部長《ふくぶちょう》は目《め》を伏《ふ》せ、しばらく黙《だま》っていて、やがて再《ふたた》び司書《ししょ》の先生《せんせい》に視線《しせん》を上《あ》げた。

「わかりました。でも私《わたし》じゃないので部内《ぶない》で聞《き》いてみます。」

緊張《きんちょう》していた空気《くうき》が、緩《ゆる》む。

私《わたし》は、すごいと思《おも》った。

副部長《ふくぶちょう》は、司書《ししょ》の先生《せんせい》から高圧的《こうあつてき》に決《き》めつけられながら、きちんと潔白《けっぱく》を主張《しゅちょう》し、自分《じぶん》の感情《かんじょう》をコントロールしつつ、今後《こんご》の方針《ほうしん》を提示《ていじ》したんだ。

尊敬《そんけい》してしまいそう・・・。

「じゃ、」

司書《ししょ》の先生《せんせい》は、納得《なっとく》できないといった表情《ひょうじょう》だったものの、一応《いちおう》、うなずいた。

「誰《だれ》がやったのかをはっきりさせて、結果《けっか》をきちんと報告《ほうこく》しなさい。このことは、記録《きろく》に残《のこ》しておきます。今後《こんご》は絶対《ぜったい》こういうことがないように。ごまかして返《かえ》そうとしても、そうはいきませんからね。」

心《こころ》の中《なか》ではまだ疑《うたが》っているみたいで、突《つ》き刺《さ》すような言《い》い方《かた》だった。

「それから今《いま》、図書室《としょしつ》に関《かん》しての意見《いけん》を集《あつ》めているところです。要望《ようぼう》などがあれば聞《き》いておきますが、入《い》れてほしい本《ほん》とか、あるかしら？」

その時《とき》、少《すこ》し離《はな》れた所《ところ》に立《た》っていた悠飛《ゆうひ》がツカツカと近寄《ちかよ》ってきたんだ。

「えっと、」

カウンターに両腕《りょううで》を載《の》せ、司書《ししょ》の先生《せんせい》を見《み》つめる。

「俺《おれ》が入《い》れてほしいのは、H《エッチ》な本《ほん》なんですけど、」

げっ！

「入《い》れてもらえますか？」

私《わたし》は、思《おも》いっきり悠飛《ゆうひ》を殴《なぐ》り倒《たお》したい気分《きぶん》だった。

私《わたし》の隣《となり》で副部長《ふくぶちょう》も、拳《こぶし》を固《かた》めている。

ところが悠飛《ゆうひ》は、私《わたし》たちの怒《いか》りをものともせず、さらに迫《せま》った。

「どうなんです？」

こいつぅ・・・。

「すげぇH《エッチ》なの、見《み》たいんですけど。」

司書《ししょ》の先生《せんせい》は顔色《かおいろ》も変《か》えず、カウンターの下《した》からノートを出《だ》した。

「いいですよ。」

え、いいのっ!?

びっくりしたのは、私《わたし》ばかりではなかった。

副部長《ふくぶちょう》も、それから悠飛本人《ゆうひほんにん》も、ギョッとした様子《ようす》だったんだ。

それを見《み》て私《わたし》は、ようやくわかった気《き》がした、悠飛《ゆうひ》の目的《もくてき》は本《ほん》じゃなくて、司書《ししょ》の先生《せんせい》をからかうことだったんだって。

「何《なん》ていうタイトルのH《エッチ》本《ぼん》が見《み》たいの？　言《い》ってみて。」

そう言《い》いながら司書《ししょ》の先生《せんせい》は、取《と》り出《だ》したノートを開《ひら》く。

「あなたから購入希望《こうにゅうきぼう》があったってことは、学校側《がっこうがわ》にも報告《ほうこく》しなくちゃならないから学年《がくねん》と名前《なまえ》も聞《き》かせてください。」

悠飛《ゆうひ》は、ぐっと言葉《ことば》に詰《つ》まり、それからしかたなさそうに両手《りょうて》を上《あ》げた。

「降参《こうさん》します、俺《おれ》の負《ま》け。」

この先生《せんせい》、悠飛《ゆうひ》に勝《か》った、すごいかも！

「あ、そう。」

司書《ししょ》の先生《せんせい》はパタンとノートを閉《と》じ、悠飛《ゆうひ》をにらみつけた。

「これからは、人《ひと》を甘《あま》く見《み》ないことね、ボーヤ！」

吐《は》き捨《す》てるようにそう言《い》い、カウンターの奥《おく》に入《はい》っていく。

その後《うし》ろ姿《すがた》を見送《みおく》って、私《わたし》はコクンと息《いき》を呑《の》んだ。

今《いま》、本気《ほんき》だったよね。

普通《ふつう》、大人《おとな》って、もっと余裕《よゆう》を持《も》ってて包《つつ》みこむように教育的指導《きょういくてきしどう》をするものじゃない？

「悠飛《ゆうひ》さぁ、冗談《じょうだん》は、時《とき》と場所《ばしょ》と相手《あいて》を考《かんが》えて言《い》わないとマズいよ。」

副部長《ふくぶちょう》がそう言《い》うと、悠飛《ゆうひ》は鼻《はな》で笑《わら》った。

「俺《おれ》、ああいう奴《やつ》、すげぇ嫌《きら》い。いかにも自分《じぶん》は正《ただ》しくて完璧《かんぺき》ですって顔《ツラ》しててさ。平気《へいき》で人《ひと》を傷《きず》つけるんだ。」

ああ悠飛《ゆうひ》は、ただの悪戯心《いたずらごころ》でからかったわけじゃなくて、頭《あたま》ごなしに副部長《ふくぶちょう》を疑《うたが》った先生《せんせい》が許《ゆる》せなかったんだね。

あの場《ば》がもっと長引《ながび》いていたら、きっと司書《ししょ》の先生《せんせい》と副部長《ふくぶちょう》の間《あいだ》に割《わ》って入《はい》っていただろう。

私《わたし》が初《はじ》めて会《あ》った事件《じけん》の時《とき》も、そうだったもの。

でも意外《いがい》に早《はや》く決着《けっちゃく》がついたから、この際《さい》ちょっと驚《おどろ》かせて、生徒《せいと》を見縊《みくび》ったり馬鹿《ばか》にしたりしないように釘《くぎ》を刺《さ》しておこうと考《かんが》えたんだ。

残念《ざんねん》ながら、逆《ぎゃく》の結果《けっか》になってしまったけれど。

悠飛《ゆうひ》のそういうところって、人《ひと》に伝《つた》わりにくいどころか、誤解《ごかい》されて自分《じぶん》の評判《ひょうばん》を下《さ》げることになりかねないんだけど、でも、それがわかってても、やるよね。

絶対《ぜったい》、見過《みす》ごしにしないんだ。

悠飛《ゆうひ》って、そういう子《こ》だからなぁ。

「オールオアナッシングで、物事《ものごと》には白《しろ》と黒《くろ》しかないと思《おも》ってるんだ。ああいう奴《やつ》見《み》ると、メチャクチャ逆《さか》らいたくなる。」

副部長《ふくぶちょう》がクスッと笑《わら》った。

「でも悠飛《ゆうひ》、はっきり負《ま》けてたよね。」

悠飛《ゆうひ》は、わずかに赤《あか》くなる。

「これは1回戦《かいせん》だ。次《つぎ》は勝《か》つ。」

えっと・・・妙《みょう》なこだわりは捨《す》てた方《ほう》がいいと思《おも》うよ。

「図書室《としょしつ》の出入《でい》り口《ぐち》にあの司書《ししょ》の名前《なまえ》が出《で》てただろ。あいつ、中屋敷《なかやしき》っていうんだ。同《おな》じ苗字《みょうじ》の奴《やつ》、確《たし》か立花《たちばな》のクラスにいるだろ？」

あ、久美《くみ》さんだ。

「ほら、コンビニ仮面《かめん》って言《い》われてる奴《やつ》だよ。」

は？

意味《いみ》がわからずにいる私《わたし》の隣《となり》で、副部長《ふくぶちょう》も眉根《まゆね》を寄《よ》せた。

「何《なに》、それ。」

悠飛《ゆうひ》は、ちょっと肩《かた》を竦《すく》める。

「俺《おれ》も、中屋敷本人《なかやしきほんにん》を見《み》たわけじゃないんだけどさ、男子《だんし》の間《あいだ》じゃ有名《ゆうめい》。ファミレス仮面《かめん》とも言《い》うみたい。コンビニやファミレスの店員《てんいん》って、いつもニッコリしてるだろ。それがマニュアルの1つだからさ。でも本心《ほんしん》から微笑《ほほえ》んでるわけじゃないから、笑顔《えがお》がどことなく凍《こお》り付《つ》いてて仮面《かめん》みたいな感《かん》じがする。それでコンビニ仮面《かめん》とかファミレス仮面《かめん》って呼《よ》ぶんだ。」

なるほど。

「で、中屋敷《なかやしき》は、それなんだって噂《うわさ》。」

その時《とき》、私《わたし》にはわかった気《き》がした、久美《くみ》さんの笑顔《えがお》を見《み》た時《とき》に感《かん》じたあの奇妙《きみょう》な感触《かんしょく》って、それだったんだ！

「中屋敷《なかやしき》なんてめったにある名前《なまえ》じゃないし、2人《ふたり》の年齢《ねんれい》から考《かんが》えて、親子《おやこ》かもな。」

悠飛《ゆうひ》がそう言《い》うと、副部長《ふくぶちょう》はほっと息《いき》をついた。

「家《いえ》に帰《かえ》ると、あのお母《かあ》さんがいるって・・・きつそう。」

確《たし》かに。

本心《ほんしん》からじゃない仮面《かめん》の笑顔《えがお》。

でもそれ、何《なん》のためなんだろう。

コンビニやファミレスだったら、それも仕事《しごと》の一部《いちぶ》だから営業用《えいぎょうよう》の微笑《ほほえ》みなんだろうけれど、
久美《くみ》さんの場合《ばあい》は仕事《しごと》じゃないのに、なんで、学校《がっこう》で仮面《かめん》なの？

う〜ん、謎《なぞ》だな。

「私《わたし》、部室《ぶしつ》に戻《もど》るけど、」

渡《わた》り廊下《ろうか》の前《まえ》で、副部長《ふくぶちょう》が足《あし》を止《と》めた。

「あなたたちは？」

悠飛《ゆうひ》が親指《おやゆび》を立《た》て、野球部室《やきゅうぶしつ》の方《ほう》を指《さ》す。

「俺《おれ》、来週《らいしゅう》から練習《れんしゅう》だけ参加《さんか》することになったから、顔出《かおだ》ししとく。」

わぁ体調《たいちょう》よくなってるんだ、よかったね。

「立花《たちばな》さんは？」

学校《がっこう》の授業《じゅぎょう》が終《お》わった後《あと》の私《わたし》のスケジュールは、進学塾《しんがくじゅく》、秀明《しゅうめい》に行《い》くことだった。

「塾《じゅく》なんです。」

するとと副部長《ふくぶちょう》は、顔《かお》の左右《さゆう》で両手《りょうて》を振《ふ》った。

「じゃ、ここでね、また明日《あした》。」

私《わたし》はうなずきかけ、副部長《ふくぶちょう》に聞《き》くつもりだったことをはっと思《おも》い出《だ》した。

「あの副部長《ふくぶちょう》、すみません、ちょっと時間《じかん》をください。私《わたし》、今《いま》、何《なに》を書《か》いていいのかわからないんですけど、部員《ぶいん》の人《ひと》たちって皆《みな》、どんな小説《しょうせつ》を書《か》いてるんですか？」

それを聞《き》けば、自分《じぶん》のヒントになるかもしれないと思《おも》ったんだ。

「えっと、いろいろだね。男子《だんし》はファンタジーが多《おお》いかな。RPG《アールピージー》風《ふう》の剣《けん》と魔法《まほう》の物語《ものがたり》とか、惑《わく》星間《せいかん》の戦闘《せんとう》ものとか。ミステリー書《か》いてる子《こ》もいるね。女子《じょし》はもうちょっと身近《みぢか》で、友情《ゆうじょう》ものとか、家族《かぞく》のこととか、恋愛《れんあい》なんか。」

うわぁ恋愛《れんあい》は、とても無理《むり》だ、私《わたし》。

「文化祭《ぶんかさい》の時《とき》、部誌《ぶし》を売《う》ってアンケート取《と》ったんだけど、恋愛小説《れんあいしょうせつ》はやっぱり読者《どくしゃ》が多《おお》いよ。今《いま》、書店《しょてん》に並《なら》んでる小説《しょうせつ》や漫画《まんが》も、ヒットしてる映画《えいが》も、ほとんどが恋愛《れんあい》がらみだしね。恋愛《れんあい》＋事件《じけん》とか、恋愛《れんあい》＋歴史《れきし》とか、恋愛《れんあい》＋スポーツとか。皆《みな》、恋愛《れんあい》に惹《ひ》かれるんだ。なぜなのか、わかる？」

私《わたし》は、首《くび》を横《よこ》に振《ふ》った。

だって私《わたし》・・・恋愛《れんあい》、惹《ひ》かれないし。

「恋愛《れんあい》は、人間《にんげん》の本能《ほんのう》に結《むす》びついてるから。恋愛《れんあい》って、種《しゅ》の保存《ほぞん》のために人間《にんげん》に組《く》みこまれているプログラムの1つなんだ。だから誰《だれ》でも関心《かんしん》を持《も》たざるをえない。本能《ほんのう》に根差《ねざ》してるものって、原始的《げんしてき》ですごく強《つよ》いから、それを素材《そざい》にすると多《おお》くの人《ひと》に読《よ》んでもらえるの。他《ほか》にも本能《ほんのう》に結《むす》びついてるもの、たとえば食《た》べることなんかは、料理小説《りょうりしょうせつ》として人気《にんき》のあるジャンルになってるしね。」

私《わたし》、料理《りょうり》にもあんまり興味《きょうみ》がないなぁ。

「それに事故《じこ》とか難病《なんびょう》で死《し》ぬって設定《せってい》がウケるのも、死《し》は人間《にんげん》の本能《ほんのう》だから。」

え？

「どんな人間《にんげん》も、生《い》きて死《し》ぬ運命《うんめい》だからね。エロスとタナトス、つまり生《い》きることと死《し》ぬことは、両方《りょうほう》とも本能《ほんのう》として遺伝子《いでんし》に組《く》みこまれてるんだ。だから事故《じこ》ものも難病《なんびょう》ものも、皆《みんな》が読《よ》みたくなる。」

私《わたし》、本能《ほんのう》・・・弱《よわ》いかも。

「そういう他人《たにん》ウケを考《かんが》えずに、ひたすら自分《じぶん》の内面《ないめん》や、現代《げんだい》という時代《じだい》、社会《しゃかい》を掘《ほ》り下《さ》げたり、追求《ついきゅう》したりしてる部員《ぶいん》もいるよ。これは純文学系《じゅんぶんがくけい》。悠飛《ゆうひ》は、それに近《ちか》いよね。」

話《はなし》を振《ふ》られた悠飛《ゆうひ》は、黙《だま》ったまま横《よこ》を向《む》いた。

頬《ほお》が、ほんのり赤《あか》い。

あ、照《て》れてる！

へぇ、なんか意外《いがい》・・・かわいいかも。

そう思《おも》って悠飛《ゆうひ》の顔《かお》をのぞき見《み》ていたら、急《きゅう》に手《て》が伸《の》びてきて、コンと頭《あたま》を小突《こづ》かれた。

やったな！

私《わたし》がにらむと、悠飛《ゆうひ》は人差《ひとさ》し指《ゆび》で自分《じぶん》の下瞼《したまぶた》を捲《めく》り、アカンベした。

なんか・・・やっぱかわいいかも。

「こら、そこの2人《ふたり》、副部長《ふくぶちょう》の話《はなし》の最中《さいちゅう》に、じゃれない。」

すいません・・・。

「書《か》きたいものが出《で》てくるまでじっくり待《ま》ってのも、手《て》だと思《おも》うけど、何《なん》でもいいから無理矢理《むりやり》始《はじ》めてみるってのも、いいかもしれない。文字《もじ》に引《ひ》きずられることって、あるもの。私《わたし》なんかは、何《なん》となくパソコン打《う》ってるうちにストーリーができてくる。」

すごい！

悠飛《ゆうひ》がパチンと指《ゆび》を鳴《な》らした。

「立花《たちばな》さぁ、恋愛書《れんあいか》けばいいじゃん。」

え？

「で、文化祭《ぶんかさい》で部誌《ぶし》、売《う》りまくろうぜ。その収入《しゅうにゅう》で、皆《みな》で豪勢《ごうせい》な取材旅行《しゅざいりょこう》に行《い》くんだ。」

副部長《ふくぶちょう》が目《め》を輝《かがや》かせる。

「いいねぇ、悠飛《ゆうひ》、ナイス！」

悠飛《ゆうひ》は両手《りょうて》を握《にぎ》り合《あ》わせ、大《おお》きく振《ふ》りながら笑顔《えがお》で副部長《ふくぶちょう》の賞賛《しょうさん》を受《う》け止《と》めた。

「じゃ立花《たちばな》さん、恋愛書《れんあいか》いてみれば？」

私《わたし》は即行《そっこう》、否定《ひてい》、というか、却下《きゃっか》。

「どう書《か》いていいのか、わからないです。したことないし。」

悠飛《ゆうひ》は眉《まゆ》を上《あ》げ、自分《じぶん》を指差《ゆびさ》す。

「じゃ俺《おれ》とすれば？」

へっ？

「俺《おれ》と恋愛《れんあい》して、それ書《か》けばいいよ。付《つ》き合《あ》ってやるからさ。」

付《つ》き合《あ》わなくて、いいっ！

何《なに》が悲《かな》しくて、小説《しょうせつ》のために現実《げんじつ》を犠牲《ぎせい》にするんだ、しないからっ!!

「恋愛小説《れんあいしょうせつ》は、私《わたし》じゃない人《ひと》に期待《きたい》してください。それじゃ失礼《しつれい》します！」

4　グループ内《ない》ランキング

ほとんど逃《に》げるように2人《ふたり》と別《わか》れて、私《わたし》は教室《きょうしつ》に向《む》かった。

今日《きょう》は部活《ぶかつ》に参加《さんか》していた分《ぶん》、いつもより遅《おそ》くなっていたから、ちょっと焦《あせ》り気味《ぎみ》だった。

秀明《しゅうめい》の授業《じゅぎょう》は、学校《がっこう》よりずっとハード！

遅《おく》れるとわからなくなるから、遅刻《ちこく》は避《さ》けたかったんだ。

私《わたし》は、努力《どりょく》しないとダメな人間《にんげん》だから。

才能《さいのう》とか全然《ぜんぜん》なくって、努力《どりょく》だけで何《なん》とか成績《せいせき》をキープしてるんだもの、一生懸命《いっしょうけんめい》にやらないと！

よし頑張《がんば》るぞ!!

そう思《おも》いながら教室《きょうしつ》に入《はい》ろうとした時《とき》、後《うし》ろから呼《よ》ばれた。

「アーヤ！」

振《ふ》り返《かえ》ると、翼《たすく》が、スマートフォンを片手《かたて》にこっちに向《む》かってくるところだった。

バスケ部《ぶ》のユニフォームの肩《かた》から、ウィンドブレーカーを羽織《はお》っている。

練習《れんしゅう》を抜《ぬ》けてきたみたいだった。

「捜《さが》してたんだよ、会《あ》えてよかった！　若武《わかたけ》から招集《しょうしゅう》かかったんだ。」

私《わたし》は、思《おも》わず声《こえ》を漏《も》らした。

おお、と言《い》ったような気《き》もするし、わぁ、と言《い》ったような気《き》もする。

どっちにしても、喜《よろこ》びの声《こえ》だよ。

若武《わかたけ》からの招集《しょうしゅう》は、探偵《たんてい》チームKZ《カッズ》の活動開始《かつどうかいし》の合図《あいず》のようなものだったから、すごくうれしかったんだ。

「今日《きょう》、秀明《しゅうめい》の休《やす》み時間《じかん》にカフェテリアに集合《しゅうごう》だって。」

久《ひさ》しぶりだった。

「事件《じけん》なの？」

そう聞《き》くと、翼《たすく》はちょっと首《くび》を傾《かし》げた。

「ん・・・よくわかんないけど、とにかく集《あつ》まれって言《い》ってる。」

事件《じけん》は、そうやたらには起《お》こらない。

日常《にちじょう》というのは、平凡《へいぼん》で退屈《たいくつ》なものなんだ。

そんな中《なか》で私《わたし》たちKZ《カッズ》メンバーのモチベーションを保《たも》つために、リーダーである若武《わかたけ》は、時々《ときどき》招集《しょうしゅう》をかけることがある。

今回《こんかい》も、そうなのかもしれなかった。

「わかった。行《い》くから。」

私《わたし》が答《こた》えると、翼《たすく》はうなずき、引《ひ》き返《かえ》そうとして足《あし》を止《と》めた。

「俺《おれ》、ちょっと遅《おく》れるかも。」

翼《たすく》は、秀明《しゅうめい》の隣《となり》のハイスペック精鋭《せいえい》ゼミナールに通《かよ》っていて、そこから駆《か》けつけてくる。

休《やす》み時間《じかん》も微妙《びみょう》にズレてるし、遅《おく》れることが多《おお》いんだ。

「ん、同《おな》じ塾《じゅく》じゃないから、大変《たいへん》だね。」

そう言《い》うと、翼《たすく》はちょっと肩《かた》を竦《すく》めた。

「そのことじゃなくて、ちょっと気《き》になってることがあってさ、毎日《まいにち》、それをチェックしに行《い》ってるんだ。今日《きょう》も行《い》くから。」

はて、それは何《なに》？

疑問《ぎもん》に思《おも》ったけれど、翼《たすく》が何《なに》も言《い》わずに戻《もど》っていこうとしたので、私《わたし》もそのまま別《わか》れ、教室《きょうしつ》に入《はい》った。

窓際《まどぎわ》の席《せき》のそばに中屋敷久美《なかやしきくみ》さんが立《た》っているのに気《き》づいたのは、その時《とき》。

他《ほか》には誰《だれ》もいなかった。

いつもグループ行動《こうどう》なのに、今日《きょう》はどうして1人《ひとり》で残《のこ》ってるんだろう。

不思議《ふしぎ》に思《おも》ったけれど、気軽《きがる》に聞《き》けるほど親《した》しくなかったから、私《わたし》は黙《だま》ったまま自分《じぶん》の席《せき》に近《ちか》づいていき、バッグを取《と》り上《あ》げた。

すると、久美《くみ》さんが言《い》ったんだ。

「今《いま》、翼《ツバサ》と話《はな》してたよね。あなたたちが付《つ》き合《あ》ってるって噂《うわさ》、やっぱ本当《ほんとう》なの？」

それは、たぶん「妖怪《ようかい》パソコンは知《し》っている」が原因《げんいん》。

事件解決《じけんかいけつ》のために、そういう設定《せってい》が必要《ひつよう》だったんだ。

「ううん、付《つ》き合《あ》ってない。ただの友《とも》だちだよ。」

私《わたし》が答《こた》えると、久美《くみ》さんは目《め》を伏《ふ》せた。

「いいな、羨《うらや》ましい。」

あ、もしかして翼《たすく》と親《した》しくなりたいのかな。

だったら、いつでも力《ちから》になるけど。

「美門君《みかどくん》は、意外《いがい》に気《き》さくだよ。特《とく》に用事《ようじ》がなくても声《こえ》かけて全然《ぜんぜん》オッケイだから、今度話《こんどはな》してみれば？」

そう言《い》いながら私《わたし》は思《おも》い出《だ》した、以前《いぜん》「お姫《ひめ》さまドレスは知《し》っている」の時《とき》に翼《たすく》が佐田真理子《さたまりこ》に噛《か》みついて、2人《ふたり》がバトル状態《じょうたい》に突入《とつにゅう》したことを。

久美《くみ》さんは佐田真理子《さたまりこ》のグループだから、そのことを気《き》にしてるのかもしれない。

それで急《いそ》いで付《つ》け加《くわ》えたんだ。

「美門君《みかどくん》は、性格《せいかく》さっぱりしてるんだ。物事《ものごと》にこだわらないしね。話《はな》してて失敗《しっぱい》したり、言《い》いすぎたりしても怒《おこ》らないから、すごく楽《らく》だよ。」

久美《くみ》さんは、不思議《ふしぎ》そうな顔《かお》をする。

「なんで、そんなに一生懸命《いっしょうけんめい》になってるの？」

私《わたし》は、いきなり足《あし》を掬《すく》われたような気《き》がした。

羨《うらや》ましいって言《い》ったから、力《ちから》になりたいと思《おも》っただけなんだけどな。

「私《わたし》、翼《ツバサ》のことは何《なん》とも思《おも》ってない。ただ皆《みんな》が、すごくいいって言《い》ってるから、なんとなく羨《うらや》ましいって思《おも》っただけ。」

はぁ・・・。

私《わたし》は、混乱《こんらん》してしまった。

だって自分《じぶん》は何《なん》とも思《おも》ってないのに、皆《みな》が評価《ひょうか》しているからという理由《りゆう》で羨《うらや》ましいって、どういうこと？

例《たと》えて言《い》うなら、バナナは特《とく》に好《す》きじゃないけど、皆《みな》が好《す》きで食《た》べたいって言《い》ってるから、食《た》べてる人《ひと》が羨《うらや》ましいって思《おも》ってるのと同《おな》じだよね。

でも、それ、なんか変《へん》じゃない？

どこがどう変《へん》なのか、うまく説明《せつめい》できないけど・・・。

あれこれ考《かんが》えながらも私《わたし》は、自分《じぶん》には理解《りかい》できない久美《くみ》さんのその思考回路《しこうかいろ》に興味《きょうみ》を持《も》った。

それがわかれば、コンビニ仮面《かめん》の謎《なぞ》も解決《かいけつ》するのかもしれない。

それで思《おも》い切《き》って、ちょっと踏《ふ》みこんでみたんだ。

「今日《きょう》は、1人《ひとり》なの？　グループの人《ひと》は？」

久美《くみ》さんは、目《め》を丸《まる》くする。

「私《わたし》、帰《かえ》りは、いつも1人《ひとり》だよ。」

え、そうだったんだ、知《し》らなかった。

私《わたし》、あんまり皆《みんな》のこと、細《こま》かく観察《かんさつ》してないからな。

「それ、グループの決《き》まりなの？」

久美《くみ》さんは軽《かる》くうなずいた。

「決《き》まりっていうより、空気《くうき》。」

は？

「同《おな》じグループでも、皆《みな》が平等《びょうどう》ってわけじゃないんだよ。階級《ランク》ってもんがあるの。」

階級《ランク》？

「先《さき》にしゃべっていい階級《ランク》とか、トイレに行《い》こうって誘《さそ》ってもいい階級《ランク》とか、時間《じかん》に遅《おく》れても待《ま》っててもらえる階級《ランク》とか、人《ひと》の話《はなし》に突《つ》っこみを入《い》れてもいい階級《ランク》とか、一緒《いっしょ》に帰《かえ》れる階級《ランク》とか。」

うわぁ、そうなんだ。

「それを無視《むし》すると、出《で》しゃばりとか、何様《なにさま》とか、いい気《き》になってるよねとか言《い》われる。私《わたし》は階級《ランク》あんまり高《たか》くなくって、皆《みな》を誘《さそ》えないから1人《ひとり》で帰《かえ》るんだ。」

そんなことって・・・あるんだ。

何《なん》だか気《き》の毒《どく》になってしまった。

そんな関係《かんけい》でも、友《とも》だちって言《い》えるんだろうか。

「よかったら、一緒《いっしょ》に帰《かえ》る？」

私《わたし》がそう言《い》うと、久美《くみ》さんはブルッと首《くび》を横《よこ》に振《ふ》った。

「どっかでグループの誰《だれ》かに見《み》られたり、出会《であ》ったりしたら、浮気《うわき》したって思《おも》われるから。」

びっくりした。

グループ外《がい》の誰《だれ》かと帰《かえ》るって、浮気《うわき》なんだ。

「じゃ、さよなら。」

久美《くみ》さんは、そそくさと帰《かえ》っていく。

唖然《あぜん》としてそれを見送《みおく》っていて、私《わたし》はハッと我《われ》に返《かえ》り、自分《じぶん》も急《いそ》いで教室《きょうしつ》を出《で》た。

心《こころ》の中《なか》は、割《わ》り切れない気持《きも》ちでいっぱいだった。

だってグループ内《ない》の付《つ》き合《あ》いしか許《ゆる》さないなんて・・・縛《しば》り方《かた》きつすぎない？

その他《ほか》に、階級《ランク》とかの縛《しば》りもあるなんて。

なんか楽《たの》しくなさそう。

そんなグループに、なぜ久美《くみ》さんは入《はい》ってるんだろう。

私《わたし》だったら絶対《ぜったい》、抜《ぬ》けるけどなぁ・・・。

久美《くみ》さんって、かなり謎多《なぞおお》い女子《じょし》かも。

5　薔薇《ばら》の家《いえ》

わっ、冗談《じょうだん》じゃすまない時間《じかん》になってるっ！

駅《えき》から家《いえ》まで、私《わたし》は大急《おおいそ》ぎで自転車《じてんしゃ》を飛《と》ばした。

でも、その途中《とちゅう》の、幅《はば》が6メートルくらいある広《ひろ》い道路《どうろ》の中程《なかほど》に差《さ》しかかった時《とき》には、いつも一瞬《いっしゅん》、停《と》まって、左側《ひだりがわ》のブルーグレー色《いろ》の塀《へい》を見上《みあ》げるんだ。

何《なん》でも九条土《くじょうつち》とかいう、京都《きょうと》の土《つち》を塗《ぬ》った高級《こうきゅう》な塀《へい》らしい。

高《たか》い塀《へい》で、それ以外《いがい》は何《なに》も見《み》えないんだけれど、その向《む》こうに広《ひろ》がっている薔薇《ばら》の庭《にわ》を想像《そうぞう》する。

あれは確《たし》か、3～4か月前《げつまえ》のこと。

ここを通《とお》りかかったら、急《きゅう》に、空《そら》から水《みず》が降《ふ》ってきたんだ。

わっ！

思《おも》わず急停車《きゅうていしゃ》したけれど、肩《かた》から胸《むね》にかけてかなり濡《ぬ》れてしまった。

え、これは何《なに》、いったい何《なに》が起《お》こったのっ!?

「ああ、申《もう》し訳《わけ》ない。」

そんな声《こえ》がして、道路《どうろ》に面《めん》していた九条土塀《くじょうつちべい》の潜《くぐ》り戸《ど》が開《ひら》いた。

姿《すがた》を見《み》せたのは、片手《かたて》にホースを持《も》った小父《おじ》さん。

「庭木《にわき》に水《みず》をやっててね、手《て》が逸《そ》れてしまって。」

濡《ぬ》れている私《わたし》を見《み》て、あわててホースを置《お》き、奥《おく》に入《はい》っていったかと思《おも》うと、すぐバスタオルを手《て》にして再《ふたた》び現《あらわ》れた。

「ほら、ごめんね。拭《ふ》いて。」

手渡《てわた》されたのは、小《ちい》さなピンクの薔薇《ばら》が一面《いちめん》にプリントされて、フリルに縁取《ふちど》られたかわいいタオルだった。

薔薇《ばら》と薔薇《ばら》の間《あいだ》には、細《こま》かな緑色《みどりいろ》の蔓薔薇《つるばら》が升目《ますめ》を描《えが》くように配置《はいち》されていて、隅《すみ》にLAURA ASHLEYと刺繍《ししゅう》が入《はい》っている。

わぁーい、ローラ アシュレイだ！

私《わたし》は、そのタオルにスリスリしてしまった。

パパが前《まえ》にロンドンに行《い》った時《とき》、クッションを買《か》ってきてくれたことがあって、それ以来《いらい》、私《わたし》のお気《き》に入《い》りブランドなんだ！

花柄《はながら》プリントがすごくかわいい。

ワンピースがほしいんだけど、まだ買《か》ってもらえてない。

でも、こんなとこで出会《であ》えるなんて、感激《かんげき》っ！

「おや、薔薇《ばら》が好《す》きなのかな？」

というか、ローラ アシュレイが好《す》きなんだけど、まぁ薔薇《ばら》も嫌《きら》いじゃない。

「たくさんあるよ。よかったら、見《み》ていきなさい。」

そう言《い》って小父《おじ》さんは、潜《くぐ》り戸《ど》を大《おお》きく開《あ》けた。

その隙間《すきま》から、咲《さ》き乱《みだ》れるいろんな色《いろ》の薔薇《ばら》が見《み》えたんだ。

わぁ、すごい！

誘《さそ》われて、私《わたし》は服《ふく》を拭《ふ》きながら庭《にわ》の中《なか》へ。

「今《いま》は、四季咲《しきざ》きの薔薇《ばら》も、秋咲《あきざ》きの薔薇《ばら》も満開《まんかい》だからね。見事《みごと》だろ。」

樹《き》のように大《おお》きく立《た》ち上《あ》がっている薔薇《ばら》もあったし、天井《てんじょう》みたいに空中《くうちゅう》を横切《よこぎ》っている薔薇《ばら》もあって、もちろん胸《むね》のあたりくらいなサイズの薔薇《ばら》も、ミニ薔薇《ばら》もたくさん。

色《いろ》も純白《じゅんぱく》から真紅《しんく》、黄色《きいろ》、紫《むらさき》、ピンクやグラデーションがかかったのまで多種多様《たしゅたよう》。

庭中《にわじゅう》が薔薇《ばら》で埋《う》まって、甘《あま》い香《かお》りが漂《ただよ》っていて、うっとりしてしまいそうだった。

「薔薇《ばら》がお好《す》きなんですね。」

私《わたし》がそう言《い》うと、小父《おじ》さんは、延々《えんえん》と続《つづ》く薔薇園《ばらえん》のはるか向《む》こうの方《ほう》にある塀《へい》と同《おな》じブルーグレーの家《いえ》に目《め》をやった。

「亡《な》くなった妻《つま》が、好《す》きでね。」

あ、そうだったんだ。

思《おも》い出《だ》させてしまって・・・悪《わる》かったかな。

私《わたし》が言葉《ことば》を呑《の》んでいると、小父《おじ》さんはこちらを向《む》いた。

「好《す》きな時《とき》に、ここに入《はい》ってもいいよ、水《みず》をかけてしまったお詫《わ》び。」

そう言《い》って、潜《くぐ》り戸《ど》についているポストを内側《うちがわ》から開《あ》けて見《み》せる。

「ここにワイヤーの付《つ》いた鍵《かぎ》が入《はい》ってる。私《わたし》が鍵《かぎ》を忘《わす》れた時《とき》のためなんだけどね。外《そと》から手《て》を入《い》れて、ワイヤーを引《ひ》っぱれば鍵《かぎ》が取《と》れる。それで潜《くぐ》り戸《ど》を開《あ》けられるよ。わかった?」

私《わたし》がうなずくと、小父《おじ》さんはちょっと微笑《ほほえ》んだ。

「もちろん玄関《げんかん》からインタフォンを押《お》してくれてもいいんだけど、私《わたし》はいないことが多《おお》いからね。葉山《はやま》のマンションで、1人暮《ひとりぐ》らしなんだ。この家《いえ》はほとんど無人《むじん》なんだよ。」

へぇ。

「庭《にわ》には、定期的《ていきてき》に植木屋《うえきや》が入《はい》って手入《てい》れしている。でも薔薇《ばら》には、褒《ほ》めてくれる人《ひと》が必要《ひつよう》だしね。」

褒《ほ》めてくれる人《ひと》？

「薔薇作《ばらづく》りで世界的《せかいてき》に認《みと》められた鈴木省三《すずきせいぞう》って人《ひと》が言《い》ったことなんだけど、いつも声《こえ》をかけて褒《ほ》めてやると、薔薇《ばら》はきれいな花《はな》を咲《さ》かせるようになるって。」

へえ、言葉《ことば》わかるんだね。

「時々来《ときどきき》て、褒《ほ》めてやってくれるとうれしいな。あ、時間《じかん》がある時《とき》でいいから。」

私《わたし》はそれを約束《やくそく》した。

でもそれ以降《いこう》、まだ一度《いちど》も、行《い》ってないんだ。

いろいろ、忙《いそが》しくって。

庭《にわ》に招待《しょうたい》してくれた小父《おじ》さんに感謝《かんしゃ》の気持《きも》ちをこめて、家《いえ》の前《まえ》では、いったん足《あし》を止《と》めることにしているんだけど。

いつか、ゆっくり来《き》たいな。

そう思《おも》いながら私《わたし》は再《ふたた》び漕《こ》ぎ出《だ》し、家《いえ》に帰《かえ》った。

で、お弁当《べんとう》を持《も》って、すぐ秀明《しゅうめい》へっ！

そして授業《じゅぎょう》をこなし、休《やす》み時間《じかん》になると階段《かいだん》を駆《か》け上《あ》がってカフェテリアに驀地《まっしぐら》っ!!

私《わたし》って、一日《いちにち》の中《なか》で走《はし》ってる時間《じかん》、結構多《けっこうおお》いよね、そんな気《き》がする。

「アーヤが来《き》た。」

カフェテリアのドアを開《あ》けると、隅《すみ》の方《ほう》の目立《めだ》たないテーブルに、もう4人《にん》がそろっていた。

若武《わかたけ》と上杉君《うえすぎくん》と小塚君《こづかくん》と黒木君《くろきくん》。

秀明《しゅうめい》は、成績《せいせき》の上位《じょうい》のクラスほど上階《じょうかい》にあって、そのさらに上《うえ》の階《かい》にカフェテリアがある。

4人《にん》とも優秀《ゆうしゅう》だから、1階分上《かいぶんのぼ》れば、すぐカフェテリアなんだ。

私《わたし》は、ほとんど地上近《ちじょうちか》くを這《は》いずってる身分《みぶん》だから、時間《じかん》がかかる。

息《いき》を弾《はず》ませながら、空《あ》いている椅子《いす》に腰《こし》を下《お》ろした。

その頃《ころ》、ドアから翼《たすく》と忍《しのぶ》が入《はい》ってきたんだ。

翼《たすく》が遅《おそ》くなることは聞《き》いていたけれど、はて忍《しのぶ》は、なんで?

だって忍《しのぶ》は先日《せんじつ》、ついに秀明《しゅうめい》に入塾《にゅうじゅく》したんだよ。

で、入塾《にゅうじゅく》テストの結果《けっか》、全教科《ぜんきょうか》がA《エー》クラス判定《はんてい》。

だから最上階《さいじょうかい》の住人《じゅうにん》になったはずなのに、遅《おく》れてくるのは、どうして!?

「七鬼《なき》の奴《やつ》、秀明来《しゅうめいき》てからずっと寝《ね》てたんだぜ。」

若武《わかたけ》があきれたような顔《かお》で、手《て》にしていたスマートフォンをテーブルに置《お》く。

「国語《こくご》、英語《えいご》、理科《りか》、全授業《ぜんじゅぎょう》、眠《ねむ》ってた。起《お》きてたのは移動時間《いどうじかん》だけ。今《いま》も、俺《おれ》がスマホ鳴《な》らさなかったら、絶対起《ぜったいお》きなかったぞ。」

それで遅《おく》れたんだ。

「七鬼《なき》さぁ、」

上杉君《うえすぎくん》が片手《かたて》を広《ひろ》げて顔《かお》の前《まえ》に立《た》て、中央《ちゅうおう》の指《ゆび》で眼鏡《めがね》を押《お》し上《あ》げる。

「顔色《かおいろ》、悪《わる》くね？」

皆《みな》がいっせいに忍《しのぶ》を見《み》た。

そういえば今日《きょう》、忍《しのぶ》は学校《がっこう》でも、1時間目《じかんめ》の初《はじ》めに教室《きょうしつ》にいなかった。

気《き》がついた時《とき》には、来《き》てたんだけどね。

「え、そう？　この1週間《しゅうかん》くらい、ほとんど完徹《かんてつ》でゲームやってたからかな。」

げっ、1週間《しゅうかん》もぉっ！

「確《たし》かに眠《ねむ》くって、調子《ちょうし》がよくない。」

そりゃ当《あ》たり前《まえ》だよ。

夜《よる》はちゃんと寝《ね》ないと。

ま私《わたし》も、睡眠《すいみん》はいつも不足気味《ふそくぎみ》だけどね。

だって学校《がっこう》の復習《ふくしゅう》、予習《よしゅう》、塾《じゅく》の復習《ふくしゅう》と予習《よしゅう》、練習問題《れんしゅうもんだい》なんかやってると、どうしたって時間《じかん》がかかるんだもの。

でもゲームやろうって気《き》になるのは、余裕《よゆう》があるからだよね、すごいかも。

ちょっと感心《かんしん》している私《わたし》の隣《となり》で、上杉君《うえすぎくん》が眉根《まゆね》を寄《よ》せる。

「それ、かなりヤバいぜ。脳《のう》がイカれちまうって。」

えっ、どうして!?

6　ネトゲ廃人《はいじん》

翼《たすく》が、ちょっと笑《わら》った。

「上杉《うえすぎ》が言《い》ってるのは、ネトゲ廃人《はいじん》のことでしょ？」

うっ、言葉《ことば》がわからない、どうしよう。

若武《わかたけ》が不満《ふまん》げに頬《ほお》を膨《ふく》らませる。

「だけどMMORPG《エムエムオーアールピージー》だと、途中《とちゅう》で抜《ぬ》けにくいじゃんよ。」

ううっ、状況《じょうきょう》もわからない。

息《いき》を呑《の》む私《わたし》に、黒木君《くろきくん》がそっと椅子《いす》を寄《よ》せてきて、耳《みみ》にささやいた。

「MMORPG《エムエムオーアールピージー》っていうのはマッシブリー・マルチプレイヤー・オンライン・RPG《アールピージー》のことだよ。」

ふむ。

「今《いま》すごく人気《にんき》なんだ。ネットで知《し》り合《あ》った相手《あいて》とチームを組《く》んでモンスターを倒《たお》すゲーム。途《と》中《ちゅう》で誰《だれ》かが抜《ぬ》けると、チームメンバーに迷惑《めいわく》がかかるから、個人《こじん》の都合《つごう》で切《き》り上《あ》げるのが難《むずか》しいんだ。」

うーむ、そうか。

「時間《じかん》や金《かね》をかければかけるほど、いい武器《ぶき》が手《て》に入《はい》るし、称号《しょうごう》も上《あ》がってくから、大人《おとな》でも嵌《はま》りやすくて、朝起《あさお》きられなくなったり引《ひ》きこもりになったりするらしい。それがネットゲーム廃《はい》人《じん》、つまりネトゲ廃人《はいじん》。」

なるほど。

私《わたし》がうなずいていると、上杉君《うえすぎくん》がレンズの向《む》こうの切《き》れ上《あ》がった目《め》に、冷《ひ》ややかな光《ひかり》をきらめかせた。

「俺《おれ》の言《い》ってるのは、そんな生易《なまやさ》しいことじゃねーよ。」

え、これでもまだ生易《なまやさ》しいのっ!?

充分《じゅうぶん》ハードだと思《おも》うけどな。

「長時間《ちょうじかん》ゲームをする奴《やつ》は、脳《のう》の発達《はったつ》に遅《おく》れが出《で》るんだ。IQ《アイキュー》も下《さ》がる。」

げっ!

「大学《だいがく》の研究《けんきゅう》グループがアメリカの精神《せいしん》医学《いがく》雑誌《ざっし》に、そういう論文《ろんぶん》を発表《はっぴょう》した。ゲーム時間《じかん》が長《なが》い子供《こども》の脳《のう》は、認識《にんしき》機能《きのう》に関係《かんけい》する前頭《ぜんとう》前《ぜん》皮質《ひしつ》や、記憶《きおく》に関係《かんけい》する海馬《かいば》や尾状核《びじょうかく》の組織《そしき》密度《みつど》が低《ひく》くなり、スカスカ状態《じょうたい》になっていく。」

恐《こわ》っ！

「ゲームだけじゃなくてＬＩＮＥ《ライン》も、マズい。同《おな》じ大学《だいがく》が発表《はっぴょう》している研究《けんきゅう》では、スマホは一日《にち》1時間《じかん》以上《いじょう》使《つか》うと成績《せいせき》が下《さ》がるが、ＬＩＮＥ《ライン》だと1時間《じかん》未満《みまん》でも下《さ》がる。」

げげっ！

「原因《げんいん》は、スマホやＬＩＮＥ《ライン》を使《つか》ってる時《とき》は、脳《のう》の前頭前野《ぜんとうぜんや》への血流《けつりゅう》が減《へ》り、ほとんど眠《ねむ》っている状態《じょうたい》に近《ちか》くなるから。通学中《つうがくちゅう》にスマホをいじっていると、学校《がっこう》に着《つ》いても1時間《じかん》くらいは脳《のう》がまともに機能《きのう》しない可能性《かのうせい》が高《たか》い。」

げげげっ！

「特《とく》に寝《ね》る前《まえ》の使用《しよう》は、記憶《きおく》の定着《ていちゃく》を阻害《そがい》する。つまりいくら勉強《べんきょう》しても頭《あたま》に残《のこ》らなくなるってわけ。これって最低《さいてい》だろ。」

皆《みな》は、いく分蒼《ぶんあお》ざめながら顔《かお》を見合《みあ》わせた。

「ちょっと控《ひか》えようかな、ゲーム。」

「僕《ぼく》も。」

「勉強時間《べんきょうじかん》だけ長《なが》くしても、頭《あたま》がやられてたら、笊《ざる》で水汲《みずく》んでる状態《じょうたい》だもんなぁ。」

こういう時《とき》だけ、私《わたし》はほっとするんだ、スマートフォンを持《も》ってなくてよかったって思《おも》って。

「ついでに言《い》えば、ＦＢ《フェイスブック》で『いいね！』を押《お》すのもやめときな。あれは情報《じょうほう》がビッグデータに蓄積《ちくせき》され、分析《ぶんせき》されている。アメリカの研究《けんきゅう》では、『いいね！』を10回押《かいお》せば、それを受《う》けたコンピューターは、押《お》した人間《にんげん》の性格《せいかく》を職場《しょくば》の同僚《どうりょう》より詳《くわ》しく知《し》るようになり、70回押《かいお》せば友人《ゆうじん》より も、１５０回押《かいお》せば親兄弟《おやきょうだい》より詳《くわ》しく把握《はあく》するようになるって言《い》われてる。軽《かる》い気持《きも》ちで『いいね！』なんて押《お》してると、コンピューターに性格《せいかく》や個人情報《こじんじょうほう》を丸摑《まるづか》みされる。誰《だれ》かがそれをのぞき見《み》ることもできるんだぜ。」

ゾクッ！

「グーグルなんかで検索《けんさく》する時《とき》も、同《おな》じ。こっちの検索《けんさく》は全部《ぜんぶ》グーグルに送信《そうしん》され、保存《ほぞん》されている。自分《じぶん》が何《なに》に興味《きょうみ》があるのか、その日《ひ》どう行動《こうどう》したのか、誰《だれ》と通信《つうしん》したのか、そういった情報《じょうほう》が全部《ぜんぶ》、だだモレ状態《じょうたい》なんだ。気味悪《きみわる》いだろ。情報保護《じょうほうほご》かけて、送信《そうしん》されないようにしとけよ。」

皆《みな》があわてて自分《じぶん》のスマートフォンを操作《そうさ》し出《だ》す。

それを見《み》ながら、ふと思《おも》ったんだ、医学系《いがくけい》のエキスパートは確《たし》かに上杉君《うえすぎくん》だけど、パソコンとかＡＩ《エーアイ》に関《かん》してなら、忍《しのぶ》のはずだよねって。

見《み》れば、忍《しのぶ》はぼんやりした様子《ようす》で、きれいな菫色《すみれいろ》の2つの目《め》を空中《くうちゅう》にさ迷《まよ》わせている。

作業《さぎょう》を終《お》えた小塚君《こづかくん》が、不思議《ふしぎ》そうに忍《しのぶ》を見《み》た。

「でも七鬼《ななき》って、前《まえ》からそんなにゲーム嵌《はま》ってたっけ？　違《ちが》うよね。」

忍《しのぶ》は大《おお》きな溜《た》め息《いき》をつく。

「実《じつ》は、現実《げんじつ》から逃避《とうひ》したい一心《いっしん》で、さ。」

へえ、どうしたんだろ。

「何《なに》かあったの？」

翼《たすく》に聞《き》かれ、忍《しのぶ》は口《くち》を開《ひら》きかけた。

「ついに、」

そこまで言《い》った瞬間《しゅんかん》、クラッとしたらしくて目《め》を瞑《つぶ》り、辛《つら》そうに頬《ほお》を歪《ゆが》めていたけれど、やがて上半身《じょうはんしん》を倒《たお》すようにテーブルに俯《うつぶ》せ、そのまま動《うご》かなくなってしまった。

「おい七鬼《ななき》っ！」

若武《わかたけ》がテーブルを乗《の》り越《こ》えてきて、その肩《かた》を摑《つか》む。

「大丈夫《だいじょうぶ》だから・・・」

そう言《い》った忍《しのぶ》の顔《かお》は、もう真《ま》っ青《さお》だった。

息《いき》も苦《くる》しそうで、きれいな唇《くちびる》をわずかに開《ひら》き、あえぐような呼吸《こきゅう》を繰《く》り返《かえ》している。

上杉君《うえすぎくん》がそばに寄《よ》り、首《くび》に指《ゆび》を当《あ》てて脈《みゃく》を測《はか》った。

次《つぎ》に目《め》を開《ひら》かせ、様子《ようす》を見《み》る。

「若武《わかたけ》、事務員《じむいん》呼《よ》べ。黒木《くろき》、床《ゆか》に寝《ね》かせて。できるだけ揺《ゆ》するな、そっとだ。」

若武《わかたけ》が飛《と》び出《だ》していき、黒木君《くろきくん》が忍《しのぶ》を抱《だ》き上《あ》げ、床《ゆか》に横《よこ》にならせた。

私《わたし》は、さっき翼《たすく》の言《い》った言葉《ことば》、ネトゲ廃人《はいじん》を思《おも》い出《だ》し、忍《しのぶ》がそうなってしまったのかと考《かんが》えて胸《むね》が締《し》め付《つ》けられるような気《き》がした。

「忍《しのぶ》は今朝《けさ》、授業《じゅぎょう》に遅《おく》れてきたんだ。」

翼《たすく》が心配《しんぱい》そうな顔《かお》で、床《ゆか》に横《よこ》たわる忍《しのぶ》を見下《みお》ろす。

「その時《とき》は、朝起《あさお》きられなかっただけって言《い》ってたんだけど。どっか悪《わる》いとこでもあるのかな。」

私《わたし》は、「危《あぶ》ない誕生日《たんじょうび》ブルー」は知《し》っている」の中《なか》で、忍《しのぶ》が救急車《きゅうきゅうしゃ》で運《はこ》ばれるような大怪我《おおけが》をしたことを思《おも》い出《だ》した。

もしかして、その後遺症《こういしょう》？

あるいはそれと、ネトゲ廃人《はいじん》の合併症《がっぺいしょう》？

「朝《あさ》、起《お》きられないって言《い》ってたわけか？」

忍《しのぶ》の脇《わき》に片膝《かたひざ》を突《つ》いていた上杉君《うえすぎくん》が、こちらを振《ふ》り返《かえ》る。

「怠《だる》いとか、めまいがするとかは？」

翼《たすく》がうなずき、それを見《み》て上杉君《うえすぎくん》は、ほっとしたように息《いき》をついた。

「じゃ、たぶんOD《オーディー》だ。」

それは、何《なに》っ!?

ますます心配《しんぱい》になるばかりの私《わたし》に、黒木君《くろきくん》が説明《せつめい》してくれた。

「OD《オーディー》っていうのは、起立性調節障害《きりつせいちょうせつしょうがい》のこと。」

起立性調節障害《きりつせいちょうせつしょうがい》？

「全中学生《ぜんちゅうがくせい》の中《なか》の約《やく》1割《わり》が、この病気《びょうき》にかかってるって言《い》われてる。不登校《ふとうこう》の生徒《せいと》を調《しら》べると、3割《わり》から4割《わり》にこの症状《しょうじょう》が見《み》られるって報告《ほうこく》もあるんだ。」

じゃ珍《めずら》しい病気《びょうき》じゃないよね。

「症状《しょうじょう》は、朝《あさ》、起《お》きられないこと。体《からだ》が急成長《きゅうせいちょう》するせいで、自律神経《じりつしんけい》がうまく機能《きのう》しなくなってめまいや吐《は》き気《け》が起《お》こったり、息切《いきぎ》れがしたりするんだ。精神的《せいしんてき》なストレスで悪化《あっか》する。」

さっき、確《たし》か忍《しのぶ》が言《い》ってたよね、現実《げんじつ》から逃避《とうひ》したい一心《いっしん》でゲームしてるって。

で、その後《あと》で、「ついに・・・」って言《い》いかけて倒《たお》れたんだ。

その続《つづ》きは、いったい何《なん》だったんだろう。

「ああ、こっちです！」

若武《わかたけ》が連《つ》れてきた2人《ふたり》の事務員《じむいん》さんが、忍《しのぶ》の様子《ようす》を見《み》たり、話《はな》しかけたりし、本人《ほんにん》は大丈夫《だいじょうぶ》だと答《こた》えて、起《お》き上《あ》がったんだけれど、念《ねん》のために医務室《いむしつ》に連《つ》れていかれた。

「後《あと》で行《い》って、様子見《ようすみ》とくからさ。」

若武《わかたけ》がそう言《い》い、私《わたし》たちを座《すわ》らせる。

「今日《きょう》、諸君《しょくん》に集《あつ》まってもらったのは、他《ほか》でもない。今後《こんご》のKZ《カッズ》活動《かつどう》をより充実《じゅうじつ》させるために、各自《かくじ》が抱《かか》えている情報《じょうほう》を交換《こうかん》し合《あ》い、切磋琢磨《せっさたくま》しようと考《かんが》えたからだ。」

切磋琢磨《せっさたくま》には、いくつかの意味《いみ》がある。

この場合《ばあい》は、お互《たが》いに励《はげ》まし合《あ》い、刺激《しげき》し合《あ》って向上《こうじょう》していこうということだろう、おそらく。

「あのさ、」

上杉君《うえすぎくん》が、からかうような笑《え》みを浮《う》かべる。

「事件《じけん》が全然《ぜんぜん》起《お》こらねーから、やることがねぇんだってはっきり言《い》えば？」

若武《わかたけ》は、いかにもくやしそうに、片手《かたて》でクチャクチャと髪《かみ》をかき上《あ》げた。

「言葉《ことば》を換《か》えれば、まぁそう言《い》っても間違《まちが》いではないかもしれない。」

ああ曲《ま》がりくねった表現《ひょうげん》、苦《くる》しそう・・・。

「だったら、」

翼《たすく》が口《くち》を開《ひら》く。

「こういう時《とき》こそ、KZ《カッズ》アプリの計画《けいかく》を進《すす》めたらどうでしょ？」

私《わたし》は即《そく》、うなずいた。

ところが若武《わかたけ》は急《きゅう》に元気《げんき》を失《うしな》い、ガックリとテーブルに顔《かお》を伏《ふ》せたんだ。

「そりゃ俺《おれ》だって、そうしたい。だけどてんでダメなんだ。今《いま》まで俺《おれ》たちが開発《かいはつ》を計画《けいかく》してたアプリって、4つだろ。七鬼《ななき》がそのサイト作《づく》りとプログラミングを始《はじ》めてたんだけど、その間《あいだ》に、4つのうちの3つまでが商品化《しょうひんか》されちまった。」

え、そうなのっ!?

「タッチの差《さ》で先《さき》を越《こ》されたアプリもある、ちきしょうめ！」

私《わたし》は、「アイドル王子《おうじ》は知《し》っている」の中《なか》で、KZ《カッズ》マーケットを作《つく》る話《はなし》まで進《すす》んだことを思《おも》い出《だ》しながら、溜《た》め息《いき》をついた。

あれは、幻《まぼろし》になってしまったんだね。

「今《いま》、俺《おれ》たちに残《のこ》されてるのは、KZ《カッズ》ゲームアプリだけだ。」

だったら、さっさとそれをやろうよ！

「これだけは、俺《おれ》たち以外《いがい》の誰《だれ》にも考《かんが》えられないし、真似《まね》もできないから安心《あんしん》だけどさ。」

ああ急《いそ》がなくても大丈夫《だいじょうぶ》なんだね。

「KZ《カッズ》のゲームアプリって、どう作《つく》ってくの？」

小塚君《こづかくん》が聞《き》き、私《わたし》は一瞬《いっしゅん》、さっきまで忍《しのぶ》が座《すわ》っていた席《せき》に目《め》を向《む》けた。

それは、忍《しのぶ》の守備範囲《しゅびはんい》だったから。

でもそこには、誰《だれ》もいない空間《くうかん》が広《ひろ》がっているばかりだった。

「まず事件《じけん》ノートから事件《じけん》をピックアップする。」

忍《しのぶ》の代《か》わりに上杉君《うえすぎくん》が説明《せつめい》した。

「それを簡略化《かんりゃくか》して、ゲームフローを作《つく》る。これはゲームの基本方針《きほんほうしん》で、まぁ背骨《せぼね》みたいなもの。それからキャラを作《つく》る。で、全部《ぜんぶ》をプログラミングするんだ。あとは動画作《どうがつく》ったり、音楽《おんがく》作《つく》ったり、かな。全部《ぜんぶ》で1年《ねん》くらいはかかるぜ。」

そうなんだ。

「俺《おれ》たちの場合《ばあい》は、プログラミングまで自分《じぶん》たちでやって、あとはどっか会社《かいしゃ》を見《み》つけて依頼《いらい》するって感《かん》じかな。費用《ひよう》は、実際《じっさい》にアプリが売《う》れた時《とき》そこから捻出《ねんしゅつ》するように契約《けいやく》する。そうすれば金《かね》を準備《じゅんび》しなくて済《す》むからさ。」

私《わたし》は自分《じぶん》がキャラクターになって、スマートフォンの中《なか》でピコピコ動《うご》いてゲームを進《すす》めていく様子《ようす》を想像《そうぞう》してみた。

なんか・・・不思議《ふしぎ》な感《かん》じだった。

「KZ《カッズ》はこれまで常《つね》に、資金不足《しきんぶそく》だった。」

若武《わかたけ》が勿体《もったい》を付《つ》け、気取《きど》った口調《くちょう》で話《はな》す。

「アプリを作《つく》って売《う》るのは、それを潤沢《じゅんたく》にするためだ。急《いそ》ごう。アーヤ、各事件《かくじけん》をまとめて、その経過《けいか》を一覧表《いちらんひょう》にしとけよ。それを皆《みな》で検討《けんとう》して、作《つく》る順番《じゅんばん》を決《き》めて、七鬼《ななき》にプログラムを組《く》ませるんだ。」

わかった、頑張《がんば》るよ！

「ということで、アプリの話《はなし》は終了《しゅうりょう》。で、諸君《しょくん》、」

若武《わかたけ》は私《わたし》たちを見回《みまわ》し、素早《すばや》く話《はなし》を切《き》り替《か》える。

素早《すばや》いのは、若武《わかたけ》の個性《こせい》みたいなものだった。

「せっかく集《あつ》まったんだから、今《いま》、関心《かんしん》を持《も》ってることについて意見交換《いけんこうかん》をしよう。お互《たが》いの話《はなし》から学《まな》ぶべきところを見出《みいだ》し、自分《じぶん》の見識《けんしき》を広《ひろ》げるんだ。」

え・・・私《わたし》、何話《なにはな》せばいいんだろう。

平凡《へいぼん》な毎日送《まいにちおく》ってるし、特《とく》に関心事《かんしんじ》なんて、ないしなぁ。

「じゃ、まず俺《おれ》から。」

7　ドラゴンの血《ち》が人類《じんるい》を救《すく》う

若武《わかたけ》はテーブルに両肘《りょうひじ》を突《つ》き、両掌《りょうてのひら》の中《なか》に頬《ほお》を収《おさ》めながら真剣《しんけん》な顔《かお》で私《わたし》たちを見回《みまわ》した。

「今《いま》、チャリンコ替《か》えたくって、新《しん》チャリ、何《なに》にしようか悩《なや》んでるとこ。」

え、そんなくだんないことでも、いいの？

だったら私《わたし》だって、始終《しじゅう》だよ。

ボールペンの種類《しゅるい》とか、消《け》しゴムの匂《にお》いとか、結構《けっこう》、悩《なや》むもの。

「王道《おうどう》で選《えら》ぶなら、やっぱクロスバイクだよな。軽快《けいかい》だし疲《つか》れないし、スピードも出《で》るし、価格《かかく》もそんな高《たか》くないしさ。」

小塚君《こづかくん》がうなずく。

「コスパを考《かんが》えるなら、台湾《たいわん》のジャイアントが出《だ》してるＥＳＣＡＰＥ《エスケープ》がいいよ。24段変速《だんへんそく》で、タイヤ幅《はば》は狭《せま》いけど、安《やす》いから。」

黒木君《くろきくん》が眉《まゆ》を上《あ》げた。

「俺《おれ》としては、トレックのＦＸ３《エフエックススリー》が好《す》きだね。27段変速《だんへんそく》。」

上杉君《うえすぎくん》がニヤッと笑《わら》う。

「若武《わかたけ》なら、CHASSE《シャッセ》がいいんじゃね？　身長低《しんちょうひく》めな奴向《やつむ》けのがあるし、キッズ用《よう》もある。」

「おい、今《いま》なんて言《い》った!?　俺《おれ》の身長《しんちょう》は平均《へいきん》だ。それにキッズじゃねーしっ！」

「でもさ、クロスバイクって、ソコソコ感《かん》あるでしょ。どこをとっても半端《ハンパ》っていうか。」

「おっ美門《みかど》、いいとこ突《つ》いたな。そーなんだよ。俺《おれ》もそれがくやしくってさ、イマイチ踏《ふ》み切《き》れないんだよな。」

「だったら、いっそロードバイクにすれば？」

「ん、走《はし》りを追求《ついきゅう》したいんなら、やっぱりそっちかも。」

「タイヤ細《ほそ》くてきれいだし、ライドポジションもカッコいいし。」

「ピナレロのPRIMA《プリマ》がいいよ、カスタマイズしやすい。」

「ピナレロって、前輪《ぜんりん》のフォークですぐわかるよね。ちょっとかわいい。」

「俺《おれ》のお勧《すす》めは、やっぱアンカーのRS8《アールエスエイト》　EQUIPE《エキップ》かな。フレームカラーが33色《しょく》もある。」

私《わたし》は目《め》を見張《みは》って、皆《みな》のやり取《と》りを聞《き》いていた。

たかだか自転車《じてんしゃ》のことで、どうしてこんなに盛《も》り上《あ》がれるのかなって思《おも》って。

男《おとこ》の子《こ》って、不思議《ふしぎ》だなぁ。

「おい、姫《ひめ》が退屈《たいくつ》してるぞ。」

黒木君《くろきくん》が、ちらっと私《わたし》を見《み》た。

「この件《けん》は、このくらいにしよう。若武《わかたけ》、あとは1人《ひとり》で悩《なや》め。じゃ次《つぎ》、誰《だれ》？」

小塚君《こづかくん》が手《て》を上《あ》げる。

「僕《ぼく》が今《いま》、注目《ちゅうもく》しているのは、海外《かいがい》の大学《だいがく》チームの研究《けんきゅう》。タイトルはね、『ドラゴンの血《ち》が人類《じんるい》を救《すく》う』。」

若武《わかたけ》が目《め》を真《ま》ん丸《まる》にした。

「RPG《アールピージー》そのまんまじゃん。」

ほんとだ！

「ドラゴンっていっても、物語《ものがたり》のドラゴンじゃないんだ。インドネシアに生息《せいそく》してるコモドドラゴンのこと。世界最大級《せかいさいだいきゅう》の蜥蜴《とかげ》で、体長《たいちょう》は3メートル。」

すごいっ！

「おお、若武《わかたけ》の3倍《ばい》じゃんっ！」

叫《さけ》んだ上杉君《うえすぎくん》の頭《あたま》を、若武《わかたけ》が思《おも》いっきり殴《なぐ》った。

「死《し》にたいなら、はっきり言《い》え。いつでも願《ねが》いを叶《かな》えてやるぞ。」

「ふん、できるもんならやってみろ。」

2人《ふたり》は椅子《いす》を蹴《け》って立《た》ち上《あ》がり、一気《いっき》に臨戦態勢《りんせんたいせい》に突入《とつにゅう》っ！

至近距離《しきんきょり》でにらみ合《あ》っているところを、黒木君《くろきくん》が両腕《りょううで》で押《お》し分《わ》け、それぞれに座《すわ》らせた。

「小塚教授《こづかきょうじゅ》、先《さき》をどうぞ。」

小塚君《こづかくん》は、ちょっと会釈《えしゃく》してから続《つづ》ける。

「最近《さいきん》、抗生物質《こうせいぶっしつ》が効《き》かない多剤耐性菌《たざいたいせいきん》が登場《とうじょう》してきて、世界中《せかいじゅう》の医師《いし》や医学界《いがくかい》が右往左往《うおうさおう》してる。これが人類《じんるい》を滅《ほろ》ぼすんじゃないかって言《い》われてるほどだよ。でもコモドドラゴンの血液《けつえき》から、特殊《とくしゅ》なペプチドが発見《はっけん》され、強《つよ》い抗菌作用《こうきんさよう》と傷《きず》を治《なお》す効力《こうりょく》を持《も》っていることがわかったんだ。で、多剤耐性菌《たざいたいせいきん》にも対応《たいおう》できるんじゃないかって期待《きたい》が集《あつ》まっている。僕《ぼく》も注目《ちゅうもく》してるんだ。」

へえ、小塚君《こづかくん》らしいね。

「じゃ、俺《おれ》。」

上杉君《うえすぎくん》が片手《かたて》を上《あ》げた。

「校則《こうそく》で、髪《かみ》は黒《くろ》、茶髪《ちゃぱつ》はダメ、金髪《きんぱつ》はダメとかあるだろ。あれって学校側《がっこうがわ》が、髪染《かみそ》めてる暇《ひま》があったら勉強《べんきょう》しろって考《かんが》えてるからだと思《おも》ってたんだけど、そうじゃなくてちゃんと科学的根拠《かがくてきこんきょ》があるってことが最近《さいきん》わかって、妙《みょう》に感心《かんしん》した。」

え・・・それ、どんな根拠《こんきょ》？

「たぶん小塚《こづか》は知《し》ってると思《おも》うんだけどさ、」

上杉君《うえすぎくん》の視線《しせん》を受《う》けて、小塚君《こづかくん》はちょっと笑《わら》う。

でも何《なに》も言《い》わず、ただ静《しず》かに耳《みみ》を傾《かたむ》けていた。

「イギリスの科学誌《かがくし》サイエンティフィック・リポーツに載《の》った論文《ろんぶん》だ。昔《むかし》から黒《くろ》い狐《きつね》は、茶色《ちゃいろ》の狐《きつね》よりおとなしいことが知《し》られていた。これを科学的《かがくてき》に証明《しょうめい》したんだ。毛《け》の色《いろ》を左右《さゆう》する遺伝子《いでんし》を操作《そうさ》して、茶色《ちゃいろ》の野生《やせい》マウスの毛《け》を黒《くろ》く変《か》えた。その結果《けっか》、黒《くろ》いマウスは、茶色《ちゃいろ》のマウスよりずっと従順《じゅうじゅん》で、おとなしい傾向《けいこう》を持《も》つことが証明《しょうめい》されたんだ。これを人間《にんげん》に当《あ》てはめると、つまり学校側《がっこうがわ》は、おとなしく扱《あつか》いやすい生徒《せいと》を期待《きたい》して、髪《かみ》を染《そ》めるなって校則《こうそく》を作《つく》ってるってことさ、BY俺流《バイおれりゅう》。」

なるほどなぁ。

「俺《おれ》の関心事《かんしんじ》はね、」

黒木君《くろきくん》が静《しず》かに口《くち》を開《ひら》く。

「犬《いぬ》。最近《さいきん》、知《し》り合《あ》いが犬《いぬ》を飼《か》い始《はじ》めたんだ。」

へぇっ！

「その様子《ようす》を見《み》ていて初《はじ》めて気《き》がついたんだけど、犬《いぬ》と人間《にんげん》の間《あいだ》には、他《ほか》のペットとの間《あいだ》じゃ成《せい》立《りつ》しないような、すごく細《こま》やかな愛情《あいじょう》が通《かよ》うんだ。血《ち》がつながってるみたいな、ね。」

そういうものなの!?

「人間《にんげん》と特別《とくべつ》のつながりを持《も》てる動物《どうぶつ》は、犬《いぬ》だけだって感《かん》じたよ。」

私《わたし》たちは、その根拠《こんきょ》を求《もと》め、いっせいに小塚君《こづかくん》の方《ほう》を向《む》いた。

小塚君《こづかくん》は、ちょっとはにかみながら微笑《ほほえ》む。

「それはそうだね。犬《いぬ》は特別《とくべつ》な動物《どうぶつ》なんだ。人間《にんげん》の子供《こども》と母親《ははおや》が見《み》つめ合《あ》うと、お互《たが》いの体《からだ》の中《なか》でオキシトシンっていうホルモンが出《で》る。これは愛情《あいじょう》や信頼《しんらい》を促《うなが》す力《ちから》を持《も》っているんだけど、人《にん》間《げん》と犬《いぬ》が見《み》つめ合《あ》ってる時《とき》も、お互《たが》いの体《からだ》の中《なか》でオキシトシンの濃度《のうど》が上昇《じょうしょう》するんだ。こういう動物《どうぶつ》は犬《いぬ》だけなんだよ。それから犬《いぬ》は不安《ふあん》になると、飼《か》い主《ぬし》を頼《たよ》る。これは人間《にんげん》の幼児《ようじ》が母親《ははおや》を頼《たよ》るのと似《に》た行動《こうどう》なんだ。犬《いぬ》と人間《にんげん》は、親子《おやこ》に近《ちか》いような絆《きずな》を結《むす》ぶことができるって言《い》われているよ。」

なんか私《わたし》、犬飼《いぬか》いたくなってきたかも。

「じゃ黒木《くろき》、犬《いぬ》、飼《か》うの？」

翼《たすく》に聞《き》かれて、黒木君《くろきくん》はちょっと笑《わら》った。

「飼《か》いたいけど・・・毎日《まいにち》、世話《せわ》しないとダメだろ。それに、犬《いぬ》も高齢《こうれい》になると認知症《にんちしょう》になるんだ。」

知《し》らなかったっ！

「個体差《こたいさ》があるけど、7歳《さい》を超《こ》えると人間《にんげん》の高齢者《こうれいしゃ》と同《おな》じらしい。認知症《にんちしょう》は、10歳前後《さいぜんご》で発症《はっしょう》する。突然激《とつぜんはげ》しく吠《ほ》えたり嚙《か》みつこうとしたり、同《おな》じところをグルグル回《まわ》ったりするんだ。そういうことに対応《たいおう》する覚悟《かくご》がないと、飼《か》えないね。俺《おれ》には無理《むり》。」

その横顔《よこがお》は、とても寂《さび》しげだった。

黒木君《くろきくん》は、いつもそんなふう。

人《ひと》を近《ちか》づけない雰囲気《ふんいき》を漂《ただよ》わせてるから、誰《だれ》もそれ以上《いじょう》は突《つ》っこめないいんだけどね。

「2人残《ふたりのこ》ったな。」

若武《わかたけ》に言《い》われて、翼《たすく》が、お先《さき》にどうぞというように私《わたし》に向《む》かって手《て》を出《だ》した。

私《わたし》は、ちょっと考《かんが》えてから言《い》った。

「同《おな》じクラスにいる女子《じょし》のことが、すごく気《き》になってるの。」

今日《きょう》、久美《くみ》さんと交《か》わした会話《かいわ》を、翼《たすく》の名前《なまえ》だけ伏《ふ》せて皆《みな》に話《はな》す。

「アイドル的存在《てきそんざい》の男子《だんし》について、何《なん》とも思《おも》ってないって言《い》っていながら、皆《みな》がすごくいいって言《い》ってるから親《した》しくしてる人《ひと》が羨《うらや》ましいって言《い》うんだ。それ変《へん》じゃない？　自分《じぶん》がいいと思《おも》ってなければ、羨《うらや》ましくなんかないと思《おも》うけど。」

黒木君《くろきくん》が苦笑《くしょう》し、私《わたし》の方《ほう》を向《む》いた。

「その子《こ》はね、」

テーブルに両腕《りょううで》を突《つ》き、こちらに身《み》を乗《の》り出《だ》す。

「皆《みんな》に合《あ》わせるのがベストだと思《おも》ってるんだろ。だから自分《じぶん》が何《なん》とも思《おも》ってなくても、皆《みんな》がいいって言《い》ってるだけで羨《うらや》ましくなるんだ。きっといつも皆《みんな》の意見《いけん》に気《き》をつけてて、浮《う》かないように嫌《きら》われないように合《あ》わせてるんじゃないのかな。」

そういうことか。

じゃコンビニ仮面《かめん》も、必死《ひっし》で作《つく》ってる笑顔《えがお》なんだね。

とりあえず微笑《ほほえ》んどけば、嫌《きら》われないから。

それが強張《こわば》ってるってことには、きっと気《き》づいてないんだ。

「そういう奴《やつ》って、マジ面倒《めんどう》くせぇぜ。自分《じぶん》の意見《いけん》をなかなか言《い》わねーんだからさ。」

上杉君《うえすぎくん》が腕《うで》を組《く》み、椅子《いす》の背《せ》にもたれかかった。

「俺《おれ》、絶対《ぜったい》、関《かか》わりたくねー。」

私《わたし》が首《くび》を傾《かし》げたままでいると、黒木君《くろきくん》があでやかなその目《め》に笑《え》みを含《ふく》んだ。

「何《なに》か、まだ疑問《ぎもん》でも？」

言葉《ことば》で言《い》わなくてもわかってくれるのは、黒木君《くろきくん》だけなんだ。

「その子《こ》は、なんで皆《みんな》に合《あ》わせるのがベストだって思《おも》ってるのかな。それって自分《じぶん》の意見《いけん》より皆《みんな》の意見《いけん》を大事《だいじ》にしてるってことでしょ。嫌《きら》われたくないって気持《きも》ちはわかるけれど、自分《じぶん》の考《かんが》えを譲《ゆず》ってまで皆《みんな》に合《あ》わせて、それで好《す》かれてもつまらないっていうか、意味《いみ》がないと思《おも》うんだけどな。私《わたし》だったら、たとえ嫌《きら》われても自分《じぶん》を曲《ま》げたりしない。」

皆《みな》が一瞬《いっしゅん》、顔《かお》を見合《みあ》わせた。

「すげえな、アーヤ。」

「ん、最強《さいきょう》だ。」

「蛮勇《ばんゆう》と言《い》えんこともない気《き》もするが。」

「僕《ぼく》より強《つよ》いや。」

「アーヤに学《まな》ぼう。」

え・・・私《わたし》、当《あ》たり前《まえ》のことを言《い》ったつもりだったけど・・・。

キョトンとしていると、皆《みな》がいっせいに溜《た》め息《いき》をついた。

「あのねえ、男《おとこ》は社会的動物《しゃかいてきどうぶつ》なんだって。」

「そ、まず全体《ぜんたい》を見回《みまわ》してから自分《じぶん》の立《た》ち位置《いち》を決《き》めんのが男《おとこ》。」

「突《つ》っ張《ぱ》ってらんないことって、結構多《けっこうおお》いよね。」

「意《い》に反《はん》することを、涙《なみだ》を呑《の》んですることもね。」

それで私《わたし》は、思《おも》わず言《い》ってしまったのだった。

「そういうのを、軟弱者《なんじゃくもの》っていうんだと思《おも》うけど。」

で、その場《ば》がシ〜ンとしてしまい、私《わたし》はとても困《こま》った。

自分《じぶん》でうまく収拾《しゅうしゅう》できず、アタフタしていると、幸《さいわ》いなことに翼《たすく》が手《て》を上《あ》げたんだ。

「あの、そろそろいいかな、俺《おれ》、発言《はつげん》しても。」

願《ねが》ってもないことで、私《わたし》は飛《と》び付《つ》きたい思《おも》いでニッコリした。

あ、今《いま》、私《わたし》、コンビニ仮面《かめん》になってるかも。

「俺《おれ》が今《いま》、気《き》になってるのは七鬼《なな き》のこと。」

そりゃ私《わたし》だって、心配《しんぱい》してるよ。

「大丈夫《だいじょうぶ》だって。」

そう言《い》って上杉君《うえすぎくん》は背《せ》もたれに凭《もた》せかけた体《からだ》に体重《たいじゅう》を移動《いどう》させ、自分《じぶん》が座《すわ》っている椅子《いす》の前脚《まえあし》2本《ほん》を持《も》ち上《あ》げた。

馬《うま》が後《うし》ろ脚《あし》で立《た》ち上《あ》がる時《とき》とか、オートバイがウィリーする時《とき》みたいで、すごくカッコいいポーズだったけれど、私《わたし》はハラハラしてしまった。

今《いま》にもグッシャリと崩《くず》れるんじゃないかって思《おも》って。

ところが上杉君《うえすぎくん》は、器用《きよう》にバランスを取《と》りながら2本脚《ほんあし》の椅子《いす》の上《うえ》で腕《うで》を組《く》んだままだった。

すごいね、平衡感覚《へいこうかんかく》。

さすが、サッカーKZ《カッズ》のレギュラー。

「OD《オーディー》なら治療法《ちりょうほう》はあるし、そんなに長引《ながび》かねーよ。精神的《せいしんてき》ストレスが解消《かいしょう》されれば、の話《はなし》だけどさ。」

翼《たすく》は、ちょっと悲《かな》しそうな顔《かお》になる。

「その精神的《せいしんてき》ストレスが何《なん》なのか・・・俺《おれ》、七鬼《ななき》から聞《き》いた。あいつのストレスの原因《げんいん》は、」

ゴックン！

「ついに婚約者《こんやくしゃ》がこっちに出《で》てきて、会《あ》わなきゃならなくなったことなんだ。」

そうだったんだ・・・。

8　大事件《だいじけん》の予感《よかん》

「ってことは・・・おい七鬼《なぎ》ってさ、」

若武《わかたけ》が、放《ほう》っておけないといったようにテーブルの上《うえ》に身《み》を乗《の》り出《だ》す。

「婚約者《こんやくしゃ》のこと、嫌《きら》いなのか？」

え・・・でも写真《しゃしん》とか大事《だいじ》にしてた気《き》がするけど。

「結婚《けっこん》したくないとか？」

それはそうかもしれない。

けど、もう諦《あきら》めてるんじゃないのかな、一族《いちぞく》を存続《そんぞく》していくためにはしかたないって言《い》ってたと思《おも》うよ。

「だいたい今《いま》の時代《じだい》に、家《いえ》の決《き》めた婚約者《こんやくしゃ》なんてありえないだろ。」

まぁそうだけど。

「七鬼《なぎ》が嫌《いや》だっていうんなら、俺《おれ》たち、七鬼《なぎ》を助《たす》けてやんないと。」

若武《わかたけ》は急《きゅう》に活気《かっき》づき、生《い》き生《い》きとした光《ひかり》を浮《う》かべた目《め》で私《わたし》たちを見回《みまわ》した。

その様子《ようす》は、これこそKZ《カッズ》が取《と》り組《く》むべき次《つぎ》の事件《じけん》だとでも言《い》いたげで、1人《ひとり》で猛進《もうしん》しそうな雰囲気《ふんいき》だったから、上杉君《うえすぎくん》が嫌《いや》な顔《かお》をした。

「無理矢理《むりやり》、事件《じけん》に仕立《した》て上《あ》げるんじゃねーよ。」

そう言《い》いながら、高《たか》い音《おと》を立《た》てて椅子《いす》の脚《あし》を元《もと》に戻《もど》す。

「ただの婚約《こんやく》ブルーだろ。」

婚約《こんやく》ブルー？

「マリッジブルーと似《に》たようなもの。マリッジブルーってのは、好《す》きな相手《あいて》と結婚《けっこん》することになったのに、当日《とうじつ》が近《ちか》づいてくると不安《ふあん》や憂鬱《ゆううつ》に囚《とら》われる現象《げんしょう》。自分《じぶん》の未来《みらい》をここで決《き》めてしまっていいのかとか、自由《じゆう》がなくなるんじゃないかとか、いろんなことが頭《あたま》を過《よぎ》ってストレス状《じょう》態《たい》に突入《とつにゅう》するんだ。」

へぇ好《す》きな人《ひと》と結婚《けっこん》する時《とき》でも、そんなふうになるんだ。

人間《にんげん》って、複雑《ふくざつ》な生《い》き物《もの》なんだね。

「俺《おれ》、七鬼《ななき》に会《あ》って、詳《くわ》しく話聞《はなしき》いてみるよ。」

黒木君《くろきくん》が立《た》ち上《あ》がり、片手《かたて》を上《あ》げた。

「次《つぎ》の会議《かいぎ》で報告《ほうこく》する。じゃね。」

私《わたし》たちの中《なか》では黒木君《くろきくん》が一番大人《いちばんおとな》だから、まぁ適任《てきにん》かもしれない。

そう思《おも》って見送《みおく》っていると、黒木君《くろきくん》は途中《とちゅう》で足《あし》を止《と》め、こちらに戻《もど》ってきた。

「アーヤ、」

テーブルに両手《りょうて》を突《つ》き、私《わたし》の方《ほう》に身《み》を乗《の》り出《だ》す。

「最近《さいきん》、砂原《すなはら》から連絡《れんらく》あった？」

私《わたし》は、目《め》をパチクリしながら首《くび》を横《よこ》に振《ふ》った。

いーえ、全然《ぜんぜん》。

私《わたし》は、今日《きょう》の部活《ぶかつ》でちょうど砂原《すなはら》のことを考《かんが》えてたけどね。

「俺《おれ》に入《はい》った情報《じょうほう》では、砂原《すなはら》は研修生《けんしゅうせい》として南《みなみ》スーダンに行《い》くらしいんだ。」

皆《みな》が一瞬《いっしゅん》、真顔《まがお》になり、目《め》を見合《みあ》わせた。

「南《みなみ》スーダンって、すげえ内戦《ないせん》してるトコじゃん。」

えっ！

「今《いま》、最《もっと》も危険《きけん》な地域《ちいき》って言《い》われてるよね。」

ええっ！

「一時期《いちじき》、派遣《はけん》されていた自衛隊《じえいたい》はもちろん、AAR《エーエーアール》（難民《なんみん》を助《たす》ける会《かい》）も、ついに撤退《てったい》した超《ちょう》危険地帯《きけんちたい》、激戦区《げきせんく》だよ。」

私《わたし》は背筋《せすじ》がゾクゾクした。

砂原《すなはら》は、なんでそんな所《ところ》に行《い》くんだろう。

「何《なん》でも、」

黒木君《くろきくん》はテーブルから両手《りょうて》を引《ひ》き、体《からだ》を起《お》こす。

「現地《げんち》で大規模《だいきぼ》な戦闘《せんとう》があって、難民《なんみん》をサポートしている修道女会《しゅうどうじょかい》がかなりの被害《ひがい》を出《だ》したらしいんだ。砂原《すなはら》の所属《しょぞく》している『MASQUE《マスク》 ROUGE《ルージュ》』本部《ほんぶ》では、その修道女会《しゅうどうじょかい》の護衛活動《ごえいかつどう》をすることを決定《けってい》した。それで砂原《すなはら》は、警護《けいご》メンバーに立候補《りっこうほ》したんだ。まだ研修中《けんしゅうちゅう》だから正規《せいき》メンバーじゃないらしいけど、参加《さんか》を許可《きょか》されたみたい。」

ああ、そういうのって、すごく砂原《すなはら》らしいなと私《わたし》は思《おも》った。

自分《じぶん》の信《しん》じるものに、いつでもまっすぐに向《む》かっていくんだ。

すごく直向《ひたむ》きで純粋《じゅんすい》、でも照《て》れ屋《や》だから絶対《ぜったい》、それを表《おもて》に出《だ》さない。

「本格《ほんかく》ハロウィンは知《し》っている」の中《なか》での砂原《すなはら》の様子《ようす》を思《おも》い出《だ》し、私《わたし》は涙《なみだ》が出《で》そうになってしまった。

「南《みなみ》スーダン行《い》ったら、今度《こんど》こそ、もう帰《かえ》ってこられないかもしれない。その前《まえ》にアーヤに接触《せっしょく》するんじゃないかって思《おも》ってたんだけど・・・」

黒木君《くろきくん》の声《こえ》に、上杉君《うえすぎくん》の声《こえ》が重《かさ》なる。

「そのパターン、前《まえ》にやったぜ。」

確《たし》かに！

「同《おな》じことは、さすがにやんないんじゃね？」

でも私《わたし》、出発《しゅっぱつ》の挨拶《あいさつ》に来《き》てくれるなら、何度《なんど》でもうれしいよ。

そんな危険《きけん》なとこに行《い》くのなら、励《はげ》ましたいし。

「連絡来《れんらくき》たら、俺《おれ》にも教《おし》えてよ。」

そう言《い》って黒木君《くろきくん》は、片手《かたて》を上《あ》げた。

「メッセージ送《おく》りたいからさ、じゃ。」

長身《ちょうしん》をひるがえして遠《とお》ざかっていく。

若武《わかたけ》が不貞腐《ふてくさ》れた様子《ようす》で、それを見送《みおく》った。

「リーダーは、この俺《おれ》だぞ。黒木《くろき》の奴《やつ》、さっきから勝手《かって》に動《うご》きやがって。」

私《わたし》は、小塚君《こづかくん》と顔《かお》を見合《みあ》わせた。

「若武《わかたけ》、機嫌悪《きげんわる》いね。なんで？」

「七鬼《ななき》の件《けん》を事件《じけん》にしようと思《おも》ってたのに、なりそうもないからじゃないかな。」

上杉君《うえすぎくん》が、皮肉《ひにく》な笑《え》みを浮《う》かべた。

「若武先生《わかたけせんせい》のご機嫌《きげん》が直《なお》るような大事件《だいじけん》を、誰《だれ》かご報告《ほうこく》しろよ。」

と・・・言《い》われてもなぁ・・・。

「はい！」

手《て》を上《あ》げたのは、翼《たすく》だった。

「実《じつ》は、もう1つ気《き》になっていることがあるんだ。」

若武《わかたけ》は組《く》んだ腕《うで》をテーブルに載《の》せ、前《まえ》かがみになってそこに顔《かお》を伏《ふ》せながらブツブツとつぶやく。

「どうせ碌《ろく》なことじゃないんだろ。言《い》ってみろよ、笑《わら》ってやるから。」

あーあ、自棄《やけ》になってる。

「学校帰《がっこうがえ》りに、ある大《おお》きな家《いえ》の前《まえ》を通《とお》りかかったら、車《くるま》が1台《だい》、路駐《ろちゅう》してたんだ。その家《いえ》には、道路《どうろ》に面《めん》して大《おお》きなガレージがある。それにもかかわらず、車《くるま》は道路《どうろ》に停《と》まっていた。」

家《いえ》のガレージが、いっぱいだったとか、かな？

「その車《くるま》は、翌日《よくじつ》も停《と》まっていた。それからずっと毎日《まいにち》、停《と》まってるんだ。」

あ、チェックに行《い》ってるって、そのことだったんだね。

「あのさぁ、」

若武《わかたけ》が顔《かお》を伏《ふ》せたまま、怠《だる》そうにつぶやく。

「路駐《ろちゅう》ぐらい、普通《ふつう》にすっだろ。そりゃ道路交通法違反《どうろこうつうほういはん》だろうけどさ、広《ひろ》い心《こころ》で許《ゆる》してやれよ。」

上杉君《うえすぎくん》が、コンと若武《わかたけ》の頭《あたま》を小突《こづ》く。

「おまえ、真面目《まじめ》に全部聞《ぜんぶき》けよ。」

「やったな！」

で、2人《ふたり》は、一気《いっき》に戦闘状態《せんとうじょうたい》っ！

翼《たすく》は、しかたなさそうな溜《た》め息《いき》をつき、私《わたし》と小塚君《こづかくん》に向《む》き直《なお》った。

「俺《おれ》が確認《かくにん》を始《はじ》めて、もう1か月経《げった》つ。その間《あいだ》ずううっと停《と》まってんだ。初《はじ》め見《み》かけたのは登校《とうこう》の途中《とちゅう》と下校《げこう》の時《とき》だったから、日中《にっちゅう》や夜《よる》はどうかと思《おも》って、学校《がっこう》の昼休《ひるやす》みや塾《じゅく》から帰《かえ》る時《とき》や、真《ま》夜中《よなか》にも行《い》って確認《かくにん》したんだけど、やっぱり一日中《いちにちじゅう》停《と》まってた。」

翼《たすく》って、妙《みょう》なとこに情熱注《じょうねつそそ》ぐタイプなんだね、知《し》らなかったなぁ。

意外《いがい》な発見《はっけん》に驚《おどろ》きつつ、私《わたし》もさすがに変《へん》だと思《おも》った。

たとえば親戚《しんせき》の人《ひと》とか、知《し》り合《あ》いが訪《たず》ねてきたりして、ガレージがいっぱいで路上駐車《ろじょうちゅうしゃ》したとしても、1か月《げつ》もそのままなんて考《かんが》えられないもの。

「停《と》まっている車《くるま》の中《なか》には、男《おとこ》が3人乗《にんの》ってる。いつも同《おな》じメンバーだ。どう見《み》ても普通《ふつう》の仕事《しごと》をしてるって感《かん》じじゃない。1人《ひとり》は角刈《かくが》り、1人《ひとり》はパンチパーマ、3人目《にんめ》はスキンヘッドで、それぞれに金《きん》のピアスやネックレス、派手《はで》な時計《とけい》をしてるんだ。3人《にん》ともダブルのジャケットを着《き》てて、ガタイはすごくいい。で、車内《しゃない》がモクモク曇《くも》るくらい煙草《たばこ》を吸《す》ってる。」

そう言《い》いながら翼《たすく》は、私《わたし》が開《ひら》いていた事件《じけん》ノートを自分《じぶん》の方《ほう》に引《ひ》き寄《よ》せ、そこに手早《てばや》く3人《にん》の似顔絵《にがおえ》を描《か》いた。

とても上手《じょうず》で、あっという間《ま》に人相極悪《にんそうごくあく》、センス最悪《さいあく》の3人《にん》を描《か》き上《あ》げた。

「それで3人《にん》とも、夜寝《よるね》てる時以外《ときいがい》は、いつも赤《あか》い鉛筆《えんぴつ》を握《にぎ》っている。」

はっ!?

「車内《しゃない》にいる間《あいだ》、その鉛筆《えんぴつ》で、小《ちい》さなサイズの新聞《しんぶん》にチェックを入《い》れてるんだ。」

はて、それは何《なん》のため?

もしかして犯罪《はんざい》の計画《けいかく》でも立《た》ててるとか?

「たぶんギャンブル、競馬《けいば》か競艇《きょうてい》なんかのレースの予想《よそう》をしてるんだと思《おも》う。」

なんだ、そうか。

「他《ほか》にやることがなくて、暇《ひま》だからだ。」

私《わたし》は、コクンと息《いき》を呑《の》んだ。

いったい何《なん》のために、1か月《げつ》もの間《あいだ》、同《おな》じ場所《ばしょ》に車《くるま》を停《と》めて、その中《なか》で退屈《たいくつ》してるの!?

「変《へん》だろ？」

変《へん》だよ！

「あと3人《にん》でマニキュアを塗《ぬ》っていることも、頻繁《ひんぱん》にある。」

へっ!?

「相当《そうとう》、変《へん》だろ？」

相当《そうとう》、変《へん》だよ！

そう言《い》おうとした時《とき》、大《おお》きな声《こえ》がした。

「それは、つまり事件《じけん》だっ！」

振《ふ》り向《む》けば、乱闘中《らんとうちゅう》の若武《わかたけ》が、上杉君《うえすぎくん》に襟元《えりもと》を摑《つか》み上《あ》げられながら、こっちを見《み》ていた。

「最強《さいきょう》チームKZ《カッズ》を率《ひき》いる、華麗《かれい》なるリーダーの俺《おれ》の勘《かん》が、それは大事件《だいじけん》だと告《つ》げている。」

若武《わかたけ》のきれいな目《め》は、さっきのようにキラキラし始《はじ》めていて、私《わたし》はちょっと見惚《みと》れてしまった。

こういう時《とき》の若武《わかたけ》って、すっごく魅力的《みりょくてき》なんだもの。

「おい、」

上杉君《うえすぎくん》がげんなりした顔《かお》で、摑《つか》んでいた若武《わかたけ》の襟元《えりもと》を放《はな》す。

「いつの間《ま》にKZ《カッズ》に、最強《さいきょう》って修飾語《しゅうしょくご》が付《つ》いたんだ？」

私《わたし》は小塚君《こづかくん》を見《み》た。

「いつだろうね。」

小塚君《こづかくん》は首《くび》を傾《かし》げる。

「たぶん、たった今《いま》、かな。」

ああ、きっとそうだね、若武《わかたけ》の気分次第《きぶんしだい》で、いろいろ付《つ》くから。

「しかも華麗《かれい》なるリーダーって、何《なん》だっ!?」

上杉君《うえすぎくん》は、これだけは絶対《ぜったい》に我慢《がまん》できないといった表情《ひょうじょう》で、開《ひら》いた両手《りょうて》の指《ゆび》を戦慄《わなな》かせる。

「俺《おれ》は聞《き》いてないぞ。」

センスがよくて繊細《せんさい》な上杉君《うえすぎくん》には、若武《わかたけ》のがさつで大袈裟《おおげさ》な表現《ひょうげん》が耐《た》えられないんだよね。

ところが若武《わかたけ》は、いっこうに意《い》に介《かい》さない。

摑《つか》み合《あ》いでねじれた襟元《えりもと》をピシッと正《ただ》し、腰《こし》に手《て》を当《あ》ててこちらを見《み》た。

「諸君《しょくん》、これをKZ《カッズ》の23番目《ばんめ》の事件《じけん》とする。秀明《しゅうめい》が終《お》わったら現場《げんば》に急行《きゅうこう》し、実態《じったい》を確《たし》かめるぞ。玄関前《げんかんまえ》に集合《しゅうごう》だ。遅《おく》れるなよ！」

私《わたし》はあわてて翼《たすく》から事件《じけん》ノートを取《と》り返《かえ》し、今《いま》までの流《なが》れを記録《きろく》しようとして、はたと手《て》を止《と》めた。

「えっと、今回《こんかい》の事件名《じけんめい》は、何《なに》？」

上杉君《うえすぎくん》が、ケッと言《い》わんばかりの顔《かお》つきで若武《わかたけ》をにらむ。

「ねーだろ、そんなの。これはまだ事件《じけん》じゃない。事件未満《じけんみまん》だ。」

若武《わかたけ》が、パチンと指《ゆび》を鳴《な》らした。

「よし、これを事件未満事件《じけんみまんじけん》と命名《めいめい》しよう。」

上杉君《うえすぎくん》がガックリと項垂《うなだ》れる。

「こいつ、マジか。どこまでセンス悪《わる》いんだ。信《しん》じられん。友《とも》だち止《や》めたい・・・」

小塚君《こづかくん》が宥《なだ》めにかかったその時《とき》、休《やす》み時間終了《じかんしゅうりょう》のチャイムが流《なが》れ始《はじ》め、若武《わかたけ》が意気揚々《いきようよう》と言《い》った。

「講義《こうぎ》が終《お》わったら、この5人《にん》で現場《げんば》に向《む》かうぞ。じゃ一時的《いちじてき》に解散《かいさん》っ！」

9　グリーンシトラスの香《かお》り

「では今日《きょう》はここまで。あと30分《ぷん》は講師室《こうししつ》にいるから、質問《しつもん》に来《き》てもいいぞ。じゃ。」

講師《こうし》の先生《せんせい》が出《で》ていってしまうと、私《わたし》は急《いそ》いでテキストとノートをバッグに入《い》れ、玄関《げんかん》に向《む》かった。

ちょうど他《ほか》のクラスの授業《じゅぎょう》も終《お》わったみたいで、いくつかの教室《きょうしつ》から生徒《せいと》が出《で》てきていたし、階段《かいだん》を降《お》りてくる人《ひと》たちもいて、玄関前《げんかんまえ》のホールはたいそう混《こ》み合《あ》っていた。

そこをようやく通過《つうか》して、玄関《げんかん》の外《そと》に出《で》たとたん、そこに、またもや渋滞《じゅうたい》がっ！

え、今度《こんど》は何《なん》なの!?

「見《み》ろよ、KZ《カッズ》の若武《わかたけ》だぜ。」

「上杉《うえすぎ》もいるじゃん。HS《ハッズ》の美門《みかど》までいる。」

「シャリの小塚《こづか》も、って、いったい何《なん》の集《あつ》まりなんだ？」

「豪華《ごうか》メンバーだね。」

「ゆっくり歩《ある》こ。超有名人《ちょうゆうめいじん》じゃん。近《ちか》くで見《み》られる機会《きかい》ってめったにないもんね。」

つまり若武《わかたけ》たちを見物《けんぶつ》する渋滞《じゅうたい》なのだった。

ああ何《なん》で、これを想定《そうてい》しなかったんだ、若武《わかたけ》のバカ！

「カッコいいよね、やっぱ。」

「ん、その辺《へん》の男子《だんし》とは、オーラが段違《だんちが》い。」

「そりゃＫＺ《カッズ》はアイドルだもん。」

「あーあ、１人《ひとり》くらい私《わたし》の彼氏《かれし》になってくれないかな。この際《さい》、小塚《こづか》でもいい。」

「無理《むり》、無理《むり》、無理《むり》！」

蝸牛《かたつむり》か蛞蝓《なめくじ》みたいにノロノロ歩《ある》くその集団《しゅうだん》を、素早《すばや》くすり抜《ぬ》けていくこともできた。

けれど、そうすると、その人《ひと》たちの前《まえ》で若武《わかたけ》たちと合流《ごうりゅう》しなければならなくなるんだ。

それは、恐《おそ》ろしいほどの目立《めだ》ちすぎっ！

私《わたし》としては、皆《みな》の中《なか》に埋《う》もれて、こっそり若武《わかたけ》たちの前《まえ》を通《とお》り過《す》ぎるしかなかった。

で、少《すこ》し離《はな》れた所《ところ》まで行《い》って、様子《ようす》を見《み》ていて、他《ほか》の生徒《せいと》たちが散《ち》ってしまった頃《ころ》に戻《もど》ってこよう。

「あ、アーヤ、見《み》っけ。」

ギクッ！

「通《とお》り過《す》ぎてくよ。」

「ちっ、手《て》のかかる奴《やつ》だ。」

皆《みな》の中《なか》に踏《ふ》みこんできた若武《わかたけ》が、私《わたし》の二《に》の腕《うで》を掴《つか》み上《あ》げる。

「どこ行《い》くんだよ、待《ま》ってたんだぜ。」

皆《みな》が目《め》を見《み》開《ひら》いて、こちらに注目《ちゅうもく》っ！

「彼女《かのじょ》？」

「まさか。似合《にあ》ってないじゃん。」

「それに、彼女《かのじょ》いるって聞《き》いてないよ。」

「じゃ、どーゆー関係《かんけい》なの。」

ああ最悪《さいあく》の展開《てんかい》！

これで私《わたし》は、あれこれ詮索《せんさく》されて、言《い》われなくてもいいことまで言《い》われてしまうんだ。

「何《なん》だよ。俺《おれ》たちを待《ま》たせておきながら、不満《ふまん》そうだな。」

不満《ふまん》です！

「さっさと行《い》くぞ。どうせおまえ、遅《おそ》くなると、もう帰《かえ》らなきゃならないとか言《い》い出《だ》すんだろ。だったら一番先《いちばんさき》に来《き》てろっていうの！」

くやしかったけど、若武《わかたけ》の言《い》い分《ぶん》もわからないじゃなかったから、黙《だま》って歩《ある》いた。

探偵《たんてい》KZ《カッズ》の中《なか》で、目立《めだ》つのを嫌《いや》がってるのは、私《わたし》だけなんだ。

皆《みな》、いつも注目《ちゅうもく》されてるから、慣《な》れてるんだもの。

気《き》にもならないみたいだし、むしろそれが普通《ふつう》の感《かん》じ。

でも私《わたし》は、皆《みな》とは違《ちが》う。

これといって特出《とくしゅつ》した才能《さいのう》を持《も》ってないんだ。

それなのに目立《めだ》ったら、バッシングの嵐《あらし》に遭《あ》うのは確実《かくじつ》。

目立《めだ》たないのは、私《わたし》の保身術《ほしんじゅつ》の1つ、周《まわ》りに溶《と》けこむ保護色《ほごしょく》みたいなものなんだ。

それを滅茶苦茶《めちゃくちゃ》にして、もうバカ武《たけ》!

でも、こんなふうに思《おも》うのは、私《わたし》の僻《ひが》み?

もっと堂々《どうどう》としていればいいの?

「立花《たちばな》、」

後《うし》ろから歩《ある》いてきた上杉君《うえすぎくん》が、私《わたし》の脇《わき》を通《とお》り過《す》ぎながら、コソッと言《い》った。

「気《き》にすんなよ。」

スレンダーな体《からだ》が微風《そよかぜ》のように私《わたし》のそばを通《とお》り抜《ぬ》け、後《あと》にわずかにグリーンシトラスの香《かお》りが残《のこ》った。

清潔《せいけつ》で、スッキリしていて爽《さわ》やかだった。

しなやかな感《かん》じのするその後《うし》ろ姿《すがた》に、私《わたし》はちょっと見惚《みと》れ、それからはっと我《われ》に返《かえ》って、赤《あか》くなった。

上杉君《うえすぎくん》って鋭《するど》すぎて恐《こわ》い気《き》がする時《とき》もあるけど、・・・なんか微妙《びみょう》にカッコいいかも。

10　怪《あや》しい男《おとこ》たち

「ほら、あの家《いえ》だ。」

翼《たすく》が指差《ゆびさ》したのは、駅前《えきまえ》の通《とお》りを南《みなみ》に下《くだ》って、途中《とちゅう》で西《にし》に入《はい》った所《ところ》にある大《おお》きな家《いえ》だった。

少《すこ》し離《はな》れた電柱《でんちゅう》の陰《かげ》から見《み》れば、確《たし》かにその家《いえ》の前《まえ》に車《くるま》が停《と》まっている。

どこでもよく見《み》かけるようなセダンタイプで、普通《ふつう》の黒《くろ》い車《くるま》だった。

「1か月前《げつまえ》からずっとあそこにある。俺《おれ》が見《み》てない時《とき》に動《うご》いてる可能性《かのうせい》もあると思《おも》って、夜中《よなか》に来《き》た時《とき》に、中《なか》の男《おとこ》たちが寝《ね》てるのを確《たし》かめて、タイヤの下《した》にチョークで印《しるし》を付《つ》けといた。翌朝見《よくあさみ》たけど、1ミリも動《うご》いてなかった。」

さすが万能《ばんのう》、完璧美少年《かんぺきびしょうねん》の翼《たすく》、やることに抜《ぬ》かりがない！

「つまり車《くるま》は、停《と》まりっ放《ぱな》しなんだ。」

若武《わかたけ》が、ちょっと背伸《せの》びをする。

「こっからじゃ、中《なか》まで見《み》えんな。偵察《ていさつ》に行《い》こう。小塚《こづか》、ついてこい。」

若武《わかたけ》が小塚君《こづかくん》を連《つ》れて近寄《ちかよ》っていき、車《くるま》の前《まえ》まで行《い》ったかと思《おも》うと、突如《とつじょ》、回《まわ》れ右《みぎ》、そこから引《ひ》き返《かえ》してきた。

ああ、そんなことしたら、バレバレなのにっ！

ハラハラしていると、私《わたし》たちのそばまで戻《もど》ってきて、ひと言《こと》。

「車《くるま》の中《なか》には、誰《だれ》もいない。」

え、いないのっ⁉

啞然《あぜん》とする私《わたし》の脇《わき》から翼《たすく》が駆《か》け出《だ》していき、車《くるま》の中《なか》を確認《かくにん》して戻《もど》ってきた。

「おっかしいな。」

しきりに首《くび》を傾《かし》げる。

「確《たし》かに昨日《きのう》までいたのに。今日《きょう》はどこに行《い》ったんでしょ。しかも車《くるま》を放置《ほうち》して。」

黒木君《くろきくん》が、上杉君《うえすぎくん》に目《め》くばせする。

「おい！」

上杉君《うえすぎくん》は軽《かる》くうなずき、2人《ふたり》で車《くるま》に近寄《ちかよ》っていった。

はて？

上杉君《うえすぎくん》が車《くるま》のドアを開《あ》け、中《なか》に手《て》を突《つ》っこむ。

次《つぎ》にボンネットに手《て》をかけ、それを持《も》ち上《あ》げると、上半身《じょうはんしん》をもぐりこませた。

その姿《すがた》を隠《かく》すように、黒木君《くろきくん》が道路側《どうろがわ》に立《た》ちふさがる。

え・・・何《なに》してんだろう。

直後《ちょくご》、ガチャンと門扉《もんぴ》が開《ひら》く音《おと》がし、家《いえ》の敷地《しきち》から1人《ひとり》の男《おとこ》が姿《すがた》を見《み》せたんだ。

それに続《つづ》いて、次々《つぎつぎ》と2人《ふたり》が出《で》てくる。

わっ！

私《わたし》は、真《ま》っ青《さお》になって上杉君《うえすぎくん》の方《ほう》を振《ふ》り返《かえ》った。

見《み》つかるっ！

と思《おも》ったんだけど、車《くるま》のそばには、もう上杉君《うえすぎくん》たちの姿《すがた》はなかった。

どこかに隠《かく》れたらしい、ほっ。

大《おお》きな息《いき》をつきながら目《め》をやれば、車《くるま》に乗《の》りこもうとしている男《おとこ》たちは、翼《たすく》の描《か》いた似顔絵《にがおえ》と、まぁそっくり！

3人《にん》とも身長《しんちょう》が180以上《いじょう》ありそうで、肩幅《かたはば》がすごく広《ひろ》く、二《に》の腕《うで》のあたりや太腿《ふともも》の布地《ぬのじ》がパンパンだった。

ハリウッド映画《えいが》に出《で》てくるマフィアの用心棒《ようじんぼう》みたい。

これ絶対《ぜったい》、普通《ふつう》の人《ひと》たちじゃない！

その男《おとこ》たちが車《くるま》の中《なか》に姿《すがた》を消《け》す頃《ころ》、後《うし》ろから足音《あしおと》がして、上杉君《うえすぎくん》と黒木君《くろきくん》が戻《もど》ってきた。

「間一髪《かんいっぱつ》だったな。」

「いや、余裕《よゆう》だろ。」

笑《わら》いながら私《わたし》たちに合流《ごうりゅう》する。

その様子《ようす》はとても頼《たの》もしく、カッコよかった。

「あいつら、家《いえ》の中《なか》に入《はい》ってたんだね。」

小塚君《こづかくん》の声《こえ》を聞《き》きながら若武《わかたけ》が、目《め》を丸《まる》くして上杉君《うえすぎくん》を見《み》る。

「何《なん》でだ？」

「知《し》るかよ。俺《おれ》に聞《き》くな。」

まもなく車《くるま》は発車《はっしゃ》し、あっという間《ま》に見《み》えなくなった。

「誰《だれ》か、ナンバー控《ひか》えといたか？」

若武《わかたけ》の問《と》いに、翼《たすく》が片手《かたて》を上《あ》げる。

「控《ひか》えてないけど、記憶《きおく》してる。」

ああ翼《たすく》は、驚異《きょうい》の記憶力《きおくりょく》だもんね。

「アーヤに伝《つた》えとけ。」

私《わたし》はそれを翼《たすく》から聞《き》き、書《か》き留《と》めた。

「上杉《うえすぎ》、さっき車台番号《しゃだいばんごう》見《み》てたんだろ。」

え・・・さっきやってたことって、そうだったんだ。

でも車台番号《しゃだいばんごう》って何《なに》?

「それもアーヤに言《い》っとけ。」

若武《わかたけ》に言《い》われて、上杉君《うえすぎくん》が口《くち》にした番号《ばんごう》を、私《わたし》は書《か》き留《と》めた。

でも、これって何《なに》?

聞《き》きたかったけれど、皆《みな》が普通《ふつう》にわかっているみたいだったから、聞《き》けなかった。

いいや、後《あと》で調《しら》べよう。

「それにしても謎《なぞ》だな。この家《いえ》の前《まえ》に車停《くるまと》めて、何《なに》してたんだろう。」

翼《たすく》が眉根《まゆね》を寄《よ》せる。

「ギャンブルの予想《よそう》して、あとはマニキュアしてたんだって、さっき言《い》ったろ。」

いく分《ぶん》、苛立《いらだ》たしげな様子《ようす》だったので、若武《わかたけ》も向《む》きになった。

「だったら、自分《じぶん》ちでやってればいいじゃん。なんでわざわざ他人《たにん》の家《いえ》の前《まえ》で、しかも車《くるま》の中《なか》でやんだよ。」

それで翼《たすく》も、珍《めずら》しくヒートアップ。

「それ、俺《おれ》に聞《き》くのは変《へん》でしょ。」

「聞《き》いてねーよ、話《はな》してるだけだ。」

2人《ふたり》が目《め》くじらを立《た》ててにらみ合《あ》ったので、私《わたし》は焦《あせ》って口《くち》を挟《はさ》んだ。

「それは、こういうことでよくない？　謎《なぞ》1、車《くるま》を家《いえ》の前《まえ》に停《と》めていた目的《もくてき》は何《なに》か。謎《なぞ》2、その車《くるま》の中《なか》にいる3人《にん》の男《おとこ》の正体《しょうたい》。謎《なぞ》3、いつも車内《しゃない》にいる彼《かれ》らが、家《いえ》に入《はい》って何《なに》をしていたのか。」

小塚君《こづかくん》がパチパチパチと拍手《はくしゅ》をする。

「完璧《かんぺき》だよ。」

どうやら小塚君《こづかくん》も、険悪《けんあく》になった2人《ふたり》を見《み》て困《こま》っていたらしく、すがり付《つ》くような目《め》をこちらに向《む》けた。

「アーヤ、すごい！」

若武《わかたけ》が、ふんと言《い》わんばかりの顔《かお》つきで歩《ある》き出《だ》す。

「家《いえ》の前《まえ》まで行《い》ってみようぜ。」

その後《あと》に、皆《みな》が付《つ》き従《したが》った。

「あの車《くるま》、明日《あした》も来《く》るかな。」

小塚君《こづかくん》の疑問《ぎもん》に、翼《たすく》がサラッと髪《かみ》を乱《みだ》して首《くび》を横《よこ》に振《ふ》る。

「この1か月間《げつかん》、連中《れんちゅう》がこんな動《うご》きをしたことは一度《いちど》もなかった。だから明日《あした》からどうなるのかは、予想《よそう》もつかない。」

そっか。

「ここって、そもそも誰《だれ》の家《いえ》なんだ？」

上杉君《うえすぎくん》が家《いえ》を見上《みあ》げてつぶやく。

「家《いえ》の持《も》ち主《ぬし》や、3人《にん》の男《おとこ》たちとの関係《かんけい》がわかれば、何《なに》か見《み》えてくんじゃね？」

私《わたし》は急《いそ》いでそれを書《か》き留《と》めた。

謎《なぞ》4、車《くるま》が停《と》まっていたのは、誰《だれ》の家《いえ》なのか。

謎《なぞ》5、家《いえ》の持《も》ち主《ぬし》と3人《にん》の男《おとこ》たちをつないでいるのは何《なに》か。

「表札《ひょうさつ》には、中井《なかい》って書《か》いてあるね。」

そう言《い》った小塚君《こづかくん》に、上杉君《うえすぎくん》がムッとしたような目《め》を向《む》ける。

「だから、中井《なかい》って誰《だれ》なんだよ。」

あわわ、今日《きょう》は、皆《みな》が尖《とが》り気味《ぎみ》。

「よし、今回《こんかい》の事件《じけん》の調査方針《ちょうさほうしん》を発表《はっぴょう》する。」

若武《わかたけ》が全員《ぜんいん》を見回《みまわ》した。

「謎《なぞ》2と謎《なぞ》4については、黒木《くろき》に探《さぐ》らせる。」

うーん、それはすっごく適材適所《てきざいてきしょ》！

「で、その結果《けっか》が出《で》てくるまで、俺《おれ》たちは順番《じゅんばん》でこの家《いえ》を見張《みは》り、あの連中《れんちゅう》がまたやってくるかどうか確《たし》かめる。もし連中《れんちゅう》と出食《でくわ》したら、接近《せっきん》して話《はな》しかけ、何《なん》でもいいから情報《じょうほう》を取《と》るんだ。」

え・・・そんなこと、私《わたし》できるだろうか。

「美門《みかど》、さっき描《か》いた似顔絵《にがおえ》、撮《と》って黒木《くろき》に送《おく》っとけ。」

私《わたし》が急《いそ》いでそのページを出《だ》すと、翼《たすく》がスマートフォンで撮影《さつえい》し、すぐメールで黒木君《くろきくん》に送《おく》った。

「見張《みは》りは2人組《ふたりぐみ》で、今夜《こんや》から毎日交代《まいにちこうたい》。とりあえず3日間《みっかかん》やろう。七鬼《ななき》はいつ復帰《ふっき》できるかわからないから抜《ぬ》いといて、同《おな》じ学校《がっこう》の方《ほう》が相談《そうだん》しやすいから、上杉《うえすぎ》と黒木《くろき》、アーヤと美門《みかど》だ。で俺《おれ》は1人《ひとり》だから、小塚《こづか》付《つ》き合《あ》え。俺《おれ》と小塚《こづか》がチーム1、上杉《うえすぎ》と黒木《くろき》がチーム2、アーヤと美門《みかど》がチーム3、この順番《じゅんばん》で回《まわ》す。細《こま》かなことは、それぞれで相談《そうだん》して決《き》めること。じゃ今日《きょう》はこれで解散《かいさん》っ！」

11　自己肯定感《じここうていかん》、低《ひく》すぎない？

その夜《よる》、私《わたし》は事件《じけん》をノートに整理《せいり》した。

今回《こんかい》の事件《じけん》の名前《なまえ》は、事件未満事件《じけんみまんじけん》。

う～ん、この名前《なまえ》、私《わたし》もやっぱり抵抗《ていこう》あるなぁ・・・。

今度《こんど》の会議《かいぎ》の時《とき》に、提案《ていあん》して変更《へんこう》した方《ほう》がいいかもね。

今《いま》のところ、謎《なぞ》は５つ。

謎《なぞ》１、車《くるま》を家《いえ》の前《まえ》に停《と》めていた目的《もくてき》は何《なに》か。

謎《なぞ》２、その車《くるま》の中《なか》にいる３人《にん》の男《おとこ》の正体《しょうたい》。

謎《なぞ》３、いつも車内《しゃない》にいる彼《かれ》らが、家《いえ》に入《はい》って何《なに》をしていたのか。

謎《なぞ》４、車《くるま》が停《と》まっていたのは、誰《だれ》の家《いえ》なのか。

謎《なぞ》５、家《いえ》の持《も》ち主《ぬし》と３人《にん》の男《おとこ》たちをつないでいるのは何《なに》か。

その５つを眺《なが》めながら考《かんが》えた。

人《ひと》の家《いえ》の前《まえ》で車《くるま》を停《と》め、その中《なか》で時間《じかん》を潰《つぶ》しているのは、おそらく何《なに》かを待《ま》っている状態《じょうたい》だ。

家《いえ》の中《なか》から誰《だれ》か、もしくは何《なに》かが出《で》てくるとか、道路《どうろ》を誰《だれ》か、もしくは何《なに》かが通《とお》りかかるとか。

では、急《きゅう》に家《いえ》の中《なか》に入《はい》ったのは、なぜだろう。

待《ま》っていた人物《じんぶつ》、もしくは何《なに》かが到着《とうちゃく》したから？

それはいったい誰《だれ》、あるいは何《なん》だったんだろう。

その後《ご》、家《いえ》から出《で》てきたのは、待機《たいき》していた男《おとこ》3人《にん》だけだった。

誰《だれ》かを連《つ》れ出《だ》してきたわけでもなく、何《なに》かを運《はこ》び出《だ》してきたわけでもない。

3人《にん》は、家《いえ》の中《なか》で目的《もくてき》を果《は》たしたのだろうか。

それは、何《なに》？

う〜ん、どうもスッキリしないな。

私《わたし》は頭《あたま》をひねりながら復習《ふくしゅう》と予習《よしゅう》をし、ベッドに入《はい》った。

翌日《よくじつ》は、いつも通《どお》りに家《いえ》を出《で》て、学校《がっこう》へ。

昨日《きのう》考《かんが》えたことを翼《たすく》と話《はな》し合《あ》って、私《わたし》たちのチームに見張《みは》りの順番《じゅんばん》が回《まわ》ってくる前《まえ》に、ある程《てい》度《ど》の予想《よそう》を立《た》てておいた方《ほう》がいいのかも。

そう考《かんが》えながら校門《こうもん》をくぐった。

すると門《もん》の陰《かげ》から、いきなり手《て》を引《ひ》っぱられたんだ。

「ちょっと、」

久美《くみ》さんだった。

「こっち来《き》て！」

先《さき》に立《た》ち、人目《ひとめ》のない植《う》えこみの所《ところ》まで行《い》ってから、足《あし》を止《と》めて振《ふ》り返《かえ》る。

恐《こわ》く見《み》えるくらい真剣《しんけん》な顔《かお》だった。

「昨日《きのう》、翼《ツバサ》のことは何《なん》とも思《おも》ってないって私《わたし》が言《い》ったこと、誰《だれ》にも言《い》わないでほしいんだけど。」

ああ、皆《みな》と同《おな》じでいたいからだよね。

「わかった、言《い》わないから。」

久美《くみ》さんは、ほっとしたように体中《からだじゅう》から力《ちから》を抜《ぬ》いた。

「よかった。夜《よる》になって急《きゅう》に心配《しんぱい》になって、なんであんなこと言《い》っちゃったのかなって思《おも》って、ずっと後悔《こうかい》してたんだ。いつもなら、絶対言《ぜったいい》わないのに。」

そう言《い》ってから、ちょっと恥《は》ずかしそうに笑《わら》った。

「きっと立花《たちばな》さんが、すごく一生懸命《いっしょうけんめい》にいろいろと話《はな》してくれたからだね。それでつい私《わたし》も、思《おも》ってることをそのまま言《い》っちゃったんだ。」

きっといつもは、かなり強《つよ》い力《ちから》で自分自身《じぶんじしん》を抑《おさ》えつけてるんだ。

そんな久美《くみ》さんが、私《わたし》はかわいそうになった。

「皆《みんな》と違《ちが》ってることって、そんなに気《き》になる？」

久美《くみ》さんは、目《め》を丸《まる》くする。

「気《き》にならないの？」

私《わたし》は、軽《かる》くうなずいた。

「全然《ぜんぜん》ならないってわけじゃないけど、いつも皆《みんな》のことを気《き》にしてなくちゃならないなんて不自《ふじ》由《ゆう》すぎるから、気《き》にしきれないって感《かん》じかな。私《わたし》は私《わたし》だって考《かんが》えて、割《わ》り切《き》った。」

それは小《しょう》6の時《とき》、「消《き》えた自転車《じてんしゃ》は知《し》っている」の頃《ころ》のことだった。

「皆《みんな》と合《あ》わせてばっかいると、自分《じぶん》らしさがなくなるような気《き》がして、そっちの方《ほう》が気《き》になるんだ。」

でも心《こころ》に穴《あな》が開《あ》いているような、そこをヒューヒュー風《かぜ》が通《とお》り抜《ぬ》けていくような気持《きも》ちになっていた。

それを埋《う》めてくれたのが、探偵《たんてい》チームKZ《カッズ》だった。

遠慮《えんりょ》なく意見《いけん》を言《い》い合《あ》って、時《とき》には対立《たいりつ》したりケンカしたりもするけれど、それでも友《とも》だちでいるって関係《かんけい》が、すごく新鮮《しんせん》で、自由《じゆう》で、気持《きも》ちよかったんだ。

一緒《いっしょ》に活動《かつどう》するようになってから、心《こころ》の穴《あな》はいつの間《ま》にか埋《う》まっていって、今《いま》それが口《くち》を開《あ》けるのは、KZ《カッズ》の存続《そんぞく》が危機《きき》に直面《ちょくめん》する時《とき》だけ。

もしKZ《カッズ》と出会《であ》えなかったら、私《わたし》はまだ不安定《ふあんてい》な気持《きも》ちを抱《かか》えていたかもしれないな。

「へえ、強《つよ》いんだね。」

そう言《い》って久美《くみ》さんは私《わたし》から目《め》を逸《そ》らせ、空中《くうちゅう》を見《み》つめた。

「私《わたし》はダメだな。私《わたし》って、顔《かお》もそんなにかわいくないし、成績《せいせき》も運動《うんどう》もそこそこだから、自分《じぶん》が周《まわ》りにどう思《おも》われてるのかが心配《しんぱい》なんだ。価値《かち》がないって見《み》られてるんじゃないかって考《かんが》えちゃう。だから自分《じぶん》の思《おも》ってることなんてとても言《い》えないし、皆《みんな》と合《あ》わせていないと不安《ふあん》になるんだ。」

そうだったのかぁ。

自分《じぶん》の意見《いけん》より皆《みんな》の意見《いけん》を大事《だいじ》にするのは、自分《じぶん》に自信《じしん》がないからなんだね。

でもそれって、自己肯定感《じここうていかん》、低《ひく》すぎない？

「なんで自分《じぶん》に価値《かち》がないなんて思《おも》われてるって感《かん》じるの？」

久美《くみ》さんは目《め》を伏《ふ》せる。

悲《かな》しくなったようにも、何《なに》かを隠《かく》そうとしているようにも見《み》えた。

「自分《じぶん》はダメな子《こ》なんだって、ずっと昔《むかし》から思《おも》ってる。」

どうしてだろう。

「あ、佐田《さた》さんが来《き》たっ！」

校門《こうもん》をくぐってくる佐田真理子《さたまりこ》たちの姿《すがた》を捉《とら》えて、久美《くみ》さんは竦《すく》み上《あ》がる。

「じゃね。あ、クラスで私《わたし》に話《はな》しかけないでね。返事《へんじ》できないから。」

そう言《い》うなり急《いそ》いで校門《こうもん》の方《ほう》に走《はし》っていった。

「おはよう、佐田《さた》さん。ごめんね、今日《きょう》一緒《いっしょ》に来《こ》られなくて。あ、そのリボンかわいいね。」

「これ元彼《もとかれ》のプレゼントだったんだ。あいつのことは気《き》に入《い》らなくなったけど、これは気《き》に入《い》ってる。いいだろ。」

皆《みな》と一緒《いっしょ》になって私《わたし》の前《まえ》を通《とお》り過《す》ぎていく久美《くみ》さんは、やっぱりコンビニ仮面《かめん》だった。

私《わたし》・・・何《なん》とか、してあげられないかな。

でもそんなことって、余計《よけい》なお節介《せっかい》なんだろうか。

＊

その日《ひ》、秀明《しゅうめい》から帰《かえ》って、私《わたし》は翼《たすく》に電話《でんわ》をした。

見張《みは》りの打《う》ち合《あ》わせをしとこうと思《おも》ったんだ。

「やぁアーヤ。ちょうどかけようと思《おも》ってたとこだよ。」

電話《でんわ》の向《む》こうからは車《くるま》の走《はし》り過《す》ぎる音《おと》や、音楽《おんがく》交《ま》じりの店《みせ》のアナウンスが聞《き》こえてくる。

「まだ外《そと》にいるの？」

壁《かべ》の時計《とけい》は、もう11時《じ》を過《す》ぎていた。

ハイスペック精鋭《せいえい》ゼミナールって、ずい分遅《ぶんおそ》くまで授業《じゅぎょう》するんだなって思《おも》っていると、クスッと笑《わら》う声《こえ》がした。

「ん、七鬼《なぎ》の病院《びょういん》に寄《よ》ってたから。でも今《いま》、帰《かえ》り。」

びっくりした。

「病院《びょういん》って・・・忍《しのぶ》、入院《にゅういん》してるの？」

私《わたし》の声《こえ》が緊迫《きんぱく》していたらしく、翼《たすく》はまたもクスクス笑《わら》った。

「ほら1人《ひとり》暮《ぐ》らしだから、黒木《くろき》が入院《にゅういん》させた方《ほう》がいいんじゃないかって言《い》い出《だ》してさ、無理矢理《むりやり》連《つ》れてったんだ。食事《しょくじ》とかもバランスよく、きちんと出《だ》してもらえるし、ゲームも止《と》めてもらえるしね。」

ま、それはそうだね。

「で、黒木《くろき》が一計《いっけい》を案《あん》じた。」

えっと、一計《いっけい》とは、計画《けいかく》、もしくは謀《はかりごと》のこと。

一計《いっけい》を案《あん》じるで、計画《けいかく》を立《た》てるとか、何《なに》かを企《たくら》むって意味《いみ》なんだ。

今回《こんかい》の場合《ばあい》、後《あと》の方《ほう》かな。

「診断書《しんだんしょ》をＦＡＸ《ファックス》で実家《じっか》に送《おく》ってね、本人《ほんにん》の体調不良《たいちょうふりょう》につき、婚約者《こんやくしゃ》との面会《めんかい》は延期《えんき》したいって電話《でんわ》したらしいんだ。それがうまく通《とお》って、婚約者《こんやくしゃ》は出《で》てこないことになった。で、七鬼《ななき》は一気《いっき》に回復《かいふく》。ゲームからもあっさり足《あし》を洗《あら》った。」

よかった、現金《げんきん》すぎる気《き》もしないじゃないけど。

でも相当《そうとう》な負担《ふたん》だったんだね、婚約者《こんやくしゃ》と会《あ》うのって。

「明日《あした》から調査《ちょうさ》に参加《さんか》するから、一緒《いっしょ》に行《い》くって言《い》われたんだけど、いい？」

もちろんだよ。

「実《じつ》は俺《おれ》ね、KZ《カッズ》会議《かいぎ》でこのことを発表《はっぴょう》する前《まえ》に、七鬼《ななき》に相談《そうだん》したんだ。すごく気《き》になってたんだけど、現象《げんしょう》としてはただ車《くるま》が停《と》まってるってだけだから、あまり騒《さわ》ぐのはどうかと思《おも》ってさ。そしたら七鬼《ななき》が一緒《いっしょ》に見《み》に行《い》ってくれて、絶対《ぜったい》おかしい、普通《ふつう》じゃないって言《い》ってくれた。それで俺《おれ》も自信《じしん》が持《も》てて、KZ《カッズ》会議《かいぎ》に提案《ていあん》しようって気《き》になったんだ。」

へえ完璧《かんぺき》に見《み》える翼《たすく》でも、そんなふうに迷《まよ》うことってあるんだ。

じゃ私《わたし》なんか、迷《まよ》いの中《なか》を泳《およ》いでる状態《じょうたい》でも不思議《ふしぎ》じゃないよね。

このところ、ほんとに迷《まよ》ってばっかだもん。

でも翼《たすく》が忍《しのぶ》に相談《そうだん》して結論《けつろん》を出《だ》したように、私《わたし》もいいアドバイスをもらえば、迷《まよ》いから脱出《だっしゅつ》できるかもしれないな。

「で、小塚《こづか》に頼《たの》んで、ドアの指紋《しもん》を取《と》っといたんだ。夜《よる》、男《おとこ》たちが車内《しゃない》で寝《ね》てる時《とき》にね。結構《けっこう》ドキドキだったよ。」

すごい勇気《ゆうき》、尊敬《そんけい》する。

「万《まん》が一気《いちき》づかれた時《とき》には、俺《おれ》が囮《おとり》になって男《おとこ》たちの注意《ちゅうい》を引《ひ》いてる間《あいだ》に小塚《こづか》を逃《に》がすって手《て》はずだったんだけど、男《おとこ》たちは熟睡《じゅくすい》でさ、全然必要《ぜんぜんひつよう》なかった。」

翼《たすく》の話《はなし》が終《お》わってから、私《わたし》は昨日《きのう》、整理《せいり》した事件《じけん》ノートの5つの謎《なぞ》について話《はな》した。

明日《あした》の見張《みは》り当番《とうばん》で、それらの1つでも解決《かいけつ》できればいいなという気持《きも》ちをこめて。

翼《たすく》は黙《だま》って聞《き》いていて、やがて口《くち》を開《ひら》いた。

「俺《おれ》、明日《あした》は部活《ぶかつ》ない。最近《さいきん》、過激《かげき》な部活《ぶかつ》が問題《もんだい》になってるらしくって、日曜《にちよう》は休《やす》みになったんだ。アーヤは？」

私《わたし》の方《ほう》は、好《す》きな時《とき》に顔出《かおだ》せばいいだけだよ。

「朝《あさ》、塾《じゅく》に行《い》く前《まえ》に現地《げんち》に行《い》って見張《みは》るのは、どう？」

オッケ！

「じゃ現地集合《げんちしゅうごう》ね。」

私《わたし》が提案《ていあん》すると、翼《たすく》は不思議《ふしぎ》そうな声《こえ》を出《だ》した。

「え・・・なんで現地集合《げんちしゅうごう》なんでしょ？　どっかで待《ま》ち合《あ》わせして一緒《いっしょ》に行《い》くのが自然《しぜん》というものでは？」

だって翼《たすく》は、どこに行《い》っても女子《じょし》の視線《しせん》を集《あつ》めるんだもの。

待《ま》ち合《あ》わせして2人《ふたり》で歩《ある》いてたら、どこで同《おな》じ学校《がっこう》の生徒《せいと》に出会《であ》うか知《し》れやしない。

もし私《わたし》が、本当《ほんとう》に翼《たすく》と一緒《いっしょ》に歩《ある》きたかったら、そりゃどんなバッシングを受《う》けようと断固《だんこ》、強行《きょうこう》するけれど、そうじゃないから、リスクは回避《かいひ》。

「まぁいいけどね。」

翼《たすく》が、何《なに》も聞《き》かずに譲《ゆず》ってくれたので、ほっとした。

12　グルッと回《まわ》って意外《いがい》な発見《はっけん》

その朝《あさ》、私《わたし》は、まっすぐ事件《じけん》未満《みまん》事件《じけん》の家《いえ》に向《む》かった。

もしかして、あの車《くるま》が戻《もど》ってきているかもしれない。

そう思《おも》って道《みち》の角《かど》から恐《おそ》る恐《おそ》る顔《かお》を出《だ》してみたけれど、家《いえ》の前《まえ》には何《なに》も停《と》まっていなかった。

「お、立花《たちばな》、久《ひさ》しぶり！」

後《うし》ろから声《こえ》がして、振《ふ》り向《む》くと忍《しのぶ》が、翼《たすく》と一緒《いっしょ》にこちらに向《む》かってくるところだった。

「入院《にゅういん》してたんだって？　大丈夫《だいじょうぶ》？」

私《わたし》が聞《き》くと、忍《しのぶ》は軽《かる》く肩《かた》を竦《すく》めた。

「必要《ひつよう》なかったんだけどさ、黒木《くろき》がうるさいから。」

でもそのおかげで、婚約者《こんやくしゃ》と会《あ》わずにすむことになって、治《なお》ったんでしょ、よかったよね。

私《わたし》はいったんそう思《おも》ったけれど、よく考《かんが》えたら、これってその場凌《ばしの》ぎじゃない？

「あの・・・病気《びょうき》治《なお》ったら、当然《とうぜん》またやってくるよね、婚約者《こんやくしゃ》。」

瞬間《しゅんかん》、忍《しのぶ》は片手《かたて》で両眼《りょうめ》を押《お》さえ、天《てん》を仰《あお》いだ。

「あ、めまい、復活《ふっかつ》しそう。」

だめだ、こりゃ。

「アーヤ、」

翼《たすく》が眉根《まゆね》を寄《よ》せてこちらを見《み》る。

「せっかく治《なお》ってるんだから、現実《げんじつ》に引《ひ》き戻《もど》さないの。」

私《わたし》がシュンとしていると、翼《たすく》は忍《しのぶ》の方《ほう》に視線《しせん》を向《む》けた。

「七鬼《なぎ》、当面《とうめん》は大丈夫《だいじょうぶ》だから気《き》を確《たし》かに！　婚約者《こんやくしゃ》がもう一度《いちど》来《く》るって話《はなし》が持《も》ち上《あ》がるまで、おまえは自由《じゆう》だ。」

忍《しのぶ》は心細《こころぼそ》そうにうなずく。

根本的解決《こんぽんてきかいけつ》ができてないから不安《ふあん》なんだよね、気持《きも》ちはわかる。

「婚約《こんやく》、解消《かいしょう》したらどうなの？」

私《わたし》の言葉《ことば》に、忍《しのぶ》は深《ふか》い溜《た》め息《いき》を漏《も》らした。

「この事件《じけん》が解決《かいけつ》したら、俺《おれ》の婚約《こんやく》、KZ《カッズ》で扱《あつか》ってくれないかな。」

え・・・それって、事件性《じけんせい》アリなの？

私《わたし》は俄然《がぜん》、ワクワクした。

すっごくおもしろそうだったんだもの。

「じゃ若武《わかたけ》に伝《つた》えとくよ。」

翼《たすく》がそう言《い》って話《はなし》を切《き》り上《あ》げ、私《わたし》たちを見回《みまわ》した。

「チーム1とチーム2から伝達事項《でんたつじこう》がある。2チームとも、あの車《くるま》も男《おとこ》たちも、まったく見《み》かけなかったってことだ。」

今日《きょう》も、いないよ。

このまま車《くるま》も男《おとこ》たちも現《あらわ》れなかったら、私《わたし》たちは何《なん》の手《て》がかりも摑《つか》めないよね。

つまり事件未満事件《じけんみまんじけん》は、解決《かいけつ》しないんだ。

「もう来《こ》ないのかなぁ。」

私《わたし》が嘆《なげ》くと、翼《たすく》はちょっと考《かんが》えてから答《こた》えた。

「この家《いえ》、正面玄関以外《しょうめんげんかんいがい》に、出入《でい》り口《ぐち》があるかもしれない。塀《へい》に沿《そ》って回《まわ》ってみよう。」

それで私《わたし》たちは、そこからグルッと家《いえ》の周《まわ》りを1周《しゅう》したんだ。

そこで私《わたし》は、大発見《だいはっけん》っ！

初《はじ》めの角《かど》を曲《ま》がった時《とき》には、特《とく》に何《なん》にも感《かん》じなかった。

でも次《つぎ》の角《かど》を曲《ま》がって、そこから向《む》こうを見《み》た時《とき》、

「あっ！」

それまで全然気《ぜんぜんき》づかなかったけれど、そこは、私《わたし》が帰《かえ》る時《とき》にいつも通《とお》る道《みち》だったんだ。

私《わたし》はその半《なか》ばあたりまで歩《ある》いていき、3、4か月前《げつまえ》に水《みず》を浴《あ》びせられ、中《なか》から出《で》てきた小父《おじ》さんと話《はなし》をした場所《ばしょ》に立《た》った。

「アーヤ、どうかしたの？」

その時《とき》の潜《くぐ》り戸《ど》を確認《かくにん》してから、ずっと続《つづ》いている九条土《くじょうつち》の塀《へい》に沿《そ》って歩《ある》き、角《かど》を曲《ま》がる。で、また塀沿《へいぞ》いに歩《ある》いていき、次《つぎ》の角《かど》を曲《ま》がると、その向《む》こうに、さっき集合《しゅうごう》した表通《おもてどお》りがあった。

それでようやく確信《かくしん》した、この中井家《なかいいけ》は、あの小父《おじ》さんの家《いえ》だったんだって。

「そうだったのかぁ。」

私《わたし》は事件《じけん》ノートをめくり、謎《なぞ》4、車《くるま》が停《と》まっていたのは誰《だれ》の家《いえ》なのか、については、これでもうはっきりしたと思《おも》った。

「あのね、聞《き》いて！」

そう言《い》いながら皆《みな》の所《ところ》に駆《か》け戻《もど》る。

「この家《いえ》はね、」

勢《いきお》いよく話《はな》し出《だ》したものの、その先《さき》が続《つづ》かなかった。

よく考《かんが》えてみれば、私《わたし》はあの小父《おじ》さんについて、ほとんど知《し》らないのだった。

苗字《みょうじ》だって、今日《きょう》になって初《はじ》めてわかったくらいだもの。

知《し》っているのは、小父《おじ》さんはここにはあまりいなくて、いつもは葉山《はやま》に住《す》んでいるってことだけ。

「何《なん》だよ、はっきり話《はな》しなよ。」

忍《しのぶ》に言《い》われて、自分《じぶん》が不確《ふたし》かな情報《じょうほう》しか摑《つか》んでいないのを残念《ざんねん》に思《おも》った。

でも、それでも気《き》を取《と》り直《なお》せたのは、小父《おじ》さんとの約束《やくそく》を思《おも》い出《だ》したから。

私《わたし》には、この庭《にわ》に入《はい》る権利《けんり》があるんだ！

私《わたし》は潜《くぐ》り戸《ど》についているポストに手《て》を入《い》れ、その中《なか》を探《さぐ》った。

「おい、何《なに》やってんだ。」

手《て》にワイヤーが触《ふ》れる。

それを引《ひ》っぱり出《だ》すと、その先《さき》に鍵《かぎ》が付《つ》いていた。

おお、これが潜《くぐ》り戸《ど》の鍵《かぎ》だ、やった！

それで潜《くぐ》り戸《ど》を開《あ》けながら、私《わたし》は2人《ふたり》に事情《じじょう》を説明《せつめい》した。

「へぇ、そうだったんだ。」

2人《ふたり》は納得《なっとく》しながら私《わたし》の後《あと》についてくる。

「薔薇《ばら》って、褒《ほ》めるときれいになるんだって。」

振《ふ》り返《かえ》ると、2人《ふたり》は顔《かお》を見合《みあ》わせていた。

「それって、女《おんな》と同《おな》じだ。」

「だって薔薇《ばら》は、フランス語《ご》じゃ女性名詞《じょせいめいし》でしょ。」

「でもフラ語《ご》の名詞《めいし》の性別《せいべつ》って、男女《だんじょ》にあんま関係《かんけい》ないよ。納得《なっとく》できないのもあるもん。ヴァイオリン男《おとこ》だしさ。」

「まぁ確《たし》かに。自動車《じどうしゃ》は女性《じょせい》だ。」

翼《たすく》は、お祖母《ばあ》さんがフランス人《じん》だから、普通《ふつう》にフランス語《ご》を話《はな》すんだけど、どうやら忍《しのぶ》も話《はな》せるみたいだった。

外国《がいこく》の言葉《ことば》を理解《りかい》できるって、すごくいいことだと思《おも》う。自分《じぶん》の世界《せかい》が広《ひろ》がるもの。

「今《いま》の時期《じき》に咲《さ》いてるのは、四季咲《しきざ》きの薔薇《ばら》だけだな。」

忍《しのぶ》がそう言《い》いながら咲《さ》いている薔薇《ばら》の木《き》に近寄《ちかよ》っていき、人差《ひとさ》し指《ゆび》と中指《なかゆび》を伸《の》ばして、その間《あいだ》に花《はな》の茎《くき》を挟《はさ》んだ。

そっと自分《じぶん》の顔《かお》に近《ちか》づけ、微笑《ほほえ》んでささやく。

「よく咲《さ》いてるね。きれいだよ。すごく魅力的《みりょくてき》だ。どんな言葉《ことば》で褒《ほ》めても、このきれいさにはとても追《お》いつかない。」

聞《き》いていて、なんか恥《は》ずかしいのは私《わたし》だけ？

「七鬼《ななき》って、羞恥心《しゅうちしん》ないね。」

そう言《い》った翼《たすく》の頬《ほお》は、ほんのり赤《あか》くなっていた。

あ、やっぱ恥《は》ずかしいんだ、そうだよねぇ。

「上杉《うえすぎ》がここにいたら、きっとウエッっていうぜ。」

ん、間違《まちが》いない！

「まぁ忍《しのぶ》は長《なが》く引《ひ》きこもりだったから、世《よ》の中学生《ちゅうがくせい》の常識《じょうしき》から離《はな》れててもしかたないけど。」

私《わたし》と翼《たすく》が話《はな》している間《あいだ》にも、忍《しのぶ》は次々《つぎつぎ》と違《ちが》う薔薇《ばら》の花《はな》に指《ゆび》を伸《の》ばし、それを摘《つ》まんでは褒《ほ》め、摘《つ》まんでは褒《ほ》め、止《と》まるところを知《し》らない。

「なんて美《うつく》しいんだ。感動的《かんどうてき》というのはまさにこのことだよ。鏡《かがみ》を持《も》ってきて、見《み》せてやりたいくらいだ。この世《よ》にこんな美《び》があるなんて、エデンの園《その》もびっくりするだろう。」

聞《き》いている私《わたし》たちはドンドン赤《あか》くなっていって、終《しま》いには真《ま》っ赤《か》になってしまった。

「も、限界《げんかい》。」

私《わたし》も。

「褒《ほ》めるのはあいつに任《まか》せて、俺《おれ》たちは先行《さきい》こう。」

賛成《さんせい》。

気障《きざ》な台詞《せりふ》を繰《く》り返《かえ》す忍《しのぶ》から逃《に》げるように、薔薇《ばら》の間《あいだ》を通《とお》って家《いえ》の方《ほう》に向《む》かう。

「中井氏《なかいし》が葉山《はやま》に住《す》んでるとすると、ここは無人《むじん》ってことになるよね。」

ん、そうだね。

「あの3人《にん》の男《おとこ》は、この家《いえ》の前《まえ》に車《くるま》を停《と》めて中井氏《なかいし》が帰《かえ》ってくるのを待《ま》ってたのかもしれない。

で、あの日《ひ》、中井氏《なかいし》が帰《かえ》ってきたのがわかったから、男《おとこ》たちは家《いえ》に入《はい》っていった。」

ありうるかも。

「そうだとしたら、中井氏《なかいし》と男《おとこ》たちは親《した》しくないってことになる。」

なんで？

「親《した》しかったら中井氏《なかいし》と連絡《れんらく》を取《と》って、いつ帰《かえ》ってくるか教《おし》えてもらえるだろ。」

あ、そうか。

「親《した》しくないどころか、会《あ》ったこともない可能性《かのうせい》もある。」

そんな男《おとこ》たちが、中井氏《なかいし》に何《なん》の用《よう》だったんだろ。

「謎《なぞ》4の、車《くるま》が停《と》まっていたのは誰《だれ》の家《いえ》なのか、これは中井氏《なかいし》の家《いえ》だと判明《はんめい》したから、謎《なぞ》4は消《しょう》滅《めつ》だ。その代《か》わりに、中井氏《なかいし》がどういう人物《じんぶつ》なのかを調《しら》べた方《ほう》がいいな。」

私《わたし》は急《いそ》いでノートを開《ひら》き、謎《なぞ》4を消《け》した。

その後《うし》ろにあった謎《なぞ》5を謎《なぞ》6に変更《へんこう》し、あいた謎《なぞ》5の部分《ぶぶん》に新《あら》たな謎《なぞ》を書《か》きこむ。

謎《なぞ》5、中井氏《なかいし》とは、どういう人物《じんぶつ》なのか。

で、謎《なぞ》6にも、中井氏《なかいし》の名前《なまえ》を書《か》き加《くわ》えた。

謎《なぞ》6、家《いえ》の持《も》ち主《ぬし》である中井氏《なかいし》と3人《にん》の男《おとこ》たちをつないでいるのは何《なに》か。

「私《わたし》が会《あ》った時《とき》の印象《いんしょう》からして、あんな男《おとこ》たちと親《した》しいとは思《おも》えない気《き》がする。」

そう言《い》うと、翼《たすく》はちょっと考《かんが》えこんだ。

「もしかして中井氏《なかいし》は、帰《かえ》ってきてなかったのかもしれないな。男《おとこ》たちは、無断《むだん》で家《いえ》に押《お》し入《い》ったとか。」

それって家宅侵入《かたくしんにゅう》でしょっ!?

「だとしたら、何《なん》のためだと思《おも》う?」

こちらを向《む》いた翼《たすく》と、私《わたし》は顔《かお》を見合《みあ》わせた。

家主《やぬし》がいない時《とき》に入《はい》りこむ人間《にんげん》の目的《もくてき》は・・・えっと・・・、

「泥棒《どろぼう》！」

同時《どうじ》に言《い》って、同時《どうじ》にうなずき合《あ》う。

家《いえ》から出《で》てきた男《おとこ》たちは、手《て》には何《なに》も持《も》っていなかった。

でも小《ちい》さな物《もの》だったら、ポケットに入《はい》るからなぁ。

小《ちい》さくて高《たか》いものは、たくさんあるし。

ダイヤなんかだったら、ほんの1グラムでも高額《こうがく》だもの。

「犯罪色《はんざいしょく》、濃《こ》くなってきたよね。」

そう言《い》って翼《たすく》は、クスッと笑《わら》った。

「若武《わかたけ》が喜《よろこ》ぶよ、きっと。」

同意《どうい》しながら私《わたし》は、ノートの謎《なぞ》3に、おそらく泥棒《どろぼう》、今《いま》のところ証拠《しょうこ》なし、と書《か》き加《くわ》えた。

そうだとしたら、謎《なぞ》の1、車《くるま》を家《いえ》の前《まえ》に停《と》めてた目的《もくてき》は何《なに》か、については泥棒《どろぼう》する機会《きかい》をうかがっていたという可能性《かのうせい》が高《たか》い。

翼《たすく》が、小《ちい》さく舌打《したう》ちした。

「でも、まずいな。」

どうして？

「あの男《おとこ》たちの目的《もくてき》が泥棒《どろぼう》だとしたら、もうそれは達成《たっせい》したわけだから、ここには二度《にど》と現《あらわ》れないでしょ。」

あ、そっか！

「どうする？」

私《わたし》たちが再《ふたた》び顔《かお》を見合《みあ》わせた、その時《とき》だった。

家《いえ》の中《なか》から、物音《ものおと》が聞《き》こえたんだ。

私《わたし》はビクッとし、足《あし》を止《と》める。

誰《だれ》か、いる!?

翼《たすく》がこちらに手《て》を伸《の》ばし、私《わたし》の二《に》の腕《うで》を摑《つか》んで茂《しげ》みの間《あいだ》に押《お》しこむと、自分《じぶん》はその前《まえ》に立《た》ちふさがった。

「もしかして、あの男《おとこ》たちが戻《もど》ってきたのかも。だったらちょうどいい。俺《おれ》、接触《せっしょく》してみるから。」

歩《ある》き出《だ》そうとした翼《たすく》の服《ふく》を、私《わたし》はとっさに摑《つか》む。

「1人《ひとり》じゃ危《あぶ》ないよ。」

翼《たすく》はこちらを振《ふ》り返《かえ》り、クスッと笑《わら》った。

「心配《しんぱい》ない！」

自信《じしん》に満《み》ちた笑《え》みを漂《ただよ》わせるその美貌《びぼう》は、まさに魅惑《みわく》の塊《かたまり》、輝《かがや》くばかりっ！

私《わたし》はクラッとしそうになってしまった、こんな時《とき》になんだけど・・・。

「しっ、誰《だれ》か出《で》てきた。」

うっ！

息《いき》を呑《の》みながら、翼《たすく》の肩越《かたご》しに家《いえ》の方《ほう》を見《み》る。

やがてテラスに面《めん》したサッシが開《ひら》き、そこに人《ひと》の姿《すがた》が現《あらわ》れた。

翼《たすく》がつぶやく。

「あの男《おとこ》たちじゃないな。」

人数《にんずう》は6人《にん》で、全員女性《ぜんいんじょせい》、しかも中国系《ちゅうごくけい》の人《ひと》だった。

え・・・誰《だれ》なのっ!?

混乱《こんらん》する頭《あたま》で、私《わたし》は必死《ひっし》に考《かんが》えた。

確《たし》か中井氏《なかいし》は、薔薇《ばら》を好《す》きだった妻《つま》を亡《な》くしたと言《い》っていた。

その亡《な》き妻《つま》が中国系《ちゅうごくけい》の人《ひと》で、あの人《ひと》たちは妻《つま》の親戚《しんせき》、遊《あそ》びに来《き》たとか？

私《わたし》は、翼《たすく》の背中《せなか》をトントンと突《つつ》き、そのことを伝《つた》えた。

すると翼《たすく》は親指《おやゆび》を立《た》て、2階《かい》のベランダを指《さ》したのだった。

「じゃ、あれは、どう説明《せつめい》すんの？」

目《め》を上《あ》げれば、そこにも人影《ひとかげ》があった。

こちらは2人《ふたり》で、男《おとこ》と女《おんな》。

で・・・2人《ふたり》とも黒人《こくじん》っ！

私《わたし》は再《ふたた》び、必死《ひっし》で考《かんが》えた。

中井氏《なかいし》の亡《な》き妻《つま》は、中国系《ちゅうごくけい》と黒人《こくじん》のハーフで、テラスにいるのはその片方《かたほう》の親戚《しんせき》、ベランダにいるのは、もう片方《かたほう》の親戚《しんせき》。

こっそり翼《たすく》に説明《せつめい》すると、翼《たすく》はまたも親指《おやゆび》を立《た》てた。

「じゃ、あれは？」

その指先《ゆびさき》が指《さ》していたのは、1階《かい》と渡《わた》り廊下《ろうか》でつながっている和風建築《わふうけんちく》の別棟《べつむね》で、そこの障子《しょうじ》を開《あ》けて、1人《ひとり》の白人男性《はくじんだんせい》が顔《かお》を出《だ》していたのだった。

私《わたし》は、絶句《ぜっく》！

何《なに》、この家《いえ》っ!?

「どうも絡繰《からく》りがありそうだな。」

そう言《い》いながら翼《たすく》が、きれいなその唇《くちびる》に不敵《ふてき》な笑《え》みを含《ふく》む。

「おもしろくなってきたじゃん。」

ああ、こんな時《とき》になんだけど、クラッ・・・。

13　100万回《まんかい》のI《アイ》 LOVE《ラブ》 YOU《ユー》

その後《ご》、私《わたし》は大急《おおいそ》ぎで秀明《しゅうめい》に行《い》った。

何《なん》とか時間前《じかんまえ》に教室《きょうしつ》に駆《か》けこんだんだ、ほっ！

で、帰《かえ》ってきてから、事件《じけん》ノートを付《つ》けた。

事件未満事件《じけんみまんじけん》は、はっきり事件《じけん》と呼《よ》べるものに進化《しんか》しつつあった。

しかも訳《わけ》がわからないムチャクチャなエスカレートぶり。

発端《ほったん》は、家《いえ》の前《まえ》に車《くるま》が停《と》まっていたことだった。

その車《くるま》の中《なか》にいたのは、正体不明《しょうたいふめい》の男《おとこ》たち。

彼《かれ》らは、やがて中井氏《なかいし》の家《いえ》に入《はい》り、そこから出《で》てきて、姿《すがた》を消《け》した。

その後《ご》は二度《にど》と現《あらわ》れず、代《か》わりに中国系《ちゅうごくけい》やら黒人《こくじん》やら白人《はくじん》やらが姿《すがた》を見《み》せ始《はじ》めたのだった。

う〜む、これはいったい何《なに》っ!?

私《わたし》と翼《たすく》は、男《おとこ》たちが泥棒《どろぼう》に入《はい》る隙《すき》をうかがっていて、その目的《もくてき》を果《は》たしたのだと推理《すいり》した。

でも証拠《しょうこ》はないし、そうなると男《おとこ》たちは二度《にど》とここには現《あらわ》れないことになる。

彼《かれ》らと接触《せっしょく》できなければ、調査《ちょうさ》は進《すす》まず、よって事件《じけん》も解決《かいけつ》できないのだった。

もし泥棒《どろぼう》だとしたら、いったい何《なに》を盗《ぬす》み出《だ》したんだろう。

そしてそれは、何《なん》のため？

また急《きゅう》に現《あらわ》れたあの外国人《がいこくじん》たち、彼《かれ》らは、中井氏《なかいし》とどういう関係《かんけい》なんだろう。

いや待《ま》てよ、中井氏《なかいし》ではなく、あの男《おとこ》たちとつながっているのかもしれない。

そう思《おも》いついた瞬間《しゅんかん》、目《め》の前《まえ》が開《ひら》ける気《き》がした。

現《あらわ》れない男《おとこ》たちの代《か》わりにあの外国人《がいこくじん》を調《しら》べれば、何《なん》らかの手《て》がかりが得《え》られるかもしれない！

それから中井氏自身《なかいしじしん》がどういう人物《じんぶつ》なのかも調《しら》べないと。

葉山《はやま》に住《す》んでいるって言《い》っていたけれど、連絡《れんらく》が取《と》れるといいんだけどなぁ。

私《わたし》は、今《いま》までの謎《なぞ》リストに今日《きょう》新《あたら》しくできた謎《なぞ》を付《つ》け足《た》し、その全部《ぜんぶ》を羅列《られつ》してみた。

謎《なぞ》1、車《くるま》を家《いえ》の前《まえ》に停《と》めていた目的《もくてき》は何《なに》か。

謎《なぞ》2、その車《くるま》の中《なか》にいる3人《にん》の男《おとこ》の正体《しょうたい》。

謎《なぞ》3、いつも車内《しゃない》にいる彼《かれ》らが、家《いえ》に入《はい》って何《なに》をしていたのか、それは何《なん》のためか。

謎《なぞ》5、あの家《いえ》の持《も》ち主《ぬし》で葉山《はやま》に住《す》んでいる中井氏《なかいし》というのは、どういう人物《じんぶつ》なのか。
謎《なぞ》6、家《いえ》の持《も》ち主《ぬし》である中井氏《なかいし》と3人《にん》の男《おとこ》たちをつないでいるのは何《なに》か。
謎《なぞ》7、中井家《なかいけ》にいた中国系《ちゅうごくけい》と黒人《こくじん》、白人《はくじん》は、いったい何者《なにもの》か。

う〜ん、増《ふ》えてるな、謎《なぞ》。
いつもそうだけれど、謎《なぞ》って自然増殖《しぜんぞうしょく》するよね。
でもチームKZ《カッズ》の全力《ぜんりょく》で取《と》りかかれば、きっと解決《かいけつ》できるはず！
よし明日《あした》、KZ会議《カッズかいぎ》を招集《しょうしゅう》してもらおう。
私《わたし》は、若武《わかたけ》に電話《でんわ》をかけようとして、そっと階段《かいだん》の下《した》まで降《お》りていった。
ママに見《み》つかると、まだ寝《ね》てないのとかうるさいから、静《しず》かにね。
で、受話器《じゅわき》を取《と》り上《あ》げようとした時《とき》、いきなりそれが鳴《な》り出《だ》したんだ。
うわっ、今《いま》はやめてよっ！
私《わたし》は焦《あせ》りながら、ここで電話《でんわ》の呼《よ》び出《だ》し音《おん》を鎮《しず》める方法《ほうほう》は、ただ1つだと思《おも》った。
出《で》るしかない！
「はい、」

受話器《じゅわき》を摑《つか》んでそう言《い》ったとたん、耳《みみ》にかすかな笑《わら》い声《ごえ》が忍《しの》びこんだ。

「やぁ、久《ひさ》しぶり。」

砂原《すなはら》っ！

私《わたし》は、アタフタしてしまった。

だってここで掛《か》かってくるなんて、考《かんが》えてもいなかったんだもの。

「元気《げんき》、だよな、たぶん。」

声《こえ》は、前《まえ》より少《すこ》し低《ひく》くなっていた。

私《わたし》は電話《でんわ》の向《む》こうに、砂原《すなはら》の日《ひ》に焼《や》けた顔《かお》や、たくましい体《からだ》を想像《そうぞう》しながら、黒木君《くろきくん》の言葉《ことば》を思《おも》い出《だ》した。

砂原《すなはら》は、南《みなみ》スーダンに行《い》くんだ。

そしてもう帰《かえ》ってこないかもしれない・・・。

「今《いま》、ロンドン。たまには声聞《こえき》きたいなって思《おも》ってさ。あ、それだけだから。」

嘘《うそ》つきだよね、いつもいつも。

「もうすぐ旅行《りょこう》に出《で》かけるから準備《じゅんび》してるとこ。で出発《しゅっぱつ》の前《まえ》に、俺《おれ》の言《い》うこと聞《き》いてほしくってさ。いい？」

もちろん、何《なん》でも言《い》って！

「七夕《たなばた》の夜《よる》、おまえに断《ことわ》られた時《とき》は、正直《しょうじき》、痛《いた》って感《かん》じだったけど、今《いま》はそれでよかったって思《おも》ってる。だっておまえがYES《イエス》って言《い》ってたら、俺《おれ》、今《いま》の道《みち》を選《えら》ぶことはできなかった。おまえに断《ことわ》られたのは、俺《おれ》の運命《うんめい》だったんだ。」

え・・・。

「『MASQUE《マスク》 ROUGE《ルージュ》』の慈善活動《じぜんかつどう》は今《いま》、ほとんど知《し》られていない。それを伝《つた》えるマスコミもない。だけど、いつかは世界中《せかいじゅう》が知《し》る時《とき》が来《く》る。この世《よ》に存在《そんざい》するものは、いつか必《かなら》ず皆《みな》に知《し》られるようになるというのが真理《しんり》だからだ。」

それ、聞《き》いたことがある。

聖書《せいしょ》の言葉《ことば》の意訳《いやく》だよね。

「これまで大《おお》きな犠牲《ぎせい》を払《はら》ってきたメンバーたちは、その時《とき》、人類《じんるい》の道標《みちしるべ》になる。『MASQUE《マスク》 ROUGE《ルージュ》』の行動《こうどう》が未来社会《みらいしゃかい》で光《ひかり》を放《はな》ち、人々《ひとびと》を照《て》らす日《ひ》がきっと来《く》ると俺《おれ》は信《しん》じている。」

そのために自分《じぶん》の人生《じんせい》も、命《いのち》も、擲《なげう》つんだね。

シュンさんもそうだったけれど、砂原《すなはら》も同《おな》じ道《みち》を進《すす》んでいくんだ。

そんな砂原《すなはら》の精神《せいしん》は、まぶしいほどきれいだと私《わたし》は思《おも》った。

「あのさ、さっきからひと言《こと》もしゃべらないのは、なんで？」

泣《な》いてしまいそうだから。

「俺《おれ》、声聞《こえき》きたいって言《い》ったろ。聞《き》かせてよ、ひと言《こと》でいいから。」

私《わたし》は一生懸命《いっしょうけんめい》に自分《じぶん》を落《お》ち着《つ》かせ、鼻声《はなごえ》にならないように気《き》を付《つ》けながら口《くち》を開《ひら》いた。

「砂原《すなはら》のこと、大好《だいす》きだよ。」

言《い》ってしまってから、わっ、そんなこと言《い》う予定《よてい》じゃなかったのに！　と思《おも》ったんだけど、もう遅《おそ》かった。

「へぇ、」

砂原《すなはら》は、ヒュッと高《たか》い口笛《くちぶえ》を吹《ふ》いた。

「やる気《き》の出《で》る言葉《ことば》だな。できれば、この荷造《にづく》りをする前《まえ》に聞《き》きたかった。」

それは、無理《むり》。

今《いま》だって、言《い》うつもりじゃなかったんだし。

なんて言《い》うか・・・その・・・勢《いきお》いみたいなものだから。

「ま、いいや。じゃまた連絡《れんらく》できたら、するから。」

そう言《い》って砂原《すなはら》は、わずかに笑《わら》った。

「最高《さいこう》のひと言《こと》だったぜ。絶対《ぜったい》に忘《わす》れない！　俺《おれ》が今《いま》どんなに盛《も》り上《あ》がってるか、おまえ、わかんないだろ。もし手《て》の届《とど》くとこにいたら、きっと抱《だ》きしめてる。そして100万回《まんかい》のキス。」

うっ！

「今《いま》までの人生《じんせい》で、俺《おれ》、今《いま》が一番幸《いちばんしあわ》せだ。色褪《いろあ》せないうちに、心《こころ》に閉《と》じこめておく。じゃな！」

切《き》れた受話器《じゅわき》を握《にぎ》りしめて、私《わたし》はしばし呆然《ぼうぜん》！

なんか・・・すごいこと、言《い》ったり聞《き》いたりした気《き》がする。

でも、あっという間《ま》で、何《なん》だか夢《ゆめ》を見《み》ているみたいだった。

ふわふわした気持《きも》ちで、私《わたし》は自分《じぶん》の部屋《へや》に戻《もど》った。

で、若武《わかたけ》に連絡《れんらく》するのをすっかり忘《わす》れてしまったんだ。

14　貧乏神《びんぼうがみ》って？

翌朝《よくあさ》になっても、私《わたし》はまだ夢《ゆめ》の中《なか》にいるような気分《きぶん》だった。

なんか現実感《げんじつかん》に乏《とぼ》しくて、他人事《ひとごと》のような気《き》がする。

でもあれって、やっぱ告白《こくはく》だよね。

よかったんだろうか、何《なん》の準備《じゅんび》もなく、深《ふか》く考《かんが》えもせずに、心《こころ》の盛《も》り上《あ》がりに任《まか》せていきなり言《い》ってしまって。

でも深《ふか》く考《かんが》えていたら、きっと言《い》えなかったと思《おも》う。

まぁ砂原《すなはら》も喜《よろこ》んでくれたし、私《わたし》も後悔《こうかい》してないから、よかったのかもしれない・・・。

「彩《あや》、小塚君《こづかくん》から電話《でんわ》よ。」

ママの声《こえ》で、私《わたし》は急《いそ》いで階段《かいだん》を駆《か》け降《お》りていき、電話機《でんわき》に手《て》を伸《の》ばした。

「若武《わかたけ》が、招集《しょうしゅう》かけてきたよ。」

あ、よかった！

「昨日《きのう》で3チーム全部《ぜんぶ》の見張《みは》りが終《お》わったから、いちお状況《じょうきょう》の整理《せいり》をするって。黒木《くろき》から調査《ちょうさ》の結果《けっか》も出《で》てきてるみたいだしね。」

そう言《い》われたとたん、今度《こんど》は、黒木君《くろきくん》の伝言《でんごん》を砂原《すなはら》に伝《つた》え忘《わす》れたことを思《おも》い出《だ》した。

ああ失敗《しっぱい》！

電話自体《でんわじたい》が突然《とつぜん》だったし、そんな余裕《よゆう》のある展開《てんかい》じゃなかったし、なぁ・・・。

しかたない、謝《あやま》ろう。

*

秀明《しゅうめい》の休《やす》み時間《じかん》、私《わたし》は大急《おおいそ》ぎでカフェテリアに上《のぼ》っていった。

「お、アーヤが来《き》た。」

端《はし》の方《ほう》のテーブルから、皆《みな》がこちらを見《み》る。

若武《わかたけ》が、自分《じぶん》の隣《となり》の空《あ》いた椅子《いす》に手《て》をかけて揺《ゆ》すった。

「早《はや》くしろよ。」

私《わたし》は昨日《きのう》のことが気《き》になっていて、これを抱《かか》えていたのでは会議《かいぎ》に集中《しゅうちゅう》できないと思《おも》い、先《さき》に謝《あやま》ってしまおうとした。

それで黒木君《くろきくん》に近寄《ちかよ》り、その耳《みみ》にこっそり言《い》ったんだ。

「ごめん、昨日《きのう》、砂原《すなはら》から電話《でんわ》があったんだけど、黒木君《くろきくん》の伝言《でんごん》、伝《つた》え忘《わす》れた。」

黒木君《くろきくん》は、素早《すばや》くこちらに向《む》き直《なお》り、私《わたし》の耳《みみ》に唇《くちびる》を近《ちか》づける。

「その時《とき》の会話《かいわ》の内容《ないよう》、話《はな》してくれたら許《ゆる》す。」

それで私《わたし》はしかたなく、再《ふたた》び黒木君《くろきくん》の耳《みみ》にささやいたんだ、昨日《きのう》の全部《ぜんぶ》を。

黒木君《くろきくん》は驚《おどろ》いたようにこちらを見《み》た。

「それ、本気《ほんき》で言《い》ったわけ？」

私《わたし》は目《め》を伏《ふ》せる。

「半《なか》ば勢《いきお》いだったんだけど、でも嘘《うそ》じゃないよ。砂原《すなはら》のこと、いいなって思《おも》った時《とき》もあるし。」

すると黒木君《くろきくん》は、大《おお》きな溜《た》め息《いき》をついた。

「そりゃ、さぞ喜《よろこ》んだだろう。」

ん、幸《しあわ》せだって言《い》ってた。

「そんなひと言《こと》を言《い》ってもらえたら、他《ほか》のどんな言葉《ことば》より励《はげ》みになるよ。俺《おれ》のメッセージなんか、もう全然《ぜんぜん》、必要《ひつよう》ないね。気《き》にしなくていい。」

私《わたし》は、ほっとして黒木君《くろきくん》のそばを離《はな》れ、若武《わかたけ》の隣《となり》の椅子《いす》に座《すわ》った。

直後《ちょくご》、皆《みな》の一斉攻撃《いっせいこうげき》っ！

「いったい何《なん》なんだ、今《いま》のやり取《と》りはっ!?」

「遅《おく》れてきたあげくに、なんて態度《たいど》だ。」

「ひどいよ、2人《ふたり》きりで話《はな》してさ。」

「そういうのは、超《ちょう》まずいでしょ。」

「訳《わけ》わかんないけど、ムカついた。」

皆《みな》がいっせいにそっぽを向《む》き、KZ会議《カッズかいぎ》は分裂状態《ぶんれつじょうたい》っ！

ああ、どうしよう!?

「俺《おれ》たちにも、聞《き》かせろ！」

やだよ。

「それが平等《びょうどう》ってもんだろ。」

絶対《ぜったい》やだ。

「話《はな》してよ、アーヤ。」

「黒木《くろき》に言《い》って、何《なん》で俺《おれ》たちに言《い》えないの。」

「訳《わけ》わかんないけど、不愉快《ふゆかい》。」

なんて言《い》われようと、口《くち》は割《わ》らん。

私《わたし》がギュッと唇《くちびる》に力《ちから》を入《い》れていると、黒木君《くろきくん》が言《い》った。

「聞《き》けよ、あのね、」

わっ、黒木君《くろきくん》、やめてっ！

「皆《みな》のためを思《おも》ってのアドバイスだが、この話《はなし》は聞《き》かない方《ほう》が絶対《ぜったい》いい。地獄《じごく》の苦《くる》しみを味《あじ》わいたいって言《い》うんなら別《べつ》だけどね。」

皆《みな》が一瞬《いっしゅん》、目《め》を剝《む》いた。

強《つよ》い好奇心《こうきしん》と不安《ふあん》が入《い》り交《ま》じった複雑《ふくざつ》な表情《ひょうじょう》になり、顔《かお》を見合《みあ》わせる。

「知《し》らない方《ほう》がいい。好奇心《こうきしん》に耐《た》えられなかったパンドラが箱《はこ》を開《あ》けたために、この世《よ》には災《わざわ》いが満《み》ち溢《あふ》れたって神話《しんわ》があるだろ。」

ああギリシャ神話《しんわ》ね。

「この話《はなし》は知《し》っても何《なん》の得《とく》もないし、逆《ぎゃく》に絶望《ぜつぼう》に打《う》ちのめされるだけだ。特《とく》に若武《わかたけ》、すぐカッとなるおまえはやめとけ。」

若武《わかたけ》は、狐《きつね》に摘《つ》まれたような表情《ひょうじょう》になり、真剣《しんけん》な顔《かお》でじいっと黒木君《くろきくん》の顔《かお》を見《み》ていたけれど、やがてうなずいた。

「わかった、黒木《くろき》、おまえを信《しん》じよう！　この話《はなし》はこれで終《お》わりだ。リーダーの俺《おれ》が知《し》らないものを、メンバー個人《こじん》が知《し》る必要《ひつよう》もない。さ、会議《かいぎ》に入《はい》るぞ。」

ほっ！

「新《あら》たな展開《てんかい》があったって、さっき七鬼《ななき》が言《い》ってたけど、アーヤ、具体的《ぐたいてき》に報告《ほうこく》してくれ。」

私《わたし》は開《ひら》いたノートを見《み》ながら立《た》ち上《あ》がった。

「まず、あの男《おとこ》たちですが、昨日《きのう》は現《あらわ》れませんでした。また中井氏《なかいし》は、私立花彩《わたしたちばなあや》が以前《いぜん》に接触《せっしょく》した人物《じんぶつ》であることが判明《はんめい》、今《いま》は主《おも》に葉山《はやま》に住《す》んでいて、あの家《いえ》は無人《むじん》です。その時《とき》の中井氏《なかいし》の様《よう》子《す》から考《かんが》えて、あのような風体《ふうてい》の男《おとこ》たちと関係《かんけい》があるようには見《み》えませんでした。男《おとこ》たちは中井《なかい》氏《し》の家《いえ》の前《まえ》に車《くるま》を停《と》めて家《いえ》の様子《ようす》を観察《かんさつ》、留守《るす》を利用《りよう》して泥棒《どろぼう》に入《はい》った可能性《かのうせい》があります。その目的《もくてき》と、何《なに》を盗《ぬす》んだかは、今《いま》のところ不明《ふめい》です。証拠《しょうこ》もありません。昨日《きのう》の時点《じてん》で、あの家《いえ》には中国系《ちゅうごくけい》の人《ひと》と黒人《こくじん》、それに白人《はくじん》の姿《すがた》がありました。」

皆《みな》が、一気《いっき》に顔《かお》を見合《みあ》わせる。

「何《なん》だ、それ？」

「わからん、俺《おれ》に聞《き》くな。」

「中井氏《なかいし》の関係者《かんけいしゃ》かな。中国系《ちゅうごくけい》と黒人《こくじん》と白人《はくじん》って、見事《みごと》にバラバラだけど・・・」

若武《わかたけ》が大《おお》きく息《いき》を吸《す》いこんで立《た》ち上《あ》がる。

「3人《にん》の男《おとこ》たちが泥棒《どろぼう》だったとすれば、これは犯罪《はんざい》だ。」

その顔《かお》には、どことなく、やった！感《かん》があった。

きっと自分《じぶん》の勘《かん》が当《あ》たって犯罪《はんざい》になりそうだから、うれしいのに違《ちが》いない。

若武《わかたけ》は、事件《じけん》に飢《う》えてたからなぁ。

「じゃアーヤ、謎《なぞ》を整理《せいり》してくれ。」

私《わたし》は、昨日《きのう》まとめたノートを読《よ》み上《あ》げる。

「謎《なぞ》1、車《くるま》を家《いえ》の前《まえ》に停《と》めていた目的《もくてき》は何《なに》か。謎《なぞ》2、車《くるま》の中《なか》にいた3人《にん》の男《おとこ》の正体《しょうたい》。謎《なぞ》3、いつも車内《しゃない》にいる彼《かれ》らが、家《いえ》に入《はい》って何《なに》をしていたのか、それは何《なん》のためか。謎《なぞ》5、あの家《いえ》の持《も》ち主《ぬし》で葉山《はやま》に住《す》んでいる中井氏《なかいし》というのは、どういう人物《じんぶつ》なのか。謎《なぞ》6、家《いえ》の持《も》ち主《ぬし》である中井氏《なかいし》と3人《にん》の男《おとこ》たちをつないでいるのは何《なに》か。謎《なぞ》7、中井家《なかいけ》にいた中国系《ちゅうごくけい》と黒人《こくじん》、白人《はくじん》は、いったい何《なに》者《もの》か。以上《いじょう》です。」

若武《わかたけ》は、難《むずか》しい顔《かお》つきになった。

「あの3人《にん》の男《おとこ》が泥棒《どろぼう》で、車《くるま》の中《なか》でそのチャンスを狙《ねら》い、まんまと成功《せいこう》したとなると、もう現場《げんば》には現《あらわ》れないよな。唯一《ゆいいつ》の事件関係者《じけんかんけいしゃ》だったのに。」

黒木君《くろきくん》がニヤッと笑《わら》う。

「その3人《にん》なら、もう調《しら》べがついてる。」

すごいっ！

私《わたし》たち全員《ぜんいん》の注目《ちゅうもく》を浴《あ》びながら、黒木君《くろきくん》は肩《かた》から吊《つ》った革《かわ》のホルスターからタブレットを取《と》り出《だ》し、電源《でんげん》を入《い》れた。

そこに、翼《たすく》の描《か》いた3人《にん》の男《おとこ》の顔《かお》が浮《う》かび上《あ》がる。

「陸運局《りくうんきょく》に行《い》って、車《くるま》の持《も》ち主《ぬし》の住所氏名《じゅうしょしめい》を割《わ》り出《だ》した。今《いま》は個人情報保護《こじんじょうほうほご》がうるさくて、ナンバーだけじゃ教《おし》えてくれない。それで先日《せんじつ》、車台番号《しゃだいばんごう》を調《しら》べといたんだ。」

そう言《い》いながら黒木君《くろきくん》は、私《わたし》を見《み》た。

「車台番号《しゃだいばんごう》って、エンジンルームに刻印《こくいん》されているその車《くるま》だけの認識番号《にんしきばんごう》のことだよ。」

あ・・・ご親切《しんせつ》に、ありがとう。

あの時《とき》、上杉君《うえすぎくん》は、その作業《さぎょう》をしてたんだね。

「で、車《くるま》の持《も》ち主《ぬし》が特定《とくてい》できた。あの車《くるま》は個人《こじん》の所有《しょゆう》じゃなくて、会社《かいしゃ》の車《くるま》だ。会社名《かいしゃめい》は、㈱金徳《かぶしきがいしゃきんとく》。」

う・・・かなり迫力《はくりょく》ある社名《しゃめい》。

「住所《じゅうしょ》は駅前《えきまえ》で、業種《ぎょうしゅ》はサービス業《ぎょう》、もっと具体的《ぐたいてき》に言《い》うと金融屋《きんゆうや》。」

金融屋《きんゆうや》？

「金《かね》を貸《か》す商売《しょうばい》だ。昔《むかし》は金貸《かねか》しといった。バブル期《き》にはサラ金《きん》と呼《よ》ばれ、今《いま》は消費者金融《しょうひしゃきんゆう》と名《な》乗《の》っている。」

へぇ、そうなんだ。

「金《かね》を貸《か》して利息《りそく》を取《と》る。この利息《りそく》が会社《かいしゃ》の儲《もう》けなんだ。年利《ねんり》で最高《さいこう》15％《パーセント》くらい。たとえば100万円《まんえん》を1年間借《ねんかんか》りると、借《か》りた金《かね》より15万円多《まんえんおお》い115万円《まんえん》を返《かえ》さなけりゃならない仕組《しく》み。」

高《たか》っ！

「利息《りそく》って、俺《おれ》たちが銀行《ぎんこう》や郵便局《ゆうびんきょく》に貯金《ちょきん》した時《とき》にもつくだろ。」

上杉君《うえすぎくん》が静《しず》かな視線《しせん》で、私《わたし》たちを見回《みまわ》す。

「その時《とき》の利率《りりつ》より、金借《かねか》りた時《とき》の利率《りりつ》の方《ほう》が圧倒的《あっとうてき》に高《たか》い。金貸《かねか》しが異常《いじょう》に儲《もう》かる仕組《しく》みになってるんだ。それって社会正義《しゃかいせいぎ》に反《はん》するんじゃないのか。」

若武《わかたけ》が、珍《めずら》しく同意《どうい》した。

「普通《ふつう》の消費者金融《しょうひしゃきんゆう》は、まだまし。ヤミ金《きん》なんか、それこそムチャクチャ利息取《りそくと》るらしいぜ。」

はて、ヤミ金《きん》とは？

「ヤミ金《きん》というのは、不当《ふとう》な利息《りそく》を取《と》る違法《いほう》な金貸《かねか》し業者《ぎょうしゃ》のこと。」

黒木君《くろきくん》の説明《せつめい》に、若武《わかたけ》がこれだけは譲《ゆず》れないといったように口《くち》を挟《はさ》んだ。

「金《かね》を貸《か》した時《とき》の利息《りそく》って、利息制限法《りそくせいげんほう》で上限《じょうげん》が定《さだ》められてるんだ。」

法律《ほうりつ》は、若武《わかたけ》の専門分野《せんもんぶんや》。

エキスパートとして、ここで発言《はつげん》しないと自分《じぶん》の存在意義《そんざいいぎ》に関《かか》わると思《おも》ったらしい。

「その上限《じょうげん》は、20%《パーセント》。つまりそれ以上《いじょう》は取《と》っちゃいけないわけ。それを無視《むし》して、それ以上《いじょう》の高《たか》い利息《りそく》を取《と》るのが、ヤミ金《きん》。」

なるほど。

私《わたし》は、せっせとノートにメモをした。

「あの3人《にん》の男《おとこ》たちは、金徳《きんとく》の社員《しゃいん》だ。金徳《きんとく》の従業員《じゅうぎょういん》に3人《にん》の顔《かお》を見《み》せて確認《かくにん》した。」

よし、謎《なぞ》2、車《くるま》の中《なか》にいた3人《にん》の男《おとこ》の正体《しょうたい》、これは解決《かいけつ》だ。

「金徳《きんとく》の評判《ひょうばん》は、よくない。表向《おもてむ》きは消費者金融《しょうひしゃきんゆう》だが、裏《うら》でヤミ金《きん》をやってる可能性《かのうせい》がある。」

黒木君《くろきくん》の報告《ほうこく》を聞《き》きながら、小塚君《こづかくん》は心配《しんぱい》そうな顔《かお》になった。

「その金徳《きんとく》の車《くるま》が中井家《なかいけ》の前《まえ》に停《と》まってたってことは、貸《か》した金《かね》の催促《さいそく》に来《き》てたってこと？」

翼《たすく》がパチンと指《ゆび》を鳴《な》らす。

「それ、ありでしょ。あの男《おとこ》たち、どうみても取《と》り立《た》て部隊《ぶたい》って感《かん》じだったし。」

取《と》り立《た》て部隊《ぶたい》なら、泥棒《どろぼう》じゃないね。

もともと証拠《しょうこ》もなかったんだし、疑《うたが》って悪《わる》かったかも。

でもあんまりにも見《み》た目《め》が恐《こわ》かったからなぁ・・・。

「金借《かねか》りて、返《かえ》せなくなる人間《にんげん》って多《おお》いらしいぜ。」

上杉君《うえすぎくん》が、その目《め》に冷《ひ》ややかな光《ひかり》をまたたかせた。

「そういう奴《やつ》らから取《と》り立《た》てるためには、ああいうガタイのいい体育会系《たいいくかいけい》が必要《ひつよう》なんだ。で、脅《おど》しつけて巻《ま》き上《あ》げる。」

恐《こわ》っ！

「じゃ中井氏《なかいし》は、金徳《きんとく》から金《かね》を借《か》りてたんだ。」

若武《わかたけ》はそう言《い》ったけれど、私《わたし》は首《くび》を傾《かし》げざるをえなかった。

だって、そんなふうには見《み》えなかったもの。

使《つか》ってたタオル、ローラ アシュレイだったよ。

あれ、高級《こうきゅう》タオルだから。

「あんな豪邸《ごうてい》住《す》んでるのに、実《じつ》は経済的《けいざいてき》に苦《くる》しかったとかか？」

瞬間《しゅんかん》、忍《しのぶ》がきっぱりと言《い》った。

「それは、ない。」

確信《かくしん》に満《み》ちた口調《くちょう》だったので、皆《みな》が、その根拠《こんきょ》を求《もと》めて忍《しのぶ》の方《ほう》を見《み》た。

それに応《こた》えて、忍《しのぶ》は、ひと言《こと》。

「あそこには、貧乏神《びんぼうがみ》が住《す》んでいなかった。だから貧乏《びんぼう》ってことはない。」

私《わたし》たちは、目《め》が真《ま》ん丸《まる》っ！

貧乏神《びんぼうがみ》ぃ!?

「なんでしょ、それ？」

翼《たすく》に聞《き》かれて、忍《しのぶ》は肩《かた》を竦《すく》める。

「家《いえ》に取《と》り憑《つ》いて、人間《にんげん》を貧乏《びんぼう》にする神様《かみさま》のこと。」

へえ・・・。

「好物《こうぶつ》は、焼《や》き味噌《みそ》なんだ。」

へぇえ・・・。

「東京都内《とうきょうとない》にも、貧乏神《びんぼうがみ》を祭《まつ》った神社《じんじゃ》がいくつかあるよ。」

へぇえっ、知《し》らなかった！

「おい、KZ《カッズ》は、オカルトチームじゃないぜ。」

若武《わかたけ》が不満《ふまん》げに頬《ほお》を膨《ふく》らませる。

「調査《ちょうさ》は、科学的《かがくてき》にやるんだ。覚《おぼ》えとけ、新入《しんい》り。」

若武《わかたけ》ににらまれて、忍《しのぶ》はニヤッと笑《わら》った。

「科学《かがく》は万能《ばんのう》じゃないぜ。おまえ、リーダーのくせにそんなことも知《し》らないのか。」

瞬間《しゅんかん》、若武《わかたけ》が突《つ》っ立《た》つ。

「今《いま》のは、リーダーに対《たい》する侮辱《ぶじょく》だ。やる気《き》か？」

忍《しのぶ》も、ゆっくりと立《た》ち上《あ》がった。

「俺《おれ》は、今《いま》まで逃《に》げたことないんだ。」

黒木君《くろきくん》があわてて間《あいだ》に入《はい》り、2人《ふたり》を分《わ》ける。

「くだんないことでモメんなよ。」

そうだよ。

「あのさぁ、」

上杉君《うえすぎくん》が、椅子《いす》の背《せ》もたれに体《からだ》を凭《もた》せかけながら腕《うで》を組《く》んだ。

「生活費《せいかつひ》に困《こま》ってなくても、金《かね》を借《か》りることはある。たとえば新《あたら》しい事業《じぎょう》を起《お》こすための資金《しきん》とか、だ。」

なるほど、

「で、その金《かね》が返《かえ》せなくなることもありうる。それで金徳《きんとく》が取《と》り立《た》て部隊《ぶたい》を差《さ》し向《む》けることも、当然《とうぜん》ありうる。だがそうしたら、取《と》り立《た》て部隊《ぶたい》は、さっさと金《かね》取《と》ってくよ。1か月《げつ》以上《いじょう》も家《いえ》の前《まえ》に車《くるま》停《と》めて、その中《なか》で待《ま》ってるなんて、ありえねーって。」

若武《わかたけ》が、くやしそうな顔《かお》で言《い》い張《は》る。

「取《と》り立《た》てに来《き》たら、留守《るす》だったんだよ。毎日《まいにち》来《き》てたんだけど、ずっといなかった。葉山《はやま》で暮《く》らしてるって言《い》ってただろ。それで3日前《みっかまえ》、ようやく中井氏《なかいし》が帰《かえ》ってきたんで家《いえ》に入《はい》って、金《かね》を返《かえ》してもらったんだ。」

上杉君《うえすぎくん》は、呆気《あっけ》にとられたような表情《ひょうじょう》になった。

「おまえ、バカか。」

若武《わかたけ》は再《ふたた》び、突《つ》っ立《た》つ。

「何《なに》をっ!? もう一度《いちど》言《い》ってみろっ!!」

上杉君《うえすぎくん》は、うんざりしたような目《め》で若武《わかたけ》を見上《みあ》げた。

「金《かね》を借《か》りる時《とき》には、借用書《しゃくようしょ》に住所《じゅうしょ》や連絡先《れんらくさき》を書《か》く。常時連絡《じょうじれんらく》が取《と》れる電話番号《でんわばんごう》もだ。そこに連《れん》絡《らく》すれば一発《いっぱつ》だろ。男《おとこ》3人《にん》を1か月《げつ》も、夜《よる》も昼《ひる》もあの家《いえ》の前《まえ》で遊《あそ》ばせておくなんてこと、絶対《ぜったい》にしない。」

うーむ、納得《なっとく》。

「じゃ男《おとこ》たちの目的《もくてき》は、借金《しゃっきん》の取《と》り立《た》てじゃなかったってことだよね。」

小塚君《こづかくん》の意見《いけん》に、上杉君《うえすぎくん》は軽《かる》くうなずく。

「俺的《おれてき》には、さっき立花《たちばな》が言《い》った泥棒《どろぼう》の線《せん》に1票《ぴょう》。」

わーいっ！

私《わたし》はすごくうれしくなって、上杉君《うえすぎくん》にニッコリした。

上杉君《うえすぎくん》もこちらを見《み》て、私《わたし》たちは一瞬《いっしゅん》、目《め》が合《あ》ったんだ。

でも上杉君《うえすぎくん》はすぐ、何《なに》もなかったみたいにそっぽを向《む》いた。

私《わたし》は傷《きず》つけられた気分《きぶん》で、目《め》を伏《ふ》せる。

え・・・何《なに》が、いけなかったんだろう。

あれこれと考《かんが》えても思《おも》い当《あ》たらず、何《なん》だか胸《むね》が痛《いた》かった。

「泥棒《どろぼう》かどうかは、証拠《しょうこ》を摑《つか》んでから決《き》めよう。」

黒木君《くろきくん》が、あでやかなその目《め》に考《かんが》え深《ぶか》げな光《ひかり》をまたたかせる。

「何《なに》を盗《ぬす》んだのかも特定《とくてい》しないと。」

私《わたし》はノートを見直《みなお》し、今《いま》の黒木君《くろきくん》の意見《いけん》は、すでに挙《あ》がっている謎3で代用《だいよう》できると判断《はんだん》して、追記《ついき》も訂正《ていせい》もしなかった。

「中井家《なかいけ》に出入《でい》りしている外国人《がいこくじん》については、中井氏《なかいし》が留守宅《るすたく》を彼《かれ》らに貸《か》してるのかもしれないね。」

翼《たすく》の意見《いけん》に、私《わたし》も、そうかもしれないと思《おも》った。

そういうシェアハウスみたいな貸《か》し家《や》があるって聞《き》くから。

「じゃ確証《かくしょう》を取《と》らないとダメじゃん。」

そう言《い》った忍《しのぶ》に、上杉君《うえすぎくん》がちょっと頰《ほお》を歪《ゆが》める。

「中井氏《なかいし》と連絡《れんらく》が付《つ》けば、一発《いっぱつ》でわかることなんだけどな。」

確《たし》かに！

そう思《おも》いながらも、私《わたし》は上杉君《うえすぎくん》の方《ほう》をまっすぐに見《み》なかった。

もしまた目《め》が合《あ》って、逸《そ》らされると嫌《いや》だったから。

「アーヤ、事件《じけん》を整理《せいり》して発表《はっぴょう》。」

若武《わかたけ》に言《い》われて、私《わたし》はあわてて立《た》ち上《あ》がり、1から7までの謎《なぞ》、合計《ごうけい》6項目《こうもく》を読《よ》み上《あ》げた。

それをじっと聞《き》いていた若武《わかたけ》は、鳴《な》り出《だ》した休《やす》み時間終了《じかんしゅうりょう》のチャイムに急《せ》き立《た》てられるように口《くち》を開《ひら》く。

「役割《やくわり》を分担《ぶんたん》する。謎《なぞ》1、車《くるま》を家《いえ》の前《まえ》に停《と》めていた目的《もくてき》は何《なに》か。謎《なぞ》3、いつも車内《しゃない》にいる彼《かれ》らが、家《いえ》に入《はい》って何《なに》をしていたのか、それは何《なん》のためか。この2つについては美門《みかど》と小塚《こづか》。謎《なぞ》5、あの家《いえ》の持《も》ち主《ぬし》で葉山《はやま》に住《す》んでいる中井《なかい》氏《し》というのは、どういう人物《じんぶつ》なのか。謎《なぞ》6、家《いえ》の持《も》ち主《ぬし》である中井氏《なかいし》と3人《にん》の男《おとこ》たちをつないでいるのは何《なに》か。これは上杉《うえすぎ》と黒木《くろき》と七鬼《ななき》、ついでに中井《なかい》氏《し》の電話番号《でんわばんごう》かアドレスもゲットしろ。謎《なぞ》7、中井家《なかいけ》の外国人《がいこくじん》については俺《おれ》とアーヤ。各自《かくじ》、奮《ふん》闘努力《とうどりょく》の上《うえ》、結果《けっか》を出《だ》せ。金曜《きんよう》に会議《かいぎ》だ。では今日《きょう》はこれで解散《かいさん》っ！」

15　奪《うば》い返《かえ》す！

急《いそ》いで教室《きょうしつ》に戻《もど》ろうとする私《わたし》の二《に》の腕《うで》を、後《うし》ろから若武《わかたけ》が掴《つか》んだ。

「おまえ、いつ、時間《じかん》空《あ》く？」

えっと、いつだろう。

「明日《あした》、学校《がっこう》終《お》わって、秀明《しゅうめい》始《はじ》まる前《まえ》でいいか？」

そう言《い》いながら若武《わかたけ》は、私《わたし》たちの脇《わき》を通《とお》って教室《きょうしつ》に戻《もど》っていくKZ《カッズ》メンバーを見《み》た。

「連中《れんちゅう》より早《はや》く成果《せいか》を上《あ》げたいんだ。俺《おれ》はリーダーだから、一番頑張《いちばんがんば》らないとな。俺《おれ》がモタついてると全体《ぜんたい》の士気《しき》に関《かか》わる。誰《だれ》だって、無能《むのう》な男《おとこ》になんかついていきたくないだろ。」

ああ若武《わかたけ》はこれまでずっと、そういう気持《きも》ちでチームを背負《せお》ってきたんだね。

私《わたし》はちょっと感動《かんどう》し、若武《わかたけ》を見直《みなお》した。

いつも短気《たんき》で目立《めだ》ちたがり屋《や》で、詐欺師《さぎし》の面《めん》ばかりが目立《めだ》つけれど、それだけじゃないから私《わたし》たちはこうしてKZ《カッズ》を継続《けいぞく》してこられたんだ。

「明日《あした》でいいよ。どこで会《あ》う？」

若武《わかたけ》はちょっと考《かんが》えてから答《こた》える。

「駅前《えきまえ》ロータリー。もし中井氏《なかいし》が留守宅《るすたく》を貸《か》しに出《だ》してるんなら、駅前《えきまえ》の不動産屋《ふどうさんや》を回《まわ》ってみれば、どこかに広告《こうこく》が出《で》てるはずだ。ネットかも知《し》んないから、そっちは俺《おれ》がチェックしとく。」

了解《りょうかい》。

「じゃな。」

ニッコリ笑《わら》って若武《わかたけ》は親指《おやゆび》を立《た》て、そこに一瞬《いっしゅん》、力《ちから》を入《い》れてウィンクした。

サラサラの前髪《まえがみ》の向《む》こうで、きれいな目《め》が強《つよ》く輝《かがや》き、私《わたし》はドキッ！

「頑張《がんば》ろーぜ。」

素早《すばや》く身《み》をひるがえし、メンバーの後《あと》を追《お》いかけていく若武《わかたけ》を見《み》ながら、しみじみ思《おも》った。

う〜む、なかなかカッコいいかも。

＊

翌日《よくじつ》、私《わたし》は、授業《じゅぎょう》が終《お》わったら即《そく》、教室《きょうしつ》を出《で》るつもりだった。

若武《わかたけ》の中学《ちゅうがく》の方《ほう》が駅《えき》に近《ちか》いから、急《いそ》いでいかないと待《ま》たせてしまう。

それでトラブったりすると、スムーズに調査《ちょうさ》に入《はい》れないもの。

私《わたし》のクラスには翼《たすく》と忍《しのぶ》もいるから、2人《ふたり》の様子《ようす》もずっと気《き》にしていた。

2人《ふたり》とも、いつもみたいに男子《だんし》たちとじゃれたりせず、教室《きょうしつ》の隅《すみ》で額《ひたい》を寄《よ》せ合《あ》い、熱心《ねっしん》に何《なに》やら話《はな》していた。

それを見《み》て私《わたし》は、とてもうれしかった。

メンバーの1人《ひとり》1人《ひとり》が、自分《じぶん》に割《わ》り当《あ》てられた役目《やくめ》を果《は》たすことに全力《ぜんりょく》を尽《つ》くす。

それが、KZ《カッズ》なんだよね。

で、放課後《ほうかご》、一目散《いちもくさん》に教室《きょうしつ》を飛《と》び出《だ》そうとした。

ところが、佐田真理子《さたまりこ》にストップをかけられたんだ。

「立《たち》・花《ばな》・さ・ん、」

ゆっくりと私《わたし》の名前《なまえ》を呼《よ》びながら教室《きょうしつ》の出入《でい》り口《ぐち》から入《はい》ってきて、すぐ前《まえ》に立《た》つ。

「あのねえ、」

嫌《いや》な予感《よかん》がして、私《わたし》はドンドン鼓動《こどう》が高《たか》くなった。

「うちのグループのメンバーに、色目使《いろめつか》わないでくれる？」

は？

「あんたと久美《くみ》っちが校門《こうもん》のとこで話《はな》してんの、見《み》た奴《やつ》がいるんだよ。」

それは、3日前《みっかまえ》の朝《あさ》のことだった。

校門《こうもん》で久美《くみ》さんが待《ま》っていて、話《はな》しかけてきたんだ。

その前《まえ》の日《ひ》も、声《こえ》をかけられて教室《きょうしつ》で話《はなし》をしたけど。

「私《わたし》たちは、もう友《とも》だちとして固《かた》まってるんだからさ、割《わ》って入《はい》ろうと思《おも》っても、残念《ざんねん》だけど、無駄《むだ》なんだよ。」

その時《とき》、私《わたし》の心《こころ》の中《なか》では、たくさんの言葉《ことば》が飛《と》び交《か》っていた。

その中《なか》のどれを選《えら》んで口《くち》に出《だ》しても、よかったんだ。

たとえば、そんなこと、思《おも》ってもみないけど、でも本当《ほんとう》の友《とも》だちってそういうものじゃないでしょ、とか。

あなたって、中屋敷《なかやしき》さんのこと、拘束《こうそく》しすぎじゃない？　問題《もんだい》だと思《おも》うよ、とか。

あなたは中屋敷《なかやしき》さんと一緒《いっしょ》に帰《かえ》らないみたいだから、中屋敷《なかやしき》さんが誰《だれ》か別《べつ》の人間《にんげん》を選《えら》んで一緒《いっしょ》に帰《かえ》ってもいいんじゃないの、とか。

でも私《わたし》が言《い》ったのは、全然《ぜんぜん》、別《べつ》の言葉《ことば》だった。

「わかった。」

私《わたし》が何《なに》か言《い》うことで、久美《くみ》さんがグループ内《ない》でいじめられるかもしれないと思《おも》ったんだ。

今《いま》だって階級《ランク》低《ひく》いって言《い》ってるのに、さらにひどい待遇《たいぐう》を受《う》けるようになったら気《き》の毒《どく》だから、慎重《しんちょう》にしなければならなかった。

言《い》いたいことはたくさんあったから、くやしかったけどね。

「久美《くみ》っちは言《い》っててんだよ、あんたがしつこく話《はな》しかけてきて、すごく迷惑《めいわく》だったって、さ。」

私《わたし》は、心《こころ》を抉《えぐ》られるような気《き》がした。

それは事実《じじつ》じゃない。

でも久美《くみ》さんはきっと、切羽詰《せっぱつ》まった、苦《くる》しい立場《たちば》に追《お》いこまれたんだ。

だから、そう言《い》わざるをえなかったんだと思《おも》う。

「もう近《ちか》づくなよ。」

佐田真理子《さたまりこ》は、こちらをにらんだ。

「わかったかよ。」

私《わたし》は思《おも》いっきり悪意《あくい》をこめて、ニッコリ笑《わら》い返《かえ》した。

「わかったから、そこ、退《ど》・い・て！」

佐田真理子《さたまりこ》は舌打《したう》ちして脇《わき》により、私《わたし》はドアから飛《と》び出《だ》して昇降口《しょうこうぐち》まで走《はし》った。

すごく不愉快《ふゆかい》で、校門《こうもん》まで続《つづ》いている道《みち》の砂利《じゃり》を、1つ残《のこ》らず蹴飛《けと》ばしたいような気持《きも》ちだった。

ほとんど夢中《むちゅう》で学校《がっこう》を出《で》て、駅《えき》に向《む》かう途中《とちゅう》で何度《なんど》も久美《くみ》さんのコンビニ仮面《かめん》を思《おも》い出《だ》した。

何《なん》とか、してあげたい。

私《わたし》に、何《なに》ができるんだろう。

＊

駅《えき》で降《お》り、ロータリーに向《む》かう空中通路《くうちゅうつうろ》を通《とお》って階段《かいだん》を降《お》りていくと、その下《した》に若武《わかたけ》が立《た》っているのが見《み》えた。

桜《さくら》の並木《なみき》に寄《よ》りかかって片脚《かたあし》をまっすぐ伸《の》ばし、その踵《かかと》あたりに、曲《ま》げたもう一方《いっぽう》の脚《あし》の爪先《つまさき》を付《つ》けて、余裕《よゆう》あるポーズ。

私服《しふく》に着替《きが》えていて、紺《こん》の縁取《ふちど》りの付《つ》いた臙脂色《えんじいろ》のカットソーの上《うえ》から、前開《まえあ》きの白《しろ》いショート丈《たけ》ベストを羽織《はお》っていた。

何気《なにげ》なさそうに地面《じめん》をトントンしている靴《くつ》は、ピュアホワイトのローファーで、金《きん》の馬蹄形《ばていけい》の金具《かなぐ》がついている。甲《こう》の部分《ぶぶん》も底《そこ》も、とても柔《やわ》らかそうで、足《あし》に沿《そ》って撓《しな》っていた。両手《りょうて》をベストのポケットに突《つ》っこんで立《た》っている様子《ようす》は、どこから見《み》てもシティボーイ。今《いま》まで見《み》たこともないほどカッコよかった、ほんとに。

「お！」

私《わたし》に気《き》づいた若武《わかたけ》は、寄《よ》りかかっていた木《き》から身《み》を起《お》こす。

ロータリーの後方《こうほう》に並《なら》んでいる不動産屋《ふどうさんや》を親指《おやゆび》で指《さ》して言《い》った。

「ねーぜ。」

え？

「おまえが来《く》るまで時間《じかん》あったから、このあたりの不動産屋《ふどうさんや》、見《み》て回《まわ》ってたんだ。中井家《なかいけ》は、貸《か》し家《や》になってない。ネットにも全然《ぜんぜん》、出《で》てなかったし。」

じゃ、あの外国人《がいこくじん》たちは、何《なん》なの!?

中井氏《なかいし》の知《し》り合《あ》い？

でもあんなにいろいろな国《くに》の人《ひと》たちと知《し》り合《あ》ってるなんて・・・考《かんが》えにくいよ。

「中井氏《なかいし》と連絡《れんらく》が取《と》れさえすれば、本人《ほんにん》に聞《き》けるんだけどな。」

若武《わかたけ》はくやしそうに立《た》ち並《なら》んでいる不動産屋《ふどうさんや》を見回《みまわ》し、私《わたし》に向《む》き直《なお》った。

姿勢《しせい》を正《ただ》し、大《おお》きく咳払《せきばら》いしてから、徐《おもむろ》に口《くち》を開《ひら》く。

「今《いま》、俺《おれ》たちは、手《て》がかりナシ状態《じょうたい》に突入《とつにゅう》している。」

わかってるからっ！

そんなカッコつけて言《い》うのはやめてほしい、無駄《むだ》に鬱陶《うっとう》しい。

「こうなったからには、できることはただ1つだ。」

え、できることあるの？

だったら、それをやろうよ。

「中井家《なかいけ》に忍《しの》びこみ、あの外国人《がいこくじん》たちに直接《ちょくせつ》コンタクトを取《と》って探《さぐ》り出《だ》すんだ。」

私《わたし》はコクンと息《いき》を呑《の》んだ。

しかたがない、ちょっと恐《こわ》いけど、頑張《がんば》ろう！

「おまえは、俺《おれ》が守《まも》る！」

若武《わかたけ》は、ものすごく真剣《しんけん》な顔《かお》になり、意気《いき》ごんで私《わたし》を見《み》つめた。

「絶対《ぜったい》、危険《きけん》な目《め》には遭《あ》わせないから安心《あんしん》しろ!!」

私《わたし》は、ゲンナリ。

「そのセリフ、違《ちが》う！」

若武《わかたけ》は、へっ⁉　と言《い》わんばかりの顔《かお》つきになった。

まったくわかっていない様子《ようす》だったし、1人《ひとり》で悟《さと》りそうもなかったので、私《わたし》は説明《せつめい》しなければならなかった。

「KZ《カッズ》のメンバーとして2人《ふたり》で調査《ちょうさ》に当《あ》たっている今《いま》、私《わたし》とあなたは対等《たいとう》。だからお互《たが》いに庇《かば》い合《あ》ったり、協力《きょうりょく》して力《ちから》を出《だ》し合《あ》ったりすべきだと思《おも》う。一方的《いっぽうてき》に保護《ほご》したり、されたりするのは対等《たいとう》じゃないし仲間《なかま》らしくない。そういうのは、彼氏《かれし》と彼女《かのじょ》の関係《かんけい》だと思《おも》う。」

若武《わかたけ》は、しばし啞然《あぜん》としていたけれど、やがて困《こま》ったような表情《ひょうじょう》になった。

「おまえさぁ・・・俺《おれ》とこうして待《ま》ち合《あ》わせして、一緒《いっしょ》に話《はな》してて、心《こころ》ときめかない？」

別《べつ》に。

「俺《おれ》、ときめくよ。デートみたいだなって思《おも》ってる。」

げっ！

「前《まえ》から、アーヤとデートしてみたかったしさ。」

わずかに頰《ほお》を染《そ》める若武《わかたけ》を見《み》ながら、私《わたし》は、どうしていいのかわからないほど焦《あせ》った。

やめてよ、突然《とつぜん》。

これは調査活動《ちょうさかつどう》でしょうが。

あなたがそのつもりじゃないんなら、私《わたし》、帰《かえ》るからね。

「俺《おれ》とデートしても、いいだろ？」

そう言《い》われて、はっと思《おも》い出《だ》したんだ、砂原《すなはら》のこと。

私《わたし》、もう告白《こくはく》したものね。

だから若武《わかたけ》とデートしなくてもいいんだ、助《たす》かった！

「悪《わる》いけど、私《わたし》もう告白《こくはく》してるから。」

若武《わかたけ》は、目《め》を真《ま》ん丸《まる》にした。

「え・・・いつしたんだ。俺《おれ》、全然《ぜんぜん》、記憶《きおく》にないけど・・・」

あなたじゃないっ！

「砂原《すなはら》にしたの。」

若武《わかたけ》は全身《ぜんしん》、一気《いっき》に凍《こお》り付《つ》いたかのようだった。

呆然《ぼうぜん》とした様子《ようす》で、どこか遠《とお》くを見《み》るような目《め》をしたまま固《かた》まっている。

あ・・・これって、解凍《かいとう》まで時間《じかん》がかかるかも。

そう思《おも》って様子《ようす》をうかがっていると、意外《いがい》に早《はや》く、焦点《しょうてん》の合《あ》った目《め》でこちらを見《み》た。

「もしかして黒木《くろき》の言《い》ってたのって、そのことか？」

当《あ》たりっ！

「ちっきしょう！　何《なん》で砂原《すなはら》なんだ!?」

えっと・・・半《なか》ば勢《いきお》い、半《なか》ば日頃《ひごろ》からの気持《きも》ち。

どちらが欠《か》けても、ああはならなかったと思《おも》う。

自分《じぶん》でも、まだ躊躇《ためら》いがあるけれどね、でもたぶん、これでよかったんだと思《おも》ってる。

「俺《おれ》は諦《あきら》めんぞ。絶対《ぜったい》、奪《うば》い返《かえ》す！」

空中《くうちゅう》をにらんで言《い》った若武《わかたけ》に、私《わたし》は溜《た》め息《いき》。

奪《うば》い返《かえ》すって言葉《ことば》は、自分《じぶん》のものを盗《と》られた時《とき》に使《つか》うものでしょ。

私《わたし》がいつ、若武《わかたけ》のものだったわけ？

「砂原《すなはら》、今《いま》に見《み》てろよ！」

完全《かんぜん》に自分《じぶん》1人《ひとり》の世界《せかい》に入《はい》っている今《いま》の若武《わかたけ》に、いろいろ言《い》っても「糠《ぬか》に釘《くぎ》」だと私《わたし》は思《おも》った。

糠《ぬか》に釘《くぎ》っていうのは、無駄《むだ》だとか、効果《こうか》がないとか、役《やく》に立《た》たないって意味《いみ》。

同《おな》じような言葉《ことば》に、「豆腐《とうふ》に鎹《かすがい》」とか「闇夜《やみよ》の礫《つぶて》」とか「暖簾《のれん》に腕押《うでお》し」「焼《や》け石《いし》に水《みず》」「月夜《つきよ》に提灯《ちょうちん》」「猫《ねこ》に小判《こばん》」「豚《ぶた》に真珠《しんじゅ》」「2階《かい》から目薬《めぐすり》」なんてのもある。

ま、それはともかく、ここは若武《わかたけ》に、リーダーとしての使命《しめい》に目覚《めざ》めてもらうしかない！

「6日《むいか》の菖蒲《しょうぶ》」とか「10日《とおか》の菊《きく》」なんかも、役《やく》に立《た》たないって意味《いみ》だしね。

私《わたし》は考《かんが》え、若武《わかたけ》の潜在意識《せんざいいしき》に訴《うった》えるべく、言葉《ことば》を選《えら》んだ。

「あのね若武《わかたけ》、プライベートなことは置《お》いといてさ、早《はや》く現場《げんば》に行《い》かない？　メンバーは皆《みな》、頑張《がんば》ってると思《おも》うし、誰《だれ》より早《はや》く成果《せいか》を上《あ》げたいって言《い》ったの、若武《わかたけ》でしょ。」

若武《わかたけ》は、はっとしたようにうなずく。

少《すこ》しずつ現実《げんじつ》に戻《もど》ってきたらしく、その目《め》に強《つよ》い光《ひかり》がまたたき始《はじ》めた。

私《わたし》はほっとしながら続《つづ》ける。

「あの家《いえ》の庭《にわ》に入《はい》る許可《きょか》はもらってるから、まずそこまで行《い》って、外国人《がいこくじん》たちの様子《ようす》を見《み》ながら行動《こうどう》するってことで、どう？」

16　KAITO《カイト》王子《おうじ》、再《ふたた》び

2人《ふたり》でロータリーを抜《ぬ》け、繁華街《はんかがい》の中《なか》を歩《ある》いて中井家《なかいけ》に向《む》かう。

若武《わかたけ》の解凍《かいとう》は、まだ完全《かんぜん》じゃなかったらしく、あまりしゃべらず、表情《ひょうじょう》はブスッとした感《かん》じだった。

それで私《わたし》は結構《けっこう》、気《き》を使《つか》って、アレコレ話《はな》しかけたんだ。

でもそのうちに、なんで私《わたし》がこいつの機嫌《きげん》を取《と》らなきゃならないんだろうと思《おも》えてきて、バカバカしくなってしまった。

だって誰《だれ》に告白《こくはく》しようと私《わたし》の自由《じゆう》だし、そのことで若武《わかたけ》にいろいろ言《い》われる義理《ぎり》はないもの。

かくて私《わたし》も黙《だま》りこみ、2人《ふたり》でブスッとして歩《ある》くことになった。

不愉快《ふゆかい》そうな若武《わかたけ》の顔《かお》を見《み》たくなかったから、私《わたし》は若武《わかたけ》と反対方向《はんたいほうこう》にある車道《しゃどう》や歩道《ほどう》に目《め》を向《む》けていた。

夕方《ゆうがた》だったから、会社帰《かいしゃがえ》りのビジネスパーソンとか、高校生《こうこうせい》なんかが群《む》れになって歩《ある》いている。

それを何気《なにげ》なく目《め》に映《うつ》していて私《わたし》は、その中《なか》に久美《くみ》さんの姿《すがた》を見《み》つけたんだ。

「あ！」

図書館司書《としょかんししょ》のお母《かあ》さんと、中年《ちゅうねん》の男《おとこ》の人《ひと》と一緒《いっしょ》で、信号待《しんごうま》ちをしている。

久美《くみ》さんの顔《かお》は、あいかわらずコンビニ仮面《かめん》だった。

う・・・家族《かぞく》といる時《とき》でもそうなんだ。

じゃ家庭内《かていない》でも、自分《じぶん》に価値《かち》がないと思《おも》われてるって感《かん》じてるんだね。

きっと大人《おとな》の意見《いけん》に合《あ》わせて、いい子《こ》らしく振《ふ》る舞《ま》っているんだ。

う〜ん、根《ね》が深《ふか》そう・・・。

「どした？」

若武《わかたけ》がそう言《い》った時《とき》、歩行者用信号《ほこうしゃようしんごう》が青《あお》に変《か》わり、久美《くみ》さんたち3人《にん》がこちらに歩《ある》いてきた。

で、私《わたし》に気《き》づいたんだ。

「あ、立花《たちばな》さんだ。」

声《こえ》をかけられると思《おも》っていなかったので、びっくりした。

「どこ行《い》くの？」

私《わたし》に向《む》けられたその笑顔《えがお》は、さっき見《み》かけた時《とき》よりもちょっとだけ柔《やわ》らかかった。

ちらっと若武《わかたけ》の方《ほう》を見《み》る。

「彼氏《かれし》？」

違《ちが》うよっ！

そう言《い》おうとした時《とき》、若武《わかたけ》がしゃしゃり出《で》た。

「市立中《いちりつちゅう》1年《ねん》の若武《わかたけ》です。よろしく！」

まっすぐに見《み》つめられて、久美《くみ》さんはちょっと赤《あか》くなる。

「知《し》ってる！　KZ《カッズ》の若武君《わかたけくん》だよね。有名《ゆうめい》だもん。」

若武《わかたけ》は、もうこれ以上《いじょう》はありえないというくらいの得意顔《とくいがお》になった。

いかん、このまま放置《ほうち》すると手《て》が付《つ》けられなくなる。

それで急《いそ》いで口《くち》を開《ひら》いたんだ。

「久美《くみ》さんは、ご両親《りょうしん》と夕食《ゆうしょく》？」

久美《くみ》さんは、先《さき》に歩《ある》き始《はじ》めていたお母《かあ》さんと男《おとこ》の人《ひと》の方《ほう》に目《め》をやった。

「ううん、あの人《ひと》は叔父《おじ》さんなんだ。母《はは》の弟《おとうと》。近《ちか》くに住《す》んでるから家族《かぞく》みたいなものだよ。

あ、待《ま》ってるから、じゃあね。」

そう言《い》ってもう一度《いちど》ニッコリすると、2人《ふたり》を追《お》いかけていった。

3人《にん》で繁華街《はんかがい》の中《なか》のファミレスに入《はい》っていく。

「何《なに》か気《き》になるわけ?」

若武《わかたけ》に聞《き》かれて、私《わたし》はこの問題《もんだい》を解決《かいけつ》するヒントがほしくて、久美《くみ》さんのことを打《う》ち明《あ》けた。

いろんな考《かんが》えを聞《き》けば、少《すこ》しでもいい方向《ほうこう》に進《すす》めるんじゃないかって思《おも》ったんだ。

「悪《わる》いが、それ、俺《おれ》の想像《そうぞう》を絶《ぜっ》する。」

若武《わかたけ》は歩《ある》きながら首《くび》をひねる。

「自分《じぶん》がどう思《おも》われてるかとか、周《まわ》りに合《あ》わせようなんて、生《う》まれてから一度《いちど》も考《かんが》えたことがない。そんなこと考《かんが》える奴《やつ》の気持《きも》ちは、まるっきしわからん。」

まぁ若武《わかたけ》は、自己主張《じこしゅちょう》だけで生《い》きてるからなぁ。

「それ、高宮《たかみや》さんに聞《き》いたら、いいんじゃないか?」

え・・・KAITO《カイト》王子《おうじ》に?

「あの人《ひと》はアイドルだから、事務所《じむしょ》は常《つね》に高宮《たかみや》さんの価値《かち》を値踏《ねぶ》みしてるだろ。オリコンのチャートとか、CD《シーディー》やライブのチケット売《う》り上《あ》げとか、出演《しゅつえん》テレビの視聴率《しちょうりつ》とかでさ。それが落《お》ちてきたりしたら、契約《けいやく》を切《き》られるんだ。」

うん、厳《きび》しい環境《かんきょう》だよね。

「高宮《たかみや》さんの歌《うた》やパフォーマンスがどれほど素晴《すば》らしくても、周《まわ》りが支持《しじ》しなければダメ。つまり周《まわ》り次第《しだい》の世界《せかい》に生《い》きてるんだ。今《いま》、アーヤが言《い》ってた子《こ》も、周《まわ》りの価値観《かちかん》に合《あ》わせて生《い》きてるわけだろ。同《おな》じような環境《かんきょう》で勝負《しょうぶ》してる高宮《たかみや》さんなら、何《なに》かアドバイスをくれるかもしれない。」

なるほど。

「俺《おれ》、かけてみる。」

若武《わかたけ》は、ズボンの後《うし》ろポケットからスマートフォンを出《だ》し、アドレス帳《ちょう》で高宮《たかみや》さんの番号《ばんごう》を選《えら》ぶと、通話《つうわ》ボタンを押《お》した。

「スピーカーフォンにしとく。声《こえ》聞《き》きたいだろ。」

私《わたし》たちが高宮《たかみや》さんと出会《であ》ったのは、「アイドル王子《おうじ》は知《し》っている」でのこと。すっごくカッコいい、素敵《すてき》な高校生《こうこうせい》だったんだ。

「出《で》るかな。」

どうかなぁ、何《なに》しろ今《いま》を時《とき》めくトップアイドル「クールボーイ」のメインボーカルだから、忙《いそが》しいかも。

「はい。」

出《で》たっ！

「若武君《わかたけくん》だよね。久《ひさ》しぶり、元気《げんき》？」

その声《こえ》を聞《き》きながら私《わたし》は、爽《さわ》やかで気品《きひん》を感《かん》じさせる高宮《たかみや》さんの横顔《よこがお》を思《おも》い浮《う》かべた。

あの時《とき》しばらく一緒《いっしょ》に暮《く》らして、高宮《たかみや》さんから言《い》われたいくつもの言葉《ことば》は、深《ふか》く心《こころ》に染《し》みついている。

たぶん一生忘《いっしょうわす》れないだろう。

「今《いま》、バラエティの収録中《しゅうろくちゅう》なんだ。休憩時間《きゅうけいじかん》だから大丈夫《だいじょうぶ》だよ。何《なに》？」

若武《わかたけ》が久美《くみ》さんのことを説明《せつめい》し、アドバイスを乞《こ》う。

高宮《たかみや》さんは、ちょっと考《かんが》えてから答《こた》えた。

「そのケースは、2つの異《こと》なる問題《もんだい》が絡《から》まって、事態《じたい》が膠着《こうちゃく》してるんだ。」

2つが絡《から》まる？

「1つ目《め》は、その子自身《こじしん》の問題《もんだい》で、自分《じぶん》に自信《じしん》が持《も》てないってこと。2つ目《め》は環境《かんきょう》の問題《もんだい》で、その子《こ》のそばに強烈《きょうれつ》に支配力《しはいりょく》の強《つよ》い人間《にんげん》がいるってこと。学校《がっこう》でも家《いえ》でも同《おな》じ状態《じょうたい》だとすれば、その双方《そうほう》にそういう人間《にんげん》がいるんじゃないかな。その人間《にんげん》が完璧《かんぺき》だったりすると、それと比較《ひかく》して余計《よけい》に自分《じぶん》に自信《じしん》がなくなり、負《ふ》のスパイラルに陥《おちい》る。」

そうなんだ・・・。

学校《がっこう》の方《ほう》は佐田真理子《さたまりこ》だと思《おも》うけど、家《いえ》の方《ほう》は誰《だれ》なんだろ？

「それで動《うご》きが取《と》れなくなってるんだと思《おも》うよ。この２つの問題《もんだい》のうち、片方《かたほう》でもなくなれば事態《じたい》はいい方向《ほうこう》に向《む》かう可能性《かのうせい》がある。まずどちらかを解消《かいしょう》してみるんだね。」

若武《わかたけ》は意気揚々《いきようよう》と答《こた》えた。

「わかりました。ありがとうございました。休憩中《きゅうけいちゅう》にすみません。」

クスッと笑《わら》う声《こえ》が聞《き》こえる。

「どういたしまして。いつでもかけてよ。皆《みんな》によろしく、アーヤにもね。」

わぁ、覚《おぼ》えててくれてるんだ、感激《かんげき》！

「今度《こんど》スタジオに遊《あそ》びにおいで。毎週《まいしゅう》、収録《しゅうろく》してるから。」

レギュラー番組《ばんぐみ》、いくつも持《も》ってるもんね、忙《いそが》しいんだろうなぁ。

「じゃね。」

明《あか》るい声《こえ》を残《のこ》して電話《でんわ》が切《き》れる。

若武《わかたけ》は、名残惜《なごりお》しそうにスマートフォンを見《み》つめた。

「俺《おれ》、やっぱ、アイドルなりたかったかも。」

あの時《とき》、若武《わかたけ》は、その直前《ちょくぜん》でリタイヤしたのだった。

「じゃ今《いま》からでもやればいいんじゃない？　プロダクションの白木社長《しらきしゃちょう》は、待《ま》ってるって言《い》ってたんだし。」

私《わたし》の言葉《ことば》に、若武《わかたけ》は大《おお》きな溜《た》め息《いき》をついた。

「踏《ふ》み切《き》れん・・・」

変《へん》なの。

「ピュアな少年《しょうねん》の心《こころ》は、複雑《ふくざつ》なんだ。」

え、ピュアな少年《しょうねん》って、誰《だれ》よ。

「まぁそれはいい。おまえの相談《そうだん》に戻《もど》れば、2つの問題点《もんだいてん》のうちの1つでも粉砕《ふんさい》すれば何《なん》とかなるかもしれんってことだ。わかったか？」

ん、よくわかった。

佐田真理子《さたまりこ》との関係《かんけい》や家族間《かぞくかん》のことは、私《わたし》にはどうしようもないから、本人《ほんにん》に自信《じしん》を持《も》たせるって方《ほう》を、何《なん》とかしてみよう！

「ありがとね。」

そう言《い》うと、若武《わかたけ》はちょっと恨《うら》めしそうにこちらを見《み》た。

「お礼《れい》に、俺《おれ》と付《つ》き合《あ》わない？」

付《つ》き合《あ》わんっ！

17 若武《わかたけ》VS.《ブイエス》上杉《うえすぎ》は、子供《こども》のケンカ？

中井家《なかいけ》に着《つ》いて、私《わたし》は前《まえ》と同《おな》じようにして鍵《かぎ》を手《て》に入《い》れ、若武《わかたけ》と一緒《いっしょ》に庭《にわ》に入《はい》った。

で、家《いえ》の方《ほう》に行《い》こうとすると、そちらから2人《ふたり》の男女《だんじょ》が歩《ある》いてきたんだ。

でもそれは、この間見《あいだみ》かけた中国系《ちゅうごくけい》でも黒人《こくじん》でも白人《はくじん》でもなくて、ターバン巻《ま》いてる肌《はだ》の黒《くろ》い人《ひと》っ！

わ、また増《ふ》えてるっ!!

私《わたし》は急《いそ》いでノートを開《ひら》き、謎《なぞ》7を訂正《ていせい》しなければならなかった。

謎《なぞ》7、中井家《なかいけ》にいた中国系《ちゅうごくけい》と黒人《こくじん》、白人《はくじん》、ターバン巻《ま》いてる黒《くろ》い人《ひと》は、いったい何者《なにもの》か。

この家《いえ》、どうなってるんだろう。

「よし、探《さぐ》りを入《い》れるぞ。」

そう言《い》って若武《わかたけ》が、2人《ふたり》に近寄《ちかよ》る。

「Hello《ハロー》！」

声《こえ》をかけると、2人《ふたり》は足《あし》を止《と》め、微笑《ほほえ》んだ。

「オー、コンニチハ。」

意外《いがい》にも、日本語《にほんご》。

若武《わかたけ》はガックリしてみせたけれど、2人《ふたり》が知《し》っていたのはその言葉《ことば》だけだったらしくて、笑《わら》いながらすぐ英語《えいご》に変《か》えた。

若武《わかたけ》も、達者《たっしゃ》な英語《えいご》でそれに応《おう》じる。

若武《わかたけ》の発音《はつおん》は、ネイティブ・スピーカー並《な》みで、かなり素敵《すてき》なんだ。

お父《とう》さんがアメリカに赴任《ふにん》してから、よく渡米《とべい》してるし、膝《ひざ》の手術《しゅじゅつ》もアメリカだった。

初期《しょき》の頃《ころ》は緊張《きんちょう》して話《はな》してるみたいだったけれど、今《いま》では馴染《なじ》んで肩《かた》から力《ちから》が抜《ぬ》けた感《かん》じ。

流暢《りゅうちょう》にしゃべる若武《わかたけ》に、私《わたし》は見惚《みと》れ、カッコいいなぁと思《おも》った。

でも本人《ほんにん》には、絶対言《ぜったいい》わない。

調子《ちょうし》に乗《の》るに決《き》まってるし、そういう時《とき》の若武《わかたけ》って生意気《なまいき》で、気障《きざ》で、手《て》が付《つ》けられないんだもの。

やがて2人《ふたり》は引《ひ》き上《あ》げていき、若武《わかたけ》はこちらを振《ふ》り返《かえ》る。

「わかったぜ。」

そう言《い》って、片目《かため》を細《ほそ》めた。

「ここ、民泊施設《みんぱくしせつ》なんだ。」

へっ!?

「民泊《みんぱく》っていうのは、個人《こじん》の家《いえ》に宿泊《しゅくはく》すること。ホテルより安《やす》いし、郷土色《きょうどしょく》を感《かん》じることもできるから世界中《せかいじゅう》で人気《にんき》なんだ。」

ふむ。

「専門《せんもん》の紹介《しょうかい》サイトがあって、日本《にっぽん》の民泊所《みんぱくじょ》もたくさん登録《とうろく》されてる。今一番人気《いまいちばんにんき》のサイトは、アメリカのAirbnb《エアビーアンドビー》だ。世界《せかい》のどの国《くに》からでもアクセスできる。ネットに掲載《けいさい》されてる情報《じょうほう》を見《み》て、好《す》きな家《いえ》や部屋《へや》を選《えら》んで申《もう》しこみ、金《かね》を払《はら》いこんで、現地《げんち》に行《い》って泊《と》まるんだ。」

なるほど。

「中井氏《なかいし》は、葉山《はやま》に住《す》んでるんだろ。留守《るす》のこの家《いえ》を、民泊施設《みんぱくしせつ》として登録《とうろく》してるんじゃないかな。」

それでいろんな国《くに》の人《ひと》たちが出入《でい》りしてたんだね。

ようやく納得《なっとく》がいって、私《わたし》は少《すこ》し気持《きも》ちが落《お》ち着《つ》いた。

いったいどーゆー家《いえ》なのかと思《おも》って、焦《あせ》ったよ。

でも、そうすると、あの3人《にん》の男《おとこ》たちは、中井氏《なかいし》の留守《るす》に忍《しの》びこんだんじゃなくて、ここに泊《と》まりに来《き》ていた客《きゃく》と接触《せっしょく》してたって可能性《かのうせい》もあるよね。

あの時《とき》は、男《おとこ》たちにばかり気《き》を取《と》られていたけれど、家《いえ》の中《なか》に誰《だれ》がいるかを確認《かくにん》しとくべきだったな。

失敗《しっぱい》したと反省《はんせい》しながら私《わたし》は、同時《どうじ》に、あれっ？　と思《おも》った。

だって中井氏《なかいし》は、私《わたし》に、こう言《い》ったんだよ。

「私《わたし》はいないことが多《おお》いからね。葉山《はやま》のマンションで暮《く》らしてるから。この家《いえ》はほとんど無人《むじん》なんだ。」

それにこうも言《い》った。

「薔薇《ばら》には、褒《ほ》めてくれる人《ひと》が必要《ひつよう》だしね。」

もしこの家《いえ》で民泊《みんぱく》をしてるとしたら、ほとんど無人《むじん》ってことにはならないよね。

それに宿泊客《しゅくはくきゃく》に薔薇《ばら》を褒《ほ》めてもらえばいいんだもの、あんなふうには言《い》わないはずだ。

「ほんとに、ここ、民泊施設《みんぱくしせつ》なの？」

私《わたし》が聞《き》くと、若武《わかたけ》は眉《まゆ》を上《あ》げた。

「さっきの夫妻《ふさい》は、実際《じっさい》にここに申《もう》しこんで泊《と》まってるんだ。その本人《ほんにん》たちが言《い》ってるんだから間違《まちが》いないよ。いろんな外国人《がいこくじん》が出入《でい》りしてるっていう実態《じったい》も、民泊《みんぱく》そのものだしさ。」

う～ん、そうだねぇ。

でも中井氏《なかいし》の言葉《ことば》と、微妙《びみょう》に食《く》い違《ちが》ってる気《き》がするんだけど・・・。

「アーヤ、納得《なっとく》いってないって顔《かお》だけど、そう？」

私《わたし》は、自分《じぶん》の疑問《ぎもん》を説明《せつめい》した。

若武《わかたけ》は、神妙《しんみょう》な顔《かお》つきになる。

「ん・・・そりゃ確《たし》かに変《へん》かもな。」

でしょっ！

「紹介《しょうかい》サイトを当《あ》たって、中井氏《なかいし》がこの家《いえ》を民泊施設《みんぱくしせつ》として登録《とうろく》してるかどうかを確《たし》かめよう。」

それって、さっきやったって言《い》ってなかった？

「民泊《みんぱく》だと思《おも》わなかったからさ、普通《ふつう》に日本《にっぽん》の貸家紹介《かしやしょうかい》サイトの中《なか》を捜《さが》してたんだ。そこには出《で》てなかった。民泊《みんぱく》なら、利用者《りようしゃ》は中国人《ちゅうごくじん》や韓国人《かんこくじん》が多《おお》いから、日本《にっぽん》からアクセスできないようなサイトってことも考《かんが》えられる。でも、かなり突《つ》っこんで捜《さが》さないと無理《むり》だな。サイトに登録《とうろく》している民泊施設《みんぱくしせつ》の持《も》ち主《ぬし》は、ほとんど匿名《とくめい》なんだ。」

え、そうなの!?

匿名《とくめい》で契約《けいやく》して、それで収入《しゅうにゅう》を得《え》られるって、なんか怪《あや》しげなシステムだよね。

私《わたし》だったら絶対《ぜったい》、利用《りよう》しない、恐《こわ》いもん。

「でも捜《さが》してみよっか。事件《じけん》の調査《ちょうさ》から外《はず》れてる気《き》がしないでもないが、気《き》になるもんな。」

私《わたし》がうなずくと、若武《わかたけ》はスマートフォンを操作《そうさ》し始《はじ》めた。

「我《わ》がKZ《カッズ》が誇《ほこ》るIT《アイティー》の天才七鬼《てんさいななき》の力《ちから》を借《か》りよう。あいつなら、きっと何《なん》とかするはずだ。やってもらおうじゃないか。」

そう言《い》いながらスマートフォンをスピーカー機能《きのう》にし、私《わたし》の前《まえ》に差《さ》し出《だ》す。

まもなく忍《しのぶ》の声《こえ》がした。

「ああ俺《おれ》。おまえ今《いま》、何《なに》してんの？　あ、そう。それは他《ほか》の奴《やつ》に任《まか》せといて、おまえに新《あたら》しい任《にん》務《む》だ。すぐ取《と》りかかれ。民泊《みんぱく》の紹介《しょうかい》サイトを当《あ》たって、中井氏《なかいし》の家《いえ》が掲載《けいさい》されているかどうか確《たし》かめるんだ。」

瞬間《しゅんかん》、スマートフォンから上杉君《うえすぎくん》の声《こえ》が飛《と》び出《だ》してきた。

「おい、勝手《かって》に七鬼《ななき》を引《ひ》き抜《ぬ》くのは許《ゆる》さん。俺《おれ》たちは調査中《ちょうさちゅう》なんだ。」

ああ、謎《なぞ》5と6を受《う》け持《も》ってんだよね。

「いいじゃん、1人《ひとり》くらい。」

若武《わかたけ》が剝《む》れる。

「おまえたちって、3人《にん》もいるんだからさ。」

ところが上杉君《うえすぎくん》は、きっぱりと拒絶《きょぜつ》。

「断《ことわ》る。」

と言《い》うなり、電話《でんわ》をブツン！

「くっそっ、切《き》りやがった！」

若武《わかたけ》はくやしそうにスマートフォンを握《にぎ》りしめていたけれど、やがて再《ふた》び電話《でんわ》をかけ、向《む》こうが出《で》るなり叫《さけ》んだ。

「おい、リーダーの命令《めいれい》が聞《き》けんのか!?」

瞬間《しゅんかん》、再《ふた》びブツンと切《き》られる。

ところが意《い》にも介《かい》さず3回目《かいめ》にチャレンジ、そして今度《こんど》は、何《なに》も言《い》わないうちから切《き》られた。

それでも、なおも諦《あきら》めず、4回目《かいめ》をかけたんだ。

そしたら・・・着信拒否《ちゃくしんきょひ》になっていてつながらなかった。

若武《わかたけ》は、真《ま》っ赤《か》になってくやしがった。

「ちっきしょう、上杉《うえすぎ》の奴《やつ》、除名《じょめい》してやる！」

あーあ、子供《こども》のケンカだ。

「この調査《ちょうさ》、七鬼《ななき》でないとできんだろーがっ！」

それは、そうなんだよね。

でも謎《なぞ》の5と6は、中井氏《なかいし》に関《かん》することだから、もしかして葉山《はやま》まで出《で》かけなくちゃならないのかもしれないし、おそらく人数《にんずう》が必要《ひつよう》なんだ。

上杉君《うえすぎくん》って、自分《じぶん》のことについて、あまり説明《せつめい》しない人《ひと》だからな。

そう考《かんが》えながら、上杉君《うえすぎくん》が目《め》を逸《そ》らせた時《とき》のことを思《おも》い出《だ》した。

ひょっとして、あれにも理由《りゆう》があったのかもしれない。

それが何《なん》なのかはわからないけれど、きっと、なにかあったんだ！

私《わたし》は、急《きゅう》に気持《きも》ちが楽《らく》になった。

胸《むね》についていた傷痕《きずあと》が、穏《おだ》やかに埋《う》まっていくような気《き》がしたんだ。

よし、もし機会《きかい》があったら、上杉君《うえすぎくん》に理由《りゆう》を聞《き》いてみよう。

「バカ杉《すぎ》のせいで行《い》き詰《づ》まったぜ。あいつ、マジで除名《じょめい》だ。」

投《な》げ出《だ》すように言《い》った若武《わかたけ》の前《まえ》で、私《わたし》はノートに視線《しせん》を落《お》とし、状況《じょうきょう》を整理《せいり》しながら、どうすべきかを考《かんが》えた。

すると、方法《ほうほう》はまだまだあるってことに気《き》がついたんだ。

「今《いま》は忍《しのぶ》に電話《でんわ》かけて、途中《とちゅう》で上杉君《うえすぎくん》が出《で》たんだよね。で着信拒否状態《ちゃくしんきょひじょうたい》。でも忍本人《しのぶほんにん》の意見《いけん》は聞《き》いてないでしょ。この任務《にんむ》は忍《しのぶ》の得意分野《とくいぶんや》だし、若武《わかたけ》の指示《しじ》に従《したが》いたいと思《おも》ってるかもしれない。だったら、こうしたらどう？　まず、2人《ふたり》と一緒《いっしょ》にいるはずの黒木君《くろきくん》に電話《でんわ》をかける。そして忍《しのぶ》をこっちの調査《ちょうさ》に貸《か》してくれるように説得《せっとく》する。そしたら若武《わかたけ》と私《わたし》と黒木君《くろきくん》で3票《びょう》。もし忍《しのぶ》も賛成《さんせい》してくれるなら4票《ひょう》でしょ。新《あたら》しい任務《にんむ》を引《ひ》き受《う》けさせられるんじゃない？」

若武《わかたけ》はパッと顔《かお》を輝《かがや》かせ、両手《りょうて》で私《わたし》の手《て》を掴《つか》んで握《にぎ》りしめた。

「おおナイス！　アーヤって、意外《いがい》に策略家《さくりゃくか》なんだな、知《し》らなかったよ。」

人聞《ひとぎ》きの悪《わる》い言《い》い方《かた》は、やめて！

私《わたし》は真剣《しんけん》に、この窮地《きゅうち》を切《き》り抜《ぬ》けたかっただけだから。

「よし、黒木《くろき》にかけるぞ。」

意気揚々《いきようよう》と黒木君《くろきくん》に電話《でんわ》する。

「あのさぁ、俺《おれ》の味方《みかた》になってくんない？」

スマートフォンの向《む》こうから、返事《へんじ》の代《か》わりに、かすかな笑《わら》い声《ごえ》が聞《き》こえた。

その後《ご》は、沈黙《ちんもく》が続《つづ》く。

黒木君《くろきくん》の真意《しんい》を測《はか》りかねた若武《わかたけ》が、再《ふたた》び口《くち》を開《ひら》いた。

「七鬼《なき》を俺《おれ》のチームに貸《か》すって話《はなし》を立《た》ち上《あ》げて、多数決《たすうけつ》に持《も》ちこんでほしいんだ。もちろんおまえの1票《ぴょう》に期待《きたい》してる。」

さて黒木君《くろきくん》は、どう出《で》るか？

私《わたし》が息《いき》を詰《つ》めていると、黒木君《くろきくん》の声《こえ》がした。

「俺《おれ》がおまえの味方《みかた》をする理由《りゆう》は？」

うっ、甘《あま》くないっ！

若武《わかたけ》、どう答《こた》えるんだろ。

やっぱ、俺《おれ》がリーダーだから、かな。

「リーダーだからって理由《りゆう》は、ナシね。」

ううっ、先手《せんて》取《と》られた。

若武《わかたけ》、ピンチ！

固唾《かたず》を呑《の》んで見《み》つめる私《わたし》の前《まえ》で、若武《わかたけ》のきれいな目《め》に強《つよ》い意志《いし》が浮《う》かび上《あ》がった。

スタンドプレーが好《す》きな若武《わかたけ》は、切羽《せっぱ》詰《つ》まると、ものすごいエネルギーを出《だ》すんだ。

その時《とき》には、目《め》が底《そこ》から光《ひか》る。

すごく神秘的《しんぴてき》できれいなんだけど、同時《どうじ》に人間離《にんげんばな》れしていて妖《あや》しくも見《み》える。

まるで超能力者《ちょうのうりょくしゃ》か、妖怪《ようかい》みたいにね。

「七鬼《ななき》に協力《きょうりょく》してもらえれば、中井氏《なかいし》が民泊《みんぱく》を経営《けいえい》しているかどうかがはっきりするんだ。」

そうだよ。

「そっちのチームが関《かか》わってる謎《なぞ》6の中井氏《なかいし》と3人《にん》の男《おとこ》たちのつながりも、この民泊《みんぱく》の線《せん》から見《み》えてくるかもしれない。事実《じじつ》、金徳《きんとく》の3人《にん》の男《おとこ》は中井家《なかいけ》に出入《でい》りしてたんだ。根《ね》がつながってる可能性《かのうせい》ってあるだろ。」

黒木君《くろきくん》はしばし黙《だま》っていて、やがて答《こた》えた。

「オッケ、おまえを支持《しじ》する。」

やったっ！

「じゃ頼《たの》む。中井氏《なかいし》の住所《じゅうしょ》は後《あと》で送《おく》っとくから。」

黒木君《くろきくん》は軽《かる》い返事《へんじ》をし、電話《でんわ》を切《き》った。

若武《わかたけ》は、ほっとしたような息《いき》をつく。

私《わたし》は、若武《わかたけ》がヤミ金融《きんゆう》とのつながりまで考《かんが》えていたとは思《おも》わなかったので、すごく感心《かんしん》し、その発想《はっそう》を褒《ほ》め称《たた》えようとした。

とたん若武《わかたけ》が、自分《じぶん》のスマートフォンを見《み》つめてつぶやいたんだ。

「根《ね》がつながってるって・・・ほんとかよ。」

はっ!?

「とりあえず言《い》っといたけど、俺《おれ》、まるっきし信《しん》じてねーし。」

詐欺師《さぎし》っ!

18 小説《しょうせつ》は起承転結《きしょうてんけつ》＋《プラス》テーマ

その翌日《よくじつ》と翌々日《よくよくじつ》まで、忍《しのぶ》は学校《がっこう》を休《やす》んだ。

クラスでは、

「また引《ひ》きこもりかな？」

なんて噂《うわさ》が立《た》ったけれど、きっと民泊《みんぱく》の紹介《しょうかい》サイトを当《あ》たって、中井氏《なかいし》の家《いえ》が掲載《けいさい》されているかどうかを調《しら》べてるんだ。

私《わたし》の方《ほう》は、もう調査《ちょうさ》することもなかったので、高宮《たかみや》さんのアドバイスに従《したが》って、久美《くみ》さんに自《じ》信《しん》を持《も》ってもらうにはどうすればいいのか考《かんが》えたり、それを実行《じっこう》したりしていた。

たとえば授業中《じゅぎょうちゅう》、久美《くみ》さんの発表《はっぴょう》があると、きちんと反応《はんのう》したり、支持《しじ》したり。

ホームルームで久美《くみ》さんが帰《かえ》りの会《かい》の当番《とうばん》をする時《とき》には、発言《はつげん》して、話題《わだい》を提供《ていきょう》したり。

でも久美《くみ》さんはいつもコンビニ仮面《かめん》で、何《なに》を思《おも》っているのかわからず、もちろん私《わたし》に話《はな》しかけてくることもなかった。

自分《じぶん》の言動《げんどう》に効果《こうか》があるのかないのか、まったくはっきりせず、私《わたし》は戸惑《とまど》ってしまった。

このままでいいのかなぁ。

悩《なや》みながら、3日目《みっかめ》、部室《ぶしつ》に向《む》かおうとしていると、渡《わた》り廊下《ろうか》で呼《よ》び止《と》められた。

「アーヤ、」

声《こえ》の方《ほう》を向《む》くと、体育館《たいいくかん》の出入《でい》り口《ぐち》から翼《たすく》がこちらに駆《か》けてくるところだった。

バスケ部《ぶ》レギュラーのユニフォーム姿《すがた》だったけれど、休憩時間中《きゅうけいじかんちゅう》らしく首《くび》にタオルをかけ、片《かた》手《て》にペットボトルを持《も》っている。

「今《いま》、自販機《じはんき》使《つか》ってたら、通《とお》りかかるの見《み》えたからさ。」

そう言《い》いながら眉根《まゆね》を寄《よ》せた。

「このところ憂鬱《ゆううつ》そうだね。何《なに》かあったの？」

翼《たすく》は鋭《するど》いし、クラスでほぼ一日中《いちにちじゅう》一緒《いっしょ》だから、わかってしまうらしい。

「話《はな》しなよ。俺《おれ》たち、心《こころ》の友《とも》でしょ。」

それで私《わたし》は、久美《くみ》さんのことについて打《う》ち明《あ》けた、高宮《たかみや》さんから言《い》われたこともね。

「学校《がっこう》での支配者《しはいしゃ》っていうのは、たぶん佐田真理子《さたまりこ》だと思《おも》う。家《いえ》の方《ほう》はわからない。でも、それらについて私《わたし》にはどうすることもできないから、久美《くみ》さん本人《ほんにん》に働《はたら》きかけるしかなくって、頑《がん》張《ば》ってるんだけど、どうも結果《けっか》が出《で》ないような気《き》がして不安《ふあん》になってるんだ。」

翼《たすく》は黙《だま》って聞《き》いていたけれど、やがて大《おお》きくうなずいた。

「わかった。協力《きょうりょく》するからさ、あまり悩《なや》まないでよ。」

ありがと。

「明日《あした》は、KZ《カッズ》会議《かいぎ》の日《ひ》でしょ。皆《みな》がどんな報告《ほうこく》をするのか楽《たの》しみにしてる。」

そう言《い》いながらちょっと表情《ひょうじょう》を曇《くも》らせた。

「でも俺《おれ》たちの方《ほう》は、あまり捗々《はかばか》しくないんだ。」

そうなんだ・・・。

私《わたし》は励《はげ》まそうとして言《い》った。

「皆《みんな》で話《はな》し合《あ》えば、きっといい方向《ほうこう》が見出《みいだ》せるよ。」

翼《たすく》はうなずき、片手《かたて》を上《あ》げて体育館《たいいくかん》の方《ほう》に駆《か》け出《だ》していく。

それを見送《みおく》って私《わたし》も、文芸部室《ぶんげいぶしつ》に足《あし》を向《む》けた。

翼《たすく》に話《はな》したことで、心《こころ》が軽《かる》くなっていた。

ああやっぱり友《とも》だちっていいな。

話《はな》すだけで、気持《きも》ちが楽《らく》になるもの。

翼《たすく》がいてくれて、私《わたし》は幸《しあわ》せだ。

そう思《おも》いながら、久美《くみ》さんのことを考《かんが》えた。

本当《ほんとう》の気持《きも》ちを話《はな》せるような友《とも》だちが、きっといないんだろうな。

でもそれ以前《いぜん》に、自分《じぶん》の気持《きも》ちを自分自身《じぶんじしん》で押《お》さえつけてしまうところが問題《もんだい》なんだ。

原因《げんいん》は、自信《じしん》を持《も》てないこと。

自分《じぶん》をダメな子《こ》だってずっと思《おも》っていたって言《い》ってたけれど、私《わたし》から見《み》たら、そんなこと全然《ぜんぜん》ない。

それは本人《ほんにん》だけの思《おも》いこみで、誤解《ごかい》なんだ。

何《なん》とかしてあげたい！

「失礼《しつれい》します。」

部室《ぶしつ》のドアを開《あ》けると、中《なか》にいた土屋部長《つちやぶちょう》と内藤副部長《ないとうふくぶちょう》がそろってこちらを振《ふ》り返《かえ》った。

「やぁ、今日《きょう》は僕《ぼく》たちだけだよ。静《しず》かでいいけど、」

そう言《い》いながら部長《ぶちょう》は部屋《へや》の中《なか》を見回《みまわ》す。

「ちょっと寂《さび》しい・・・」

部長《ぶちょう》は、意外《いがい》にロマンチストなんだよね。

「どう？　書《か》くこと決《き》まった？」

副部長《ふくぶちょう》に言《い》われて、砂原《すなはら》に告白《こくはく》したことを思《おも》い出《だ》す。

「えっと、その場《ば》の勢《いきお》いで告白《こくはく》した主人公《しゅじんこう》の話《はなし》なんて、小説《しょうせつ》になりますか？」

副部長《ふくぶちょう》は、軽《かる》く笑《わら》った。

「なるかならないかは、書《か》き方次第《かたしだい》だよね。強《つよ》い思《おも》い入《い》れがあれば、どんな題材《だいざい》でも小説《しょうせつ》になると思《おも》う。」

思《おも》い入《い》れは・・・ある、私《わたし》にとっては初《はじ》めての告白《こくはく》だし。

砂原《すなはら》とのエピソードも、いっぱい覚《おぼ》えてるし。

「わかりました。書《か》いてみます。」

それでパソコンに向《む》かったんだ。

最初《さいしょ》のシーンは、やっぱり出会《であ》いかな。

会《あ》ったのは「卵《たまご》ハンバークは知《し》っている」の中《なか》、入学式《にゅうがくしき》の教室《きょうしつ》だった。

私《わたし》は、その時《とき》のことを思《おも》い出《だ》し、キーを打《う》った。

＊

私《わたし》の右隣《みぎどなり》には、男《おとこ》の子《こ》が座《すわ》っていた。

組《く》んだ両腕《りょううで》を机《つくえ》に置《お》き、その上《うえ》に顔《かお》を伏《ふ》せて寝《ね》ていたので、どんな子《こ》なのかわからなかったけれど、髪《かみ》は茶《ちゃ》っぽくて短《みじか》く、長《なが》い脚《あし》が机《つくえ》の下《した》で窮屈《きゅうくつ》そうだった。

肩《かた》が大《おお》きいし、体育系《たいいくけい》の部活《ぶかつ》の子《こ》かもしれない。

もし起《お》きたら、挨拶《あいさつ》した方《ほう》がいいかな。

お隣《となり》さんだもんね。

あれこれ考《かんが》えていると、教室《きょうしつ》の後《うし》ろの方《ほう》ではしゃいだ声《こえ》が上《あ》がった。

女《おんな》の子《こ》が3、4人《にん》、かたまって話《はな》している。

きっと同《おな》じ小学校《しょうがっこう》からきたんだろうな。

そう思《おも》いながら見《み》ていると、私《わたし》の隣《となり》の男《おとこ》の子《こ》が、顔《かお》を机《つくえ》に伏《ふ》せたままで言《い》った。

「そこ、うるさい。静《しず》かにしろよ。」

女《おんな》の子《こ》たちは、ふっと話《はなし》をやめ、こちらを振《ふ》り返《かえ》った。

その中心《ちゅうしん》にいた子《こ》、編《あ》んだ髪《かみ》をヘアバンドのように頭《あたま》に飾《かざ》っていた子《こ》が、私《わたし》を見《み》る。

しっかり目《め》が合《あ》って、にらまれた。

私《わたし》は、体《からだ》が固《かた》まってしまうような気《き》がした。

違《ちが》う！

私《わたし》が言《い》ったんじゃないっ!!

その時《とき》、教室《きょうしつ》のドアが開《ひら》いて先生《せんせい》が入《はい》ってきたので、女《おんな》の子《こ》たちはサッと解散《かいさん》して、自分《じぶん》の席《せき》についた。

隣《となり》を見《み》れば、その男《おとこ》の子《こ》は、まだ机《つくえ》に俯《うつぶ》せたままだった。

先生《せんせい》は、出入《でい》り口《ぐち》のそばの机《つくえ》に歩《あゆ》み寄《よ》り、手《て》に持《も》っていたプリントを、そこに座《すわ》っていた子《こ》に渡《わた》した。

「これ、配《くば》って。後《うし》ろに回《まわ》すだけでいいから。」

そして教壇《きょうだん》に上《あ》がってきて、姿勢《しせい》を正《ただ》して教室内《きょうしつない》を見回《みまわ》した。

「皆《みな》さん、私《わたし》が担任《たんにん》の美坂薫《みさかかおる》です。」

髪《かみ》をベリーショートにした、活発《かっぱつ》そうな、きれいな人《ひと》だった。

「この1年間《ねんかん》、どうぞよろしく。お、そこに寝《ね》てるのがいるな。いい度胸《どきょう》じゃないか。」

そう言《い》いながら教壇《きょうだん》から下《お》りて、こちらに歩《ある》いてくると、男《おとこ》の子《こ》の肩《かた》に手《て》をかけた。

「君《きみ》ぃ、お休《やす》み中《ちゅう》、申《もう》し訳《わけ》ないが、ホームルームが始《はじ》まってるよ。」

男《おとこ》の子《こ》は、ガバッと体《からだ》を起《お》こした。

「すいません。」

瞬間《しゅんかん》、教室《きょうしつ》の中《なか》に、驚《おどろ》きの声《こえ》がもれたんだ。

「砂原《すなはら》だ。」

「砂原《すなはら》と一緒《いっしょ》なんだ・・・」

私《わたし》はボーゼンとして、その子《こ》の顔《かお》を見《み》つめていた。

だって、すっごくカッコよかったんだもの。

整《ととの》った顔立《かおだ》ちで、キリッとした目《め》が涼《すず》しそうで、爽《さわ》やかで、素敵《すてき》だった。

「ほう、砂原翔《すなはらかける》か。」

先生《せんせい》も、そう言《い》った。

「君《きみ》を担任《たんにん》できるなんて、光栄《こうえい》だな。」

どうも、有名人《ゆうめいじん》らしい。

でも私《わたし》は、てんで知《し》らなかった。

「だが教室《きょうしつ》で寝《ね》るんじゃない。いいか。」

グリグリッと頭《あたま》をこすられて、砂原翔《すなはらかける》は、いかにもカッコ悪《わる》いといったような顔《かお》つきになった。

ちっ、失敗《しっぱい》した！
そう思《おも》っているのがはっきりとわかって、私《わたし》はクスッと笑《わら》ってしまった。
この子《こ》、かわいいトコがある。
「すいません。」
先生《せんせい》にそう言《い》いながら、砂原《すなはら》は、こちらに視線《しせん》を流《なが》した。
突然《とつぜん》だったので、私《わたし》は、まだ笑《わら》ったままだった。
すると砂原《すなはら》は、怒《おこ》ったような表情《ひょうじょう》になった。
「笑《わら》うな。」
目《め》の中《なか》に、切《き》れるような光《ひかり》があった。
にらまれて、私《わたし》は、全身青《ぜんしんあお》ざめる思《おも》いだった。
なんか、恐《こわ》い、この子《こ》・・・。

＊

そこまで書《か》いた時《とき》、突然《とつぜん》、耳《みみ》のそばで声《こえ》がした。

「あ、砂原《すなはら》ってそういう奴《やつ》なわけね。」

私《わたし》は心臓《しんぞう》を掴《つか》まれたような気分《きぶん》で振《ふ》り返《かえ》る。

そこに悠飛《ゆうひ》がいて、私《わたし》のパソコンの画面《がめん》をのぞきこんでいた。

「わっ、見《み》ないで！」

あわてて蓋《ふた》を閉《と》じると、悠飛《ゆうひ》は手《て》を伸《の》ばして私《わたし》の頭《あたま》を小突《こづ》いた。

「小説《しょうせつ》って、人《ひと》に読《よ》ませるために書《か》くんだろうが。読《よ》まれたくないんだったら、やめろ。」

正論《せいろん》だった。

私《わたし》は返《かえ》す言葉《ことば》もなく、口《くち》を噤《つぐ》む。

悠飛《ゆうひ》は勝手《かって》にパソコンを開《ひら》き、私《わたし》が書《か》いたところまで目《め》を通《とお》した。

「で、この後《あと》どうなるわけ？」

えっと結果的《けっかてき》には、告白《こくはく》するんだよ。

「2人《ふたり》は、付《つ》き合《あ》うのか？」

それは無理《むり》かな、何《なに》しろ南《みなみ》スーダンだから。

「付《つ》き合《あ》ったら、その後《あと》は、別《わか》れるだろ？」

なんでっ!?

「お、不満《ふまん》そうだな。」

だって付《つ》き合《あ》った後《あと》は別《わか》れるなんて、決《き》まってないでしょうが。

「付《つ》き合《あ》いっ放《ぱな》しじゃ恋愛小説《れんあいしょうせつ》になんねーの。紆余曲折《うよきょくせつ》がないだろ。最終的《さいしゅうてき》にどうなるかはともかく、いったんは別《わか》れた方《ほう》が絶対《ぜったい》おもしろい。俺《おれ》だったら、距離《きょり》がある時《とき》はよさげに見《み》えたけど、実際《じっさい》付《つ》き合《あ》ったら大《たい》したことなかったと思《おも》えてきたとか、」

それはない！

砂原《すなはら》は、芯《しん》からカッコいいんだ。

「俗《ぞく》っぽい流《なが》れにするなら、相手《あいて》が不治《ふじ》の病《やまい》にかかっていて死《し》ぬとか、交通事故《こうつうじこ》に遭《あ》うとか、実《じつ》は離婚《りこん》した親《おや》の子《こ》で、兄妹《きょうだい》だったとか、」

なんで破滅方向《はめつほうこう》にばっかり、線引《せんひ》くわけっ！

「で、その後《ご》、思《おも》っても見《み》なかったことが起《お》こって、それによって事態《じたい》が変《か》わり、そこにテーマを入《い》れて、結末《けつまつ》に導《みちび》く。」

はぁ・・・。

「小説《しょうせつ》は起承転結《きしょうてんけつ》、もしくは序破急《じょはきゅう》。出会《であ》って付《つ》き合《あ》うのなら、それが㊀《き》、その状態《じょうたい》でいろんなことが起《お》こるのが㊁《しょう》、予想外《よそうがい》の事実《じじつ》や情報《じょうほう》が入《はい》るのが㊂《てん》、でテーマに沿《そ》ってエンディングするの今《いま》までそんなふうに考《かんが》えたことがなかったので、すごく新鮮《しんせん》だった。

そっか、小説《しょうせつ》ってストーリーを書《か》けばいいってもんじゃないんだね、テーマが必要《ひつよう》なんだ。

テーマって、確《たし》かドイツ語《ご》だよね。

直訳《ちょくやく》すると論題《ろんだい》とか主題《しゅだい》、話題《わだい》、思想《しそう》って意味《いみ》だけど、小説的《しょうせつてき》にいうと、何《なに》？

「テーマって、どうやって考《かんが》えるの？」

私《わたし》が聞《き》くと、悠飛《ゆうひ》は目《め》を丸《まる》くした。

「おまえ、それ、マジで聞《き》いてんの？」

うなずく私《わたし》を見《み》て、片手《かたて》でバサバサッと髪《かみ》をかき上《あ》げる。

「ああもう、しょーがねーな。」

そばにあった椅子《いす》に腰《こし》を下《お》ろし、そのままズリズリッと私《わたし》に近寄《ちかよ》せてきて、テーブルの上《うえ》に両《りょう》腕《うで》を置《お》いた。

「いいか、よく聞《き》けよ。」

うん。

「テーマは考《かんが》えるものじゃない。心《こころ》から湧《わ》いてくる自分《じぶん》の声《こえ》。何《なん》で自分《じぶん》はこんなふうに思《おも》ったりが㊕。」

感《かん》じたりするんだろうとか、どうしてもこれについて書《か》きたいとか思《おも》えるものがテーマなんだ。」

ふぅん。

「たとえば恋愛《れんあい》だったらさ、人間《にんげん》って、日頃《ひごろ》からいい人《ひと》だなって思《おも》ってる相手《あいて》には、意外《いがい》にときめかなかったりする。で、冷《つめ》たかったりヤンキーだったりする奴《やつ》が、一瞬《いっしゅん》、違《ちが》う顔《かお》を見《み》せたりすると、コロッと惚《ほ》れるんだ。」

そう言《い》いながら首《くび》を傾《かし》げ、真横《まよこ》から私《わたし》をのぞきこむ。

「そんな人間心理《にんげんしんり》の不思議《ふしぎ》は、いいテーマの1つだ。」

まっすぐな眉《まゆ》の下《した》の切《き》れ長《なが》の目《め》に、真剣《しんけん》な光《ひかり》があって、とても魅力的《みりょくてき》だった。

私《わたし》は、ちょっとドギマギしながら言《い》った。

「ありがとう。」

つまり日頃《ひごろ》からいろんなことをよく見聞《みき》きしたり考《かんが》えたりして、自分《じぶん》なりに問題意識《もんだいいしき》や疑問《ぎもん》を持《も》っている必要《ひつよう》があるんだね。

「よくわかったよ。」

悠飛《ゆうひ》はテーブルに両手《りょうて》をついて立《た》ち上《あ》がる。

「書《か》けそうか？」

たぶん。

さっき悠飛《ゆうひ》が言《い》っていたことは、私《わたし》も経験《けいけん》した。

砂原《すなはら》にはヤンキーだって噂《うわさ》があって、私《わたし》はそうでない面《めん》をいっぱい見《み》てきて今《いま》に至《いた》ってるんだ。

「頑張《がんば》れよ。」

そう言《い》って微笑《ほほえ》んだ笑顔《えがお》が、爽《さわ》やかで素敵《すてき》だった。

「じゃ、俺《おれ》行《い》く。」

あ、部活《ぶかつ》してかないの？

「悠飛《ゆうひ》はさ、」

土屋部長《つちやぶちょう》がクスリと笑《わら》った。

「立花《たちばな》さんの様子《ようす》見《み》に来《く》るようなものだね。」

私《わたし》が唖然《あぜん》としていると、悠飛《ゆうひ》は当《あ》たり前《まえ》だといわんばかりの顔《かお》つきになった。

「そ。こいつの指導監督《しどうかんとく》が、俺《おれ》の部活《ぶかつ》。」

そう言《い》って大《おお》きな片手《かたて》を、バサッと私《わたし》の頭《あたま》の上《うえ》に置《お》く。

「おら、頑張《がんば》ってやれよ。」

ゴシゴシッとこすって、部室《ぶしつ》を出《で》ていった。

副部長《ふくぶちょう》がこちらを見《み》る。

「愛《あい》されてるよね。」

え・・・からかわれてるんだと思《おも》うけど。

「せっかく面倒見《めんどうみ》てもらってるんだから、この際《さい》、悠飛《ゆうひ》のいいところ全部《ぜんぶ》、吸収《きゅうしゅう》して、大《おお》きくなりなね。プロを目指《めざ》すといいかも。」

副部長《ふくぶちょう》の隣《となり》で、部長《ぶちょう》がうっとりしたように天井《てんじょう》を仰《あお》いだ。

「そしたらうちの部《ぶ》は、2人《ふたり》もの作家《さっか》を出《だ》した名門部活《めいもんぶかつ》ってことになるんだよな。すごい・・・・」

う・・・期待《きたい》に添《そ》えるといいけどなぁ。

19　恋心《こいごころ》って、ミステリー

部活《ぶかつ》を終《お》えて、私《わたし》は教室《きょうしつ》に戻《もど》った。

で、バッグを持《も》って帰《かえ》ろうとして出入《でい》り口《ぐち》まで行《い》った時《とき》、ドアの向《む》こうから佐田真理子《さたまりこ》が姿《すがた》を見《み》せたんだ。

「立《たち》・花《ばな》・さ・ん！」

相変《あいか》わらず区切《くぎ》って言《い》いながら、こちらをにらむ。

「あんた、久美《くみ》っちにモーションかけすぎなんだよ。うざいから、やめてくれる？　もう近《ちか》づくなって言《い》っといただろ。」

近《ちか》づいてないよ。

ただ自信《じしん》持《も》ってもらいたいと思《おも》って、サポートしてるだけ。

「翼《ツバサ》の彼女《かのじょ》だからって、いい気《き》になるんじゃねーよ。」

え、それは違《ちが》うけど。

「私《わたし》と美門君《みかどくん》は、ただの友《とも》だちです。」

佐田真理子《さたまりこ》は、私《わたし》をにらんだまま口元《くちもと》だけで笑《わら》った。

「騙《だま》されねーよ。男《おとこ》と女《おんな》の間《あいだ》に友情《ゆうじょう》は成立《せいりつ》しないってドラマの台詞《せりふ》にあったし、うちの姉《ねえ》ちゃんも言《い》ってる。校内《こうない》アンケートでも、そういう結果《けっか》出《で》てるじゃんよ。」

それ、私《わたし》、全部《ぜんぶ》知《し》らないから。

「やっぱ付《つ》き合《あ》ってんだよな？」

私《わたし》は、しっかり言《い》い返《かえ》した。

「付《つ》き合《あ》ってません、友《とも》だちです。」

佐田真理子《さたまりこ》は、一歩前《いっぽまえ》に出《で》る。

私《わたし》の鼻先《はなさき》1センチほどのところまで顔《かお》を近《ちか》づけて言《い》った。

「認《みと》めねーのか。痛《いた》い目《め》みたいのかよ。」

瞬間《しゅんかん》、どっかから声《こえ》がしたんだ。

「男女間《だんじょかん》に友情《ゆうじょう》が成立《せいりつ》しないって説《せつ》は、男女間《だんじょかん》の友情《ゆうじょう》を経験《けいけん》できなかった奴《やつ》や、その能力《のうりょく》がなかった奴《やつ》らが言《い》ってるセリフ。いわば、負《ま》け犬《いぬ》の遠吠《とおぼ》え。」

声《こえ》がしてくる方角《ほうがく》を捜《さが》してあちこち見回《みまわ》すと、庭《にわ》に面《めん》した教室《きょうしつ》の窓《まど》の向《む》こうから翼《たすく》が顔《かお》を出《だ》していた。

「男女間《だんじょかん》の友情《ゆうじょう》は、知性《ちせい》の花《はな》って言《い》われててね、知的《ちてき》な人間《にんげん》でないと育《はぐく》むことができないんだ。」

そう言《い》いながら窓辺《まどべ》に手《て》をかけ、一気《いっき》に窓枠《まどわく》を飛《と》び越《こ》えて教室《きょうしつ》の中《なか》に立《た》つ。

肩《かた》から羽織《はお》っていたウィンドブレーカーの袖《そで》が靡《なび》き、その美貌《びぼう》を半分隠《はんぶんかく》した。

「まぁ、あるかないかわからないような君《きみ》の知性《ちせい》じゃ、とても無理《むり》だね。お気《き》の毒《どく》。」

わっ、すごい攻撃的《こうげきてき》っ！

私《わたし》は心臓《しんぞう》がドキドキした。

翼《たすく》は、怒《おこ》ると、ものすごく凶暴《きょうぼう》になるんだ。

心《こころ》に、白《しろ》い炎《ほのお》を抱《かか》えているからだよね。

白《しろ》い炎《ほのお》は高《たか》い温度《おんど》まで達《たっ》して、激《はげ》しく燃《も》える火《ひ》だから。

「男女間《だんじょかん》に友情《ゆうじょう》が成立《せいりつ》するかしないか、じっくり見《み》せてやるよ。楽《たの》しみにしてるんだね。」

そう言《い》って翼《たすく》は、女《おんな》の子《こ》みたいにきれいなその唇《くちびる》に不敵《ふてき》な微笑《びしょう》を含《ふく》んだ。

「よく見《み》て、自分《じぶん》の貧《まず》しい知性《ちせい》を恥《は》ずかしく思《おも》うといい。」

凄味《すごみ》のあるその笑《え》みに、私《わたし》は背筋《せすじ》がゾクッ、ゾクゾクッ！

「翼《ツバサ》、おまえ、」

佐田真理子《さたまりこ》は、ものすごく真剣《しんけん》な顔《かお》になった。

「立花《たちばな》と、ほんとに友情《ゆうじょう》だって言《い》い切《き》れるのかよ。」

翼《たすく》は、表情《ひょうじょう》も変《か》えずにうなずく。

私《わたし》も、水飲《みずの》み鳥《どり》みたいに首《くび》を縦《たて》に振《ふ》った。

「だったら愛情《あいじょう》は別《べつ》なんだから、他《ほか》の誰《だれ》かと付《つ》き合《あ》ってもいいわけだよな？」

え？

「そんじゃ私《わたし》と付《つ》き合《あ》いなよ。」

えーっ!?

なんか・・・話《はなし》がものすごく変《へん》な方向《ほうこう》に飛《と》んでる気《き》がするのは私《わたし》だけ？

「私《わたし》と付《つ》き合《あ》ったら、信《しん》じてやるよ。どうする？」

翼《たすく》は、ちょっと眉根《まゆね》を寄《よ》せた。

「俺《おれ》、部活《ぶかつ》あるし、忙《いそが》しいんだけど、付《つ》き合《あ》うって具体的《ぐたいてき》に何《なに》するわけ？」

佐田真理子《さたまりこ》は、片手《かたて》を突《つ》き出《だ》す。

「まず交際宣言《こうさいせんげん》を出《だ》す。それから登校一緒《とうこういっしょ》、教室移動一緒《きょうしついどういっしょ》、昼休《ひるやす》み一緒《いっしょ》、下校一緒《げこういっしょ》、とりあえずこの５つ。」

翼《たすく》は、苛立《いらだ》たしげに髪《かみ》をかき上《あ》げた。

「バスケ部《ぶ》の早朝練習《そうちょうれんしゅう》と昼休《ひるやす》み練習《れんしゅう》、それに放課後練習《ほうかごれんしゅう》、休《やす》めないってこと知《し》ってるよね。」

佐田真理子《さたまりこ》は、にんまり笑《わら》う。

「早朝練習《そうちょうれんしゅう》に間《ま》に合《あ》う時間《じかん》に一緒《いっしょ》に登校《とうこう》すればいいじゃん。昼休《ひるやす》みは一緒《いっしょ》に飯食《めしく》うだけでいいし、放課後《ほうかご》は練習終《れんしゅうお》わるまで私《わたし》が待《ま》つから問題《もんだい》ない。」

すごい積極性《せっきょくせい》を感《かん》じるのは、私《わたし》の気《き》のせい？

もしかして隠《かく》れ翼《たすく》ファンだったとか？

「付《つ》き合《あ》わないんなら、絶対信《ぜったいしん》じねーからな。どうするよ？」

翼《たすく》は、溜《た》め息《いき》をつくように言《い》った。

「わかった、付《つ》き合《あ》ってもいい。」

わっ、受《う》けたっ！

「でも俺《おれ》、おまえのことタイプじゃないんだけど、それでもいいんだよね!?」

佐田真理子《さたまりこ》は、ちょっとくやしそうな顔《かお》をしたけれど、一歩《いっぽ》も引《ひ》かなかった。

「別《べつ》にいいよ。そのうち好《す》きにならせてみせるから。」

げっ、猛烈発言《もうれつはつげん》！

ああこれだけの自信《じしん》が、久美《くみ》さんにもあったらなぁ・・・。

「交際宣言《こうさいせんげん》って、どうやって出《だ》すんだ。」

翼《たすく》に聞《き》かれて佐田真理子《さたまりこ》は、考《かんが》えるまでもないといった様子《ようす》で軽《かる》く答《こた》える。

「明日《あした》、ホームルームが始《はじ》まる前《まえ》に、皆《みんな》の前《まえ》で、私《わたし》に付《つ》き合《あ》ってほしいって言《い》うんだ。それで私《わたし》がオッケイする。」

翼《たすく》は、皮肉《ひにく》な笑《え》みを浮《う》かべた。

「出来《でき》レースだな。」

佐田真理子《さたまりこ》は、ムッとした顔《かお》になった。

「嫌《いや》なのかよ。」

翼《たすく》は軽《かる》く首《くび》を横《よこ》に振《ふ》る。

「別《べつ》に。じゃ明日《あした》。」

そう言《い》い残《のこ》し、再《ふたた》び窓《まど》から飛《と》び出《だ》していった。

私《わたし》は恐《おそ》る恐《おそ》る佐田真理子《さたまりこ》の方《ほう》を向《む》き、そして見《み》たんだ。

その頬《ほお》が染《そ》まり、口元《くちもと》に、やった感《かん》のある満足《まんぞく》げな笑《わら》いが浮《う》かんでいるのを。

やっぱり翼《たすく》のこと、好《す》きだったんだ！

なんか、ものすごく不思議《ふしぎ》な気《き》がした。

だって佐田真理子《さたまりこ》は、最初《さいしょ》の頃《ころ》、翼《たすく》と激《はげ》しく対立《たいりつ》してたのに、いつの間《ま》にそういう気持《きも》ちになったんだろう。

う〜ん、恋《こい》って謎《なぞ》だなぁ。

＊

その夜《よる》、私《わたし》はじっくり考《かんが》えた。

佐田真理子《さたまりこ》の気持《きも》ちはともかく、翼《たすく》の方《ほう》は、私《わたし》たちの友情《ゆうじょう》を信《しん》じさせようとして付《つ》き合《あ》う決心《けっしん》をしたんだ。

つまり翼1人《たすくひとり》に重荷《おもに》を背負《せお》わせたってことになる。

私《わたし》は、電話《でんわ》して謝《あやま》っておかねばならないと思《おも》った。

携帯《けいたい》にかけると、初《はじ》めは出《で》なかったけれど、まもなく向《む》こうからかかってきた。

「ごめん、ハイスペックの授業中《じゅぎょうちゅう》だったんだ。」

私《わたし》は思《おも》わず時計《とけい》を見上《みあ》げる。

もう10時《じ》を過《す》ぎていた。

遅《おそ》くまでやってるんだなぁ、さすが精鋭塾《せいえいじゅく》。

「佐田真理子《さたまりこ》との交際《こうさい》だけど・・・翼《たすく》が彼女《かのじょ》を好《す》きになれそうならいいんだけど、もし友情《ゆうじょう》の証《しょう》明《めい》のためだったら、とんでもないことさせてしまった気《き》がする。ごめん。」

翼《たすく》は、ふっと息《いき》を漏《も》らした。

「タイプじゃないって言《い》ったろ。永遠《えいえん》に、好《す》きになんかなれないよ。」

ああやっぱり。

「でも、あの雰囲気《ふんいき》で断《ことわ》るのは、百害《ひゃくがい》あって一利《いちり》なしって感《かん》じだったからな。」

百害《ひゃくがい》あって一利《いちり》なし、というのは、悪《わる》いことばかりでいいことが1つもないって意味《いみ》。

つまり翼《たすく》は、あの状況《じょうきょう》で、ちゃんと計算《けいさん》していたんだ。

最初《さいしょ》、すごく攻撃的《こうげきてき》だったから燃《も》えてるのかと思《おも》ったけど、意外《いがい》に冷静《れいせい》だったんだね。

「でも付《つ》き合《あ》うことにしたのは、それだけじゃない。今日《きょう》、渡《わた》り廊下《ろうか》であった時《とき》、協力《きょうりょく》するって言《い》ったでしょ。」

あ、久美《くみ》さんの件《けん》ね。

「それもあって、付《つ》き合《あ》うのがベストだろうなって判断《はんだん》したんだ。」

はて？

「まぁ見《み》ててよ、今《いま》におもしろいことが起《お》きるから。」

そう言《い》って、クスッと笑《わら》った。

「俺《おれ》は、猛獣使《もうじゅうつか》いさ。」

翼《たすく》が何《なに》を考《かんが》えているのか、私《わたし》にはまるでわからなかった。

う～む、謎《なぞ》の言葉《ことば》！

20　事件《じけん》に格上《かくあ》げ

翌日《よくじつ》、朝《あさ》のホームルーム直前《ちょくぜん》の教室《きょうしつ》では、皆《みな》が釘《くぎ》づけになるようなドラマが繰《く》り広《ひろ》げられた。

いつものように男子《だんし》たちとじゃれていた翼《たすく》が突然《とつぜん》、その輪《わ》の中《なか》から出《で》て、佐田真理子《さたまりこ》のグループに近寄《ちかよ》っていき、こう言《い》ったんだ。

「佐田《さた》、俺《おれ》と付《つ》き合《あ》わない？」

この時点《じてん》で、もう男子《だんし》も女子《じょし》も全員《ぜんいん》そろって驚天動地《きょうてんどうち》っ！

誰《だれ》もが、自分《じぶん》の耳《みみ》が信《しん》じられないという顔《かお》つきだった。

固唾《かたず》を呑《の》む音《おと》が、教室中《きょうしつじゅう》に響《ひび》き渡《わた》る。

皆《みな》が成《な》り行《ゆ》きを見守《みまも》る中《なか》、佐田真理子《さたまりこ》が答《こた》えた。

「あ、いいよ。付《つ》き合《あ》お。」

このひと言《こと》で、皆《みな》、目《め》が真《ま》ん丸《まる》っ！

あっという間《ま》に成立《せいりつ》したカップルは、2人《ふたり》で窓際《まどぎわ》に行《い》って何《なに》やら話《はな》し始《はじ》め、皆《みな》はそれを恐《おそ》る恐《おそ》る見《み》つめていた。

事情《じじょう》を知《し》っていた私《わたし》だけが、これからいったいどうなるのだろうと首《くび》を傾《かし》げる。

おもしろいことって、何《なん》だろう。

翼《たすく》は、いったい何《なに》を考《かんが》え付《つ》いたの!?

＊

その日《ひ》、授業終了《じゅぎょうしゅうりょう》まで、私《わたし》は注意《ちゅうい》して2人《ふたり》を見《み》ていたけれど、特別《とくべつ》なことは何《なに》も起《お》こらなかった。

それまでと変《か》わったのは、教室《きょうしつ》を移動《いどう》する時《とき》や、放課後《ほうかご》のホームルームが終《お》わった時《とき》なんかに、2人《ふたり》でそろってバスケ部室《ぶしつ》の方《ほう》に歩《ある》いていったことくらい。

きっと明日《あした》は一緒《いっしょ》に登校《とうこう》してくるんだよね、そして昼《ひる》は一緒《いっしょ》に食《た》べる。

好《す》きな子《こ》とだったら楽《たの》しいだろうけれど、翼《たすく》、辛《つら》いんじゃないのかなぁ。

私《わたし》たちの友情《ゆうじょう》を証明《しょうめい》するためと、私《わたし》に協力《きょうりょく》するため、その2つを背負《せお》って頑張《がんば》ってくれてるんだけど・・・翼《たすく》にだけ負担《ふたん》をかけてて悪《わる》いなぁ。

私《わたし》にも何《なに》かできるといいんだけど。

あれこれと考《かんが》えながら夕方《ゆうがた》から秀明《しゅうめい》に行《い》き、休《やす》み時間《じかん》を待《ま》ってカフェテリアに駆《か》け上《あ》がった。

ドアを開《あ》けて室内《しつない》を見回《みまわ》せば、いつものように目立《めだ》たないテーブルに、忍《しのぶ》を除《のぞ》く全員《ぜんいん》が顔《かお》をそろえていた。

あ、忍《しのぶ》の調査《ちょうさ》、まだ終《お》わってないんだ。

足《あし》を止《と》めていると、目敏《めざと》く私《わたし》を見《み》つけた黒木君《くろきくん》が片手《かたて》を上《あ》げた。

「アーヤ、こっち！」

声《こえ》に出《だ》さず、口《くち》の形《かたち》だけでそう知《し》らせる。

私《わたし》は急《いそ》いでそのテーブルに寄《よ》り、空《あ》いている椅子《いす》に座《すわ》った。

「KZ会議《カッズかいぎ》を始《はじ》める。」

若武《わかたけ》が重々《おもおも》しく言《い》うのを聞《き》きながら、ノートを開《ひら》き、筆記《ひっき》する体勢《たいせい》を取《と》る。

「まず美門《みかど》と小塚《こづか》チーム、謎1、車《くるま》を家《いえ》の前《まえ》に停《と》めてた目的《もくてき》は何《なに》か。謎《なぞ》3、いつも車内《しゃない》にいる彼《かれ》らが、家《いえ》に入《はい》って何《なに》をしていたのか、それは何《なん》のためか、以上《いじょう》について報告《ほうこく》を。」

2人《ふたり》は顔《かお》を見合《みあ》わせていたけれど、やがて小塚君《こづかくん》が重《おも》そうに腰《こし》を上《あ》げた。

「僕《ぼく》たちは、これといった成果《せいか》を上《あ》げられなかった。」

若武《わかたけ》は、渋《しぶ》い顔《かお》になる。

「何《なん》でだよ。」

小塚君《こづかくん》は困《こま》ったように翼《たすく》を見《み》、代《か》わりに翼《たすく》が立《た》ち上《あ》がった。

「まずポストの鍵《かぎ》を使《つか》って庭《にわ》に入《はい》った。物置《ものおき》の戸《と》や、中《なか》の道具類《どうぐるい》およびホースから、多数《たすう》の同一《どういつ》の指紋《しもん》を検出《けんしゅつ》。アーヤの話《はなし》と合《あ》わせて、これが中井氏《なかいし》のものと断定《だんてい》した。またそこから中井氏《なかいし》の匂《にお》いを特定《とくてい》し、記憶《きおく》した。」

ふむふむ。

「確実《かくじつ》に押《お》さえられたのは、その2点《てん》だけだ。謎《なぞ》1、車《くるま》を家《いえ》の前《まえ》に停《と》めていた目的《もくてき》は何《なに》か、については もう車自体《くるまじたい》が停《と》まっておらず、調査不可能《ちょうさふかのう》。謎《なぞ》3、いつも車内《しゃない》にいる彼《かれ》らが、家《いえ》に入《はい》って何《なに》をしていたのか、それは何《なん》のためか、については、家《いえ》の中《なか》に入《はい》らないと調査《ちょうさ》できない、報告《ほうこく》は以上《いじょう》。」

いささか投《な》げやりに言《い》って、翼《たすく》は腰《こし》を下《お》ろす。

若武《わかたけ》は、うめくような声《こえ》を出《だ》した。

おそらく、その通《とお》りだと感《かん》じて反論《はんろん》できず、くやしかったんだろう。

しばらく黙《だま》りこんでいて、ようやく気《き》を取《と》り直《なお》し、議事《ぎじ》を進行《しんこう》する。

「じゃ次《つぎ》、上杉《うえすぎ》、黒木《くろき》チーム。謎《なぞ》5、あの家《いえ》の持《も》ち主《ぬし》で葉山《はやま》に住《す》んでいる中井氏《なかいし》というのは、どういう人物《じんぶつ》なのか。謎《なぞ》6、家《いえ》の持《も》ち主《ぬし》である中井氏《なかいし》と3人《にん》の男《おとこ》たちをつないでいるのは何《なに》か。報告《ほうこく》を。」

黒木君《くろきくん》が立《た》ち上《あ》がり、両手《りょうて》をテーブルについて前《まえ》かがみになった。

「まず中井氏《なかいし》のプロフィルについて。先祖代々《せんぞだいだい》の資産家《しさんか》で、本人《ほんにん》はその1人息子《ひとりむすこ》として生《う》まれた。大学卒業後《だいがくそつぎょうご》、製薬会社《せいやくがいしゃ》に勤務《きんむ》し、65歳《さい》で定年退職《ていねんたいしょく》、現在《げんざい》は年金《ねんきん》で暮《く》らしている。怪《あや》しげな噂《うわさ》はまったくない。亡《な》くなった父親《ちちおや》から多額《たがく》の資産《しさん》を受《う》け継《つ》いだが、バブル崩壊時《ほうかいじ》に株《かぶ》で失敗《しっぱい》したようで、現在《げんざい》の資産《しさん》は駅近《えきちか》くのあの家土地《いえとち》と葉山《はやま》のマンションのみ。数年前《すうねんまえ》、妻《つま》を亡《な》くして単身《たんしん》。年齢《ねんれい》は78歳《さい》。3人《にん》の男《おとこ》たちや金徳《きんとく》との接点《せってん》は見《み》つからない。」

ないのかぁ・・・。

「中井氏《なかいし》の連絡先《れんらくさき》、および葉山《はやま》の住所《じゅうしょ》については掴《つか》めなかった。引《ひ》き続《つづ》き調査《ちょうさ》する、以上《いじょう》。」

私《わたし》はそれらをメモした。

「接点《せってん》がないとなると、さ。」

上杉君《うえすぎくん》が両手《りょうて》を上《あ》げ、後頭部《こうとうぶ》で指《ゆび》を組《く》みながら天井《てんじょう》を仰《あお》ぐ。

「あの男《おとこ》たちは、自分《じぶん》たちに関係《かんけい》のない家《いえ》の前《まえ》で1か月以上《げついじょう》も張《は》りこんでたってことになる。その場合《ばあい》、考《かんが》えられるケースは3つだ。1中井氏《なかいし》の家《いえ》に誰《だれ》かが来《く》るのを待《ま》っていたか、2家《いえ》の中《なか》から誰《だれ》かが出《で》てくるのを待《ま》っていたか、3家《いえ》の中《なか》の様子《ようす》をうかがっていたか。」

うーん、どれもアリだよね。

「当然《とうぜん》、最後《さいご》のでしょ。」

翼《たすく》があっさり答《こた》える。

「1と2で、男《おとこ》たちが誰《だれ》かの出入《でい》りを待《ま》っていたとしたら、その誰《だれ》かってのは、男《おとこ》たちが本人《ほんにん》に直接話《ちょくせつはなし》を聞《き》けない、つまり親《した》しくない人物《じんぶつ》なんだ。だから外《そと》で待《ま》っているしかなかった。1の場《ば》合《あい》、その人物《じんぶつ》が中井氏《なかいし》の家《いえ》にやってきたら、当然《とうぜん》、家《いえ》に入《はい》る前《まえ》に接触《せっしょく》するだろ。その方《ほう》が確実《かくじつ》だし、家《いえ》には中井氏《なかいし》がいる可能性《かのうせい》があるから、中《なか》に入《はい》られたら話《はなし》が面倒《めんどう》になる。また2の場合《ばあい》、中《なか》から出《で》てくる誰《だれ》かを待《ま》っていたのなら、出《で》てきたところで接触《せっしょく》し、用件《ようけん》を済《す》ませるはずだ。どちらも家《いえ》には入《はい》らない。ところが男《おとこ》たちは家《いえ》に入《はい》り、出《で》てきている。そこから考《かんが》えれば、初《はじ》めの2つは今回《こんかい》のケースには当《あ》てはまらないってこと。正解《せいかい》は3つ目《め》。」

あ、そうか。

「男《おとこ》たちが1か月以上《げついじょう》もあの家《いえ》の前《まえ》に車《くるま》を停《と》めていたのは、家《いえ》が空《あ》き家《や》であること、そして誰《だれ》も訪《たず》ねてこないことを確《たし》かめるためだ。」

黒木君《くろきくん》がそのあでやかな目《め》に、皮肉《ひにく》な光《ひかり》をきらめかせる。

「かなり慎重《しんちょう》にやってたわけだね。」

そう言《い》いながらちょっと考《かんが》えこんだ。

「そうなると、もしかして関係《かんけい》あるかもな。」

え？

「いろんな情報《じょうほう》を集《あつ》めてるうちに、奇妙《きみょう》な話《はなし》が耳《みみ》に入《はい》ってきたんだ。今回《こんかい》の件《けん》には関係《かんけい》ないと思《おも》ってたんだけど、」

皆《みな》が黒木君《くろきくん》に注目《ちゅうもく》する。

「駅《えき》から少《すこ》し離《はな》れたあたりの住宅街《じゅうたくがい》を、グルグル回《まわ》ってる車《くるま》があるって話《はなし》。」

え、何《なに》、それ。

「一軒一軒《いっけんいっけん》の家《いえ》の様子《ようす》を視察《しさつ》していたらしい。表札《ひょうさつ》に出《で》ている名前《なまえ》を見《み》たりしてさ。車《くるま》のナンバーは聞《き》いたんだけど、3人《にん》の男《おとこ》たちが乗《の》ってた車《くるま》じゃなかったから、俺《おれ》としてはスルーしたわけ。」

小塚君《こづかくん》が真剣《しんけん》な表情《ひょうじょう》で口《くち》を開《ひら》く。

「でも中井氏《なかいし》の家《いえ》も、駅《えき》から少《すこ》し離《はな》れた住宅街《じゅうたくがい》にあるよ。」

黒木君《くろきくん》はわかっているといった様子《ようす》で、軽《かる》くうなずいた。

「男《おとこ》たちは中井氏《なかいし》の家《いえ》について調《しら》べるのに、1か月《げつ》もかけるほど用心深《ようじんぶか》い。となると、その前《まえ》に視察《しさつ》していて、中井氏《なかいし》の家《いえ》に目《め》を付《つ》けたってこともあるかもな。金徳《きんとく》の車《くるま》は当然《とうぜん》、1台《だい》じゃないだろうし。金徳《きんとく》について、もっと詳《くわ》しく調《しら》べた方《ほう》がいいね。」

私《わたし》は急《いそ》いで謎《なぞ》の8を作《つく》った。

謎《なぞ》8、金徳《きんとく》は、金融屋《きんゆうや》以外《いがい》にどんな仕事《しごと》をしているのか。

上杉君《うえすぎくん》が、なお天井《てんじょう》を仰《あお》いだままで続《つづ》ける。

「誰《だれ》もいないし、誰《だれ》も来《こ》ないことを確《たし》かめて、男《おとこ》たちはあの家《いえ》に入《はい》った。そして立《た》ち去《さ》り、それ以降《いこう》、姿《すがた》を現《あらわ》してない。つまり奴《やつ》らは目的《もくてき》を遂《と》げたんだ。やっぱ何《なに》か盗《ぬす》んだんじゃね？」

ん、私《わたし》もそう思《おも》うよ、証拠《しょうこ》ないけどね。

「推察《すいさつ》で決《き》めつけるな。それじゃガキの探偵《たんてい》ゴッコだ。」

若武《わかたけ》が、横目《よこめ》で上杉君《うえすぎくん》をにらむ。

「我《わ》がKZ《カッズ》は、はっきりした証拠《しょうこ》を掴《つか》んで調査《ちょうさ》を進《すす》めるんだ、それがどんなに困難《こんなん》でもな。」

最後《さいご》の言葉《ことば》には、悲壮《ひそう》な決意《けつい》が籠《こ》もっていた。

若武《わかたけ》はそこに力《ちから》をこめ、オーバーなパフォーマンス付《つ》きで強調《きょうちょう》したので、上杉君《うえすぎくん》は横《よこ》を向《む》き、ウエッという顔《かお》をした。

「とりあえず全部《ぜんぶ》の報告《ほうこく》を聞《き》いてから、今後《こんご》の策《さく》を練《ね》ろう。俺《おれ》とアーヤのチームは、中井家《なかいけ》の外国人《がいこくじん》が民泊《みんぱく》の客《きゃく》であることを確《たし》かめた。中井氏《なかいし》があの家《いえ》を民泊施設《みんぱくしせつ》として提供《ていきょう》しているものと思《おも》われるが、そう考《かんが》えると腑《ふ》に落《お》ちない点《てん》が2つ出《で》てくる。中井氏《なかいし》は、あの家《いえ》を無人《むじん》だといい、

アーヤに薔薇《ばら》の声《こえ》がけを頼《たの》んでいるんだ。」

上杉君《うえすぎくん》が、ギョッとしたようにこちらを見《み》る。

「マジか。AI搭載《人工知能とうさい》で人間《にんげん》の声《こえ》を感知《かんち》する薔薇《ばら》とか？」

違《ちが》うけど。

「うるさい上杉《うえすぎ》、黙《だま》ってろ。」

一喝《いっかつ》して若武《わかたけ》は、気遣《きづか》わしげにカフェテリアのドアに目《め》をやった。

「それで七鬼《ななき》に調《しら》べてもらってんだけど、」

その時《とき》ちょうどドアが開《ひら》き、忍《しのぶ》が姿《すがた》を見《み》せたんだ。

長《なが》い髪《かみ》を靡《なび》かせ、足早《あしばや》に歩《あゆ》み寄《よ》ってきて、椅子《いす》を引《ひ》き寄《よ》せながら私《わたし》たちを見回《みまわ》す。

「海外《かいがい》の民泊仲介《みんぱくちゅうかい》サイトで、日本《にっぽん》からアクセスできない設定《せってい》になっているヤツにたどり着《つ》いた。」

おお！

「いくつかあったんで片《かた》っ端《ぱし》から調《しら》べて、やっと中井氏《なかいし》のあの家《いえ》が出《で》てるサイトを見《み》つけたん

だ。」

やったね！

「もちろん貸し主《ぬし》の登録《とうろく》は匿名《とくめい》で、個人名《こじんめい》は出《で》てない。でも何《なん》とか突《つ》き止《と》めた。」

すごい、やっぱ天才《てんさい》！

「でも中井氏《なかいし》じゃないんだ。A《エー》パートナーズっていう会社《かいしゃ》になってる。」

は？

「だってあれ、中井氏《なかいし》の家《いえ》だろ。」

若武《わかたけ》の言葉《ことば》に、翼《たすく》が素早《すばや》く首《くび》を横《よこ》に振《ふ》った。

「いや中井氏《なかいし》は、あれを売《う》ったのかもしれないよ。」

それを聞《き》いて、私《わたし》はようやく納得《なっとく》がいった。

きっと売《う》ったんだ、あそこにはいないことが多《おお》いって言《い》ってたから。

で、新《あたら》しく家《いえ》の持《も》ち主《ぬし》になった人《ひと》が、民泊《みんぱく》を始《はじ》めたのに違《ちが》いない。

「でも、なんか変《へん》なんだ。」

忍《しのぶ》は眉根《まゆね》を寄《よ》せる。

「奇妙《きみょう》な感《かん》じがする。で、さっき保健所《ほけんじょ》に行《い》って調《しら》べてみた。」

は・・・なんで保健所《ほけんじょ》？

私《わたし》がキョトンとしていると、黒木君《くろきくん》がこちらを見《み》た。

「民泊《みんぱく》を営業《えいぎょう》する時《とき》の届《とど》け出《で》は、保健所《ほけんじょ》に出《だ》すんだ。」

へぇ、そうなの。

「いろんな国《くに》から来《く》る客《きゃく》に安全《あんぜん》に泊《と》まってもらうためには、衛生《えいせい》や防災面《ぼうさいめん》での管理《かんり》が必要《ひつよう》だろ。」

もちろん。

「そのために法律《ほうりつ》で基準《きじゅん》が定《さだ》められている。」

黒木君《くろきくん》の説明《せつめい》を横取《よこど》りするように、若武《わかたけ》が声《こえ》を上《あ》げる。

「2018年《ねん》からは民泊新法《みんぱくしんぽう》が施《ほどこ》されることになってる。でも現状《げんじょう》では、旅館業法《りょかんぎょうほう》がその代《か》わりをしてるんだ。」

法律《ほうりつ》のエキスパートとして、こういう話《はなし》は譲《ゆず》れないらしい。

「だから民泊《みんぱく》を営業《えいぎょう》するためには、都道府県《とどうふけん》に申請《しんせい》し、旅館業法上《りょかんぎょうほうじょう》の許可《きょか》を取《と》らなくちゃならない。その窓口《まどぐち》が保健所《ほけんじょ》だ。」

そっか、わかった。

「七鬼《ななき》さぁ、奇妙《きみょう》な感《かん》じがするって、その根拠《こんきょ》は？」

皆《みな》が、忍《しのぶ》に注目《ちゅうもく》する。

忍《しのぶ》はちょっと口《くち》を噤《つぐ》み、考《かんが》えてから答《こた》えた。

「えっと、俺《おれ》の勘《かん》。」

上杉君《うえすぎくん》が真《ま》っ先《さき》にガックリと落《お》ちこみ、続《つづ》いて皆《みな》が溜《た》め息《いき》をつく。

でも、その場《ば》にどれほど失望感《しつぼうかん》が満《み》ちようと、忍《しのぶ》はまったく平気《へいき》だった、空気読《くうきよ》まないから。

「あれ皆《みんな》、どうかしたの？」

こういうの、蛙《かえる》の面《つら》に水《みず》っていうんだよね、たぶん。

「おまえなぁ、勘《かん》なんかまともな顔《かお》で発表《はっぴょう》すんなっ！　ＫＺ《カッズ》はオカルトチームじゃないって言《い》ったろっ!!」

若武《わかたけ》が怒声《どせい》を上《あ》げ、黒木君《くろきくん》がそれを宥《なだ》める。

小塚君《こづかくん》が話《はなし》を引《ひ》き継《つ》いだ。

「で、保健所《ほけんじょ》に行《い》ったんだよね。それで？」

忍《しのぶ》は、若武《わかたけ》の怒《いか》りを気《き》にするふうもなく実《じつ》に素直《すなお》に口《くち》を開《ひら》く。

「窓口《まどぐち》の職員《しょくいん》にこう言《い》ったんだ。民泊仲介《みんぱくちゅうかい》サイトに出《で》てるこの家《いえ》に泊《と》まりたいんですけど、初《はじ》めてだから心配《しんぱい》なんです、ここ大丈夫《だいじょうぶ》でしょうか？　って。そしたら調《しら》べてくれて、こう言《い》われた。そこ民泊《みんぱく》の申請出《しんせいで》てないから、やめた方《ほう》がいいよって。」

膨《ふく》れっ面《つら》だった若武《わかたけ》が、急《きゅう》に真剣《しんけん》な顔《かお》になる。

「ヤミ民泊《みんぱく》かっ!?」

その目《め》に生《い》き生《い》きとした光《ひかり》が灯《とも》り、見《み》る間《ま》に活気《かっき》づいた。

踊《おど》り出《だ》しそうな勢《いきお》いで、両手《りょうて》を天井《てんじょう》に向《む》かって突《つ》き上《あ》げる。

「やった事件《じけん》だ！　明確《めいかく》に事件《じけん》だ!!　やっと見《み》つけたぞぉ！　これはもう事件未満事件《じけんみまんじけん》じゃない。ヤミ民泊事件《みんぱくじけん》なんだ、バンザ～イ！」

私《わたし》は小塚君《こづかくん》と顔《かお》を見合《みあ》わせた。

「今《いま》まで平気《へいき》そうにしてたけど、意外《いがい》に気《き》にしてたんだね、今回《こんかい》の事件名《じけんめい》。」

「やっと事件《じけん》らしくなってきて、よかったね。」

狂喜乱舞《きょうきらんぶ》する若武《わかたけ》に、上杉君《うえすぎくん》が情《なさ》けなさそうな視線《しせん》を送《おく》りながらつぶやく。

「今《いま》、日本中《にっぽんじゅう》に5万軒以上《まんけんいじょう》の民泊施設《みんぱくしせつ》があって、そのほとんどがヤミ民泊《みんぱく》だって言《い》われてるんだ。管轄《かんかつ》してるのは保健所《ほけんじょ》だけど、立《た》ち入《い》り検査《けんさ》する権限《けんげん》もないらしい。警察《けいさつ》もそこで事故《じこ》や事件《じけん》が起《お》こらない限《かぎ》り介入《かいにゅう》しないし。」

じゃ野放《のばな》しなんだ！

「誰《だれ》かがその民泊《みんぱく》に申《もう》しこんで、いろいろと難癖《なんくせ》をつけてA《エー》パートナーズって会社《かいしゃ》を交渉《こうしょう》の窓口《まどぐち》に引《ひ》きずり出《だ》し、調《しら》べるってのは、どうでしょ。」

翼《たすく》の意見《いけん》は、時々《ときどき》、超過激《ちょうかげき》。

その肩《かた》に黒木君《くろきくん》が手《て》をかけ、慰撫《いぶ》するようにトントンと叩《たた》いた。

「その前《まえ》に俺《おれ》が聞《き》きこみしてみるよ。いつ頃《ごろ》、中井家《なかいけ》を買《か》ったのかとかさ。金徳《きんとく》の方《ほう》も調《しら》べてみる。」

私《わたし》は、急《いそ》いで謎《なぞ》を付《つ》け足《た》す。

謎《なぞ》9、新《あら》たに現《あらわ》れたA《エー》パートナーズとは、何《なん》の会社《かいしゃ》なのか。中井家《なかいけ》を買《か》ったのはいつか。

「諸君《しょくん》っ！」

若武《わかたけ》が勢《いきお》いよく、そしてうれしそうに宣言《せんげん》した。

「今回《こんかい》の事件《じけん》は、ヤミ民泊事件《みんぱくじけん》とする。アーヤ、整理《せいり》して発表《はっぴょう》！」

私《わたし》は、急《いそ》いで事件名《じけんめい》を書《か》き替《か》えながら立《た》ち上《あ》がった。

「この事件《じけん》は、一軒《けん》の家《いえ》の前《まえ》に車《くるま》が停《と》まっていたところから始《はじ》まりました。今《いま》ではその家主《やぬし》が家《いえ》を売《う》り、買《か》った会社《かいしゃ》が無届《むとど》けで民泊《みんぱく》をしているところまではっきりしましたが、まだ謎《なぞ》はいくつか残《のこ》されています。これまで解決《かいけつ》したのは、謎《なぞ》1、車《くるま》を家《いえ》の前《まえ》に停《と》めてた目的《もくてき》は何《なに》か。これは中《なか》井家《いけ》の様子《ようす》を探《さぐ》り、中《なか》に侵入《しんにゅう》するため。謎《なぞ》2、車《くるま》の中《なか》にいた3人《にん》の男《おとこ》の正体《しょうたい》。これは金融屋《きんゆうや》の金《きん》徳《とく》の社員《しゃいん》。謎《なぞ》5、あの家《いえ》の持《も》ち主《ぬし》で葉山《はやま》に住《す》んでいる中井氏《なかいし》というのは、どういう人物《じんぶつ》なのか。資産家《しさんか》で葉山《はやま》に1人暮《ひとりぐ》らしをしている78歳《さい》の普通《ふつう》の男性《だんせい》。謎《なぞ》6、家《いえ》の持《も》ち主《ぬし》である中井氏《なかいし》と3人《にん》の男《おとこ》たちをつないでいるのは何《なに》か。双方《そうほう》の間《あいだ》につながりはなし。謎《なぞ》7、中井家《なかいけ》にいた外国人《がいこくじん》たちは、いったい何者《なにもの》か。これは民泊《みんぱく》の客《きゃく》。よって残《のこ》る謎《なぞ》は、3つ。謎《なぞ》3、いつも車内《しゃない》にいる彼《かれ》らが、家《いえ》に入《はい》って何《なに》をしていたのか、それは何《なん》のためか。謎《なぞ》8、金徳《きんとく》は金融屋《きんゆうや》以外《いがい》にどんな仕事《しごと》をしている会社《かいしゃ》なのか。謎《なぞ》9、新《あら》たに現《あらわ》れたA《エー》パートナーズとは、何《なん》の会社《かいしゃ》なのか、いつ頃中井家《ごろなかいけ》を買《か》ったのか。以上《いじょう》です。」

若武《わかたけ》が、すかさず決断《けつだん》した。

「謎《なぞ》8、金徳《きんとく》の情報収集《じょうほうしゅうしゅう》は黒木《くろき》。謎《なぞ》9はネットでいけそうだから七鬼《ななき》に任《まか》せる。人手《ひとで》が必要《ひつよう》なら、空《あ》いているメンバーを誰《だれ》でも使《つか》っていいから、今週中《こんしゅうちゅう》にやるんだ。で月曜《げつよう》、講義《こうぎ》が始《はじ》まる前《まえ》にここに集合《しゅうごう》、結果《けっか》を報告《ほうこく》し、情報《じょうほう》を共有《きょうゆう》し、その後《ご》、」

そこまで言《い》って若武《わかたけ》は、自信《じしん》に満《み》ちた笑《え》みを浮《う》かべた。

「謎《なぞ》3、男《おとこ》たちが中井家《なかいけ》で何《なに》をしていたのか、それは何《なん》のためか、を調査《ちょうさ》するために、中井家《なかいけ》に潜入《せんにゅう》する。」

ゴックン！

「これですべての謎《なぞ》が解《と》け、この事件《じけん》は解決《かいけつ》するはずだ。諸君《しょくん》、栄光《えいこう》のエンディングまであとひと息《いき》だ。引《ひ》き続《つづ》き全力《ぜんりょく》で当《あ》たってくれ。では今日《きょう》はこれで解散《かいさん》っ！」

21 意外《いがい》な一面《いちめん》

もしかして黒木君《くろきくん》や忍《しのぶ》から、応援《おうえん》の要請《ようせい》があるかもしれない。

私《わたし》はそう思《おも》っていたけれど、何《なに》もないままに月曜日《げつようび》の朝《あさ》がきた。

調査《ちょうさ》は、うまくいったのだろうか。

気《き》になってたまらなかったので、できるだけ早《はや》く秀明《しゅうめい》に行《い》ってカフェテリアに駆《か》けつけようと決心《けっしん》していた。

登校《とうこう》すると、教室《きょうしつ》では、佐田真理子《さたまりこ》と翼《たすく》の噂《うわさ》が飛《と》び交《か》っていた。

「今朝《けさ》も一緒《いっしょ》だったよ。」

「もうベッタリだよね。」

「翼《ツバサ》から申《もう》しこんだみたいだけどさ、彼女《かのじょ》もかなり熱高《ねったか》いよ。」

「佐田《さた》に何言《なにい》われても、翼《ツバサ》って言《い》う通《とお》りなんだって。よっぽど好《す》きなんだ。」

「今《いま》、一番熱《いちばんあつ》いカップルだよ。」

翼《たすく》は、いったい何《なに》を考《かんが》えているのだろう。

そう思《おも》いながら私《わたし》は、一日中《いちにちじゅう》、佐田真理子《さたまりこ》と一緒《いっしょ》に行動《こうどう》している翼《たすく》を目《め》で追《お》っていた。

で、放課後《ほうかご》になると早々《そうそう》に教室《きょうしつ》を出《で》たんだ。

ところが途中《とちゅう》で、気《き》になる光景《こうけい》を見《み》てしまった。

廊下《ろうか》の掲示板《けいじばん》の前《まえ》に中屋敷先生《なかやしきせんせい》が立《た》っていて、「図書室《としょしつ》だより」を張《は》り出《だ》そうとしていたんだ。

A《エー》4サイズの同《おな》じプリントをたくさん脇《わき》の下《した》に挟《はさ》み、そのうちの1枚《まい》を掲示板《けいじばん》のマグネットで留《と》めようとしている。

どうもマグネットの磁力《じりょく》が弱《よわ》くなっているらしくて、ちゃんと固定《こてい》しても、片方《かたほう》だけ少《すこ》し落《お》ちてくるのだった。

で、「図書室《としょしつ》だより」は、斜《なな》めになってしまう。

ほんの2〜3ミリなのだけれど、中屋敷先生《なかやしきせんせい》は我慢《がまん》できないらしく、何《なん》とか水平《すいへい》に掲示《けいじ》しようとして四苦八苦《しくはっく》していた。

落《お》ちる方《ほう》を、初《はじ》めから高《たか》い位置《いち》にしておけば、落《お》ちてきてちょうど水平《すいへい》になると考《かんが》えたらしく、どのくらい高《たか》くしたものかと探《さぐ》っている。

5センチ高《たか》くして留《と》め、手《て》を放《はな》して落《お》ちる長《なが》さを見《み》、今度《こんど》は4センチ5ミリほどにして、再《ふたた》び手《て》を放《はな》して見《み》つめる。

費《つい》やしている時間《じかん》は、その時点《じてん》で、すでに5分以上《ふんいじょう》。

私《わたし》は驚《おどろ》き、そして思《おも》った、この人《ひと》って完璧主義《かんぺきしゅぎ》なんだって。

どんなこともきちんと、完全《かんぜん》に仕上《しあ》げないと気《き》が済《す》まない質《たち》なんだ。

私自身《わたしじしん》も、どっちかというとそういう傾向《けいこう》だからよくわかるけど、きちんとできない自分《じぶん》を許《ゆる》せないんだよね。

それで、できるまで頑張《がんば》ってしまうんだ。

中屋敷先生《なかやしきせんせい》って、そういう人《ひと》だったのかぁ。

じゃ久美《くみ》さんが自信《じしん》を持《も》てないのは、そういう人《ひと》がお母《かあ》さんで、いつでも完璧《かんぺき》にいろいろやってのけるのを、小《ちい》さな頃《ころ》から見《み》てきたからかもしれない。

自分《じぶん》にはあんなふうにはとてもできないって、毎日毎日《まいにちまいにち》、自信《じしん》を失《うしな》い続《つづ》けてきたのだとしたら、すごくかわいそうだ。

高宮《たかみや》さんが言《い》っていた、家《いえ》にいる強烈《きょうれつ》に支配力《しはいりょく》の強《つよ》い人間《にんげん》というのは、お母《かあ》さんのことなんだろうな。

中屋敷先生《なかやしきせんせい》は、その完璧志向《かんぺきしこう》で育児《いくじ》も完全《かんぜん》にやろうとしただろうから、久美《くみ》さんをきちんと育《そだ》てようと思《おも》うあまり自分《じぶん》の管理下《かんりか》に置《お》き、あれしなさい、これしなさい、これはダメと支配的《しはいてき》になってしまって、そのせいで久美《くみ》さんは、いつでもお母《かあ》さんの顔色《かおいろ》をうかがってその判断《はんだん》に従《したが》わなければならず、自主性《じしゅせい》を伸《の》ばせなかったり、自己肯定感《じここうていかん》を持《も》つことができなかったりしたんだ。

そのために学校《がっこう》に来《き》ても皆《みな》の様子《ようす》をうかがって、それに合《あ》わせてでないと行動《こうどう》できなくなっているのに違《ちが》いない。

う〜ん、悲劇《ひげき》だ。

何《なん》とかしてあげたいけど、今《いま》のところ私《わたし》のやってることは功《こう》を奏《そう》しているのかいないのか、ちっともわからない状態《じょうたい》だしなぁ・・・。

悩《なや》みながら私《わたし》は、中屋敷先生《なかやしきせんせい》のそばを通《とお》るのを避《さ》け、いったん教室前《きょうしつまえ》に引《ひ》き返《かえ》して別《べつ》の廊下《ろうか》を通《とお》って昇降口《しょうこうぐち》に向《む》かった。

そこで、さっき私《わたし》が通《とお》ろうとしていた廊下《ろうか》の方《ほう》からやってきた上級生《じょうきゅうせい》の女子《じょし》と一緒《いっしょ》になったんだ。

「必死《ひっし》だったね、中屋敷《なかやしき》。」

「あんなのどーでも適当《てきとう》でいいじゃんね、うざい女《おんな》。」

「そーそ。やたら細《こま》かくって規則《きそく》にうるさいって噂《うわさ》だしさ。」

「知《し》ってる？　司書《ししょ》って正規職員《せいきしょくいん》じゃなくて臨時職員扱《りんじしょくいんあつか》いが多《おお》いんだって。でも正規職員並《せいきしょくいんな》みに忙《いそが》しいらしい。ほとんど1年契約《ねんけいやく》で、給料《きゅうりょう》も激安《げきやす》だって話《はなし》だよ。年収《ねんしゅう》150万《まん》から200万以下《まんいか》だって。それ知《し》って、うちの姉《ねえ》ちゃん、司書《ししょ》の資格取《しかくと》ろうとしてたのやめたみたい。」

「まぁ資格《しかく》がなくても司書《ししょ》として雇《やと》ってもらえるからね。でも激務《げきむ》のわりに安定《あんてい》してなくて薄給《はっきゅう》って、中屋敷《なかやしき》、何《なに》がうれしくて司書《ししょ》やってるんだろうなぁ。」

「この学校《がっこう》に、好《す》きな男《おとこ》でもいるとか？」

「まっさかぁ！　中屋敷《なかやしき》、結婚《けっこん》してるじゃんよ。1年《ねん》に子供《こども》いるし。」

「離婚《りこん》してシングルマザーだってよ。」

「え、マジ？　じゃそのセン、アリかも。」

「アリって、相手《あいて》、誰《だれ》だよ。うちの男性教師《だんせいきょうし》、今《いま》んとこ全員《ぜんいん》、既婚者《きこんしゃ》だし、もし相手《あいて》が生徒《せいと》だったら、これ大《だい》スキャンダルだよ。条例違反《じょうれいいはん》だもん。」

「って・・・うちら勝手《かって》に盛《も》り上《あ》がってるよね。」

笑《わら》いながら昇降口《しょうこうぐち》から出《で》ていく上級生《じょうきゅうせい》を見送《みおく》りながら、私《わたし》は思《おも》った。

忙《いそが》しくて給与《きゅうよ》が安《やす》く雇用《こよう》が安定《あんてい》しない、それでもその仕事《しごと》を続《つづ》けている理由《りゆう》は、ただ1つしかない。

そこに、生《い》きがいを見出《みいだ》しているからだ。

中屋敷先生《なかやしきせんせい》は、図書館司書《としょかんししょ》という仕事《しごと》が大好《だいす》きなのに違《ちが》いない。

だからどんな辛《つら》い状況《じょうきょう》でも、続《つづ》けているんだ。

私《わたし》は引《ひ》き返《かえ》し、中屋敷先生《なかやしきせんせい》がいた掲示板《けいじばん》の所《ところ》に戻《もど》った。

先生《せんせい》はまだ、そこで図書室《としょしつ》だよりを張《は》り出《だ》していた。

「あの、お手伝《てつだ》いします。」

そう言《い》うと、先生《せんせい》は小脇《こわき》に挟《はさ》んでいた図書室《としょしつ》だよりの束《たば》をこちらに差《さ》し出《だ》した。

「じゃ持《も》ってて。」

それで両手《りょうて》が自由《じゆう》になって、まもなく図書室《としょしつ》だよりは無事《ぶじ》、水平《すいへい》に掲示《けいじ》された。

「ありがとう。」

そう言《い》って先生《せんせい》は張《は》り出《だ》した図書室《としょしつ》だよりを見上《みあ》げ、溜《た》め息《いき》をつく。

「私《わたし》、昔《むかし》から不器用《ぶきよう》でね。どんなことでも、必死《ひっし》に取《と》り組《く》まないと人並《ひとな》みにできないの。だから
いつでも夢中《むちゅう》で、トコトンやってしまうのよね。」

ああ完璧主義《かんぺきしゅぎ》ってわけじゃなくて、一生懸命《いっしょうけんめい》にやるから結果《けっか》として完璧《かんぺき》になるんだ。

でも、それを通《とお》り過《す》ぎて、やりすぎてしまうこともあるんだね、この間《あいだ》の図書《としょ》の返却《へんきゃく》の時《とき》みた

いに。

「付《つ》き合《あ》ってくれてありがとう。早《はや》く帰《かえ》りなさいね。さよなら。」

私《わたし》の持《も》っていた図書室《としょしつ》だよりの束《たば》を受《う》け取《と》り、次《つぎ》の掲示板《けいじばん》に向《む》かっていった。

先生《せんせい》のことが、ちょっとわかった気《き》がする。

あ、悠飛《ゆうひ》にも伝《つた》えとこっと、中屋敷先生《なかやしきせんせい》は不器用《ぶきよう》で、目《め》の前《まえ》のことに一生懸命《いっしょうけんめい》だから、それが行《い》きすぎることもあるけれど悪気《わるぎ》はないんだって。

そう考《かんが》えながら廊下《ろうか》に立《た》っていて、はっと気《き》づいた時《とき》には、時間《じかん》がかなり過《す》ぎていた。

早《はや》くいこうと決心《けっしん》していたのに、いつもより遅《おそ》いくらいだったんだ、きゃぁっ！

22 空中分解《くうちゅうぶんかい》

私《わたし》は、必死《ひっし》に秀明《しゅうめい》に向《む》かい、玄関《げんかん》から飛《と》びこんで、バッグを持《も》ったままカフェテリアまで走《はし》り上《あ》がった。

ドアを開《あ》け、素早《すばや》く見回《みまわ》して皆《みな》のいるテーブルを見《み》つける。

いつもなら、そのタイミングで必《かなら》ず誰《だれ》かが手《て》を上《あ》げて教《おし》えてくれるはずだった。

ところがその日《ひ》は、誰《だれ》もこちらを向《む》かなかったんだ。

皆《みな》で考《かんが》えこんだまま、動《うご》かない。

よく見《み》ると、誰《だれ》もが深刻《しんこく》な表情《ひょうじょう》だった。

私《わたし》は急《きゅう》に不安《ふあん》になる。

心臓《しんぞう》をドキドキさせながら、その原因《げんいん》を考《かんが》えた。

真《ま》っ先《さき》に思《おも》い浮《う》かんだのは、黒木君《くろきくん》と忍《しのぶ》の調査《ちょうさ》が失敗《しっぱい》したのかもしれないということだった。

この間《あいだ》、若武《わかたけ》が言《い》った通《とお》り、私《わたし》たちは事件解決《じけんかいけつ》まで、あと一歩《いっぽ》というところまで来《き》ている。

それなのに今《いま》、皆《みな》がこんな顔《かお》をしているのは・・・ここで挫折《ざせつ》しそうなのに違《ちが》いない。

私《わたし》は息《いき》を呑《の》みながら、そっとテーブルに近《ちか》づき、空《あ》いている席《せき》に腰《こし》を下《お》ろした。

空気《くうき》が動《うご》き、皆《みな》がはっとしたようにこちらを見《み》たり、息《いき》を突《つ》いて姿勢《しせい》を変《か》えたりする。

「おまえが来《く》るの待《ま》ちきれなくてさ、」

若武《わかたけ》の言葉《ことば》に、私《わたし》は目《め》を伏《ふ》せた。

ごめん・・・。

「今《いま》、報告《ほうこく》受けてたんだけど、この事件《じけん》は空中分解《くうちゅうぶんかい》した。」

びっくりして私《わたし》は顔《かお》を上《あ》げた。

調査《ちょうさ》に失敗《しっぱい》したのかもしれないってことは薄々《うすうす》感《かん》じてたけど、それをはるかに超《こ》えて空中分《くうちゅうぶん》解《かい》って、何《なに》っ!?

この最終段階《さいしゅうだんかい》になって、いったい何《なん》なのっ!!

「誰《だれ》か、アーヤに説明《せつめい》してやってよ。」

若武《わかたけ》は、自分《じぶん》にはとてもそんな気力《きりょく》はないといった様子《ようす》だった。

隣《となり》で上杉君《うえすぎくん》も、力《ちから》なく天井《てんじょう》を仰《あお》ぐ。

「右《みぎ》に同《おな》じ。」

小塚君《こづかくん》も項垂《うなだ》れ、翼《たすく》も長《なが》い睫《まつげ》を伏《ふ》せている。

私《わたし》はしかたなく残《のこ》りの2人《ふたり》の方《ほう》を見《み》た。

その視線《しせん》を受《う》けた黒木君《くろきくん》が、苦笑《くしょう》して口《くち》を開《ひら》く。

「金徳《きんとく》は、表向《おもてむ》きは消費者金融《しょうひしゃきんゆう》、裏《うら》ではヤミ金《きん》だ。」

やっぱり！

「それだけじゃなくて、どうもヤバい勢力《せいりょく》と手《て》を結《むす》んでいろんな仕事《しごと》を手《て》がけてるみたいなんだ。」

ヤバい勢力《せいりょく》？

「法律《ほうりつ》を無視《むし》して金儲《かねもう》けをしようと企《たくら》んでる組織《そしき》だよ。」

いるんだ、そういうのって。

「この件《けん》にも、そういう勢力《せいりょく》が絡《から》んでいる可能性《かのうせい》がある。まだ具体的《ぐたいてき》には調《しら》べてないけれどね。でもこれ以上《いじょう》、金徳《きんとく》に関《かか》わるのは危険《きけん》すぎるというのが、俺《おれ》の結論《けつろん》。」

私《わたし》は、バッグから事件《じけん》ノートを出《だ》し、今《いま》の情報《じょうほう》を書《か》き留《と》めた。

謎《なぞ》8、金徳《きんとく》は消費者金融《しょうひしゃきんゆう》以外《いがい》にどんな仕事《しごと》をしているのか、については、ヤミ金《きん》と犯罪《はんざい》がらみの仕事《しごと》をしている。

「じゃ次《つぎ》、七鬼《ななき》、報告《ほうこく》して。」

忍《しのぶ》は、若干《じゃっかん》くやしそうな表情《ひょうじょう》になりながら口《くち》を開《ひら》く。

「A《エー》パートナーズを調《しら》べた。不動産会社《ふどうさんがいしゃ》だ。で、ネットで登記《とうき》調《しら》べたんだ。A《エー》パートナーズが中《なか》井家《いけ》を買《か》ったのは、書類上《しょるいじょう》は2週間前《しゅうかんまえ》、先々週《せんせんしゅう》の金曜日《きんようび》。」

それって、私《わたし》たちが初《はじ》めて中井家《なかいけ》を見《み》に行《い》った日《ひ》だよね。

「その日《ひ》のうちに、3つの会社《かいしゃ》があの家《いえ》を買《か》ったり売《う》ったりしている。A《エー》パートナーズはその最《さい》後《ご》の会社《かいしゃ》だ。」

は？

「中井氏《なかいし》から最初《さいしょ》に家《いえ》を買《か》ったのは、三啓不動産《さんけいふどうさん》。この会社《かいしゃ》が別会社《べつがいしゃ》に売《う》って、その別会社《べつがいしゃ》がA《エー》パートナーズに売《う》り、後日《ごじつ》、旭不動産《あさひふどうさん》が買《か》っている。」

はぁ・・・。

「この物件《ぶっけん》が民泊仲介《みんぱくちゅうかい》サイトに掲載《けいさい》されたのが土曜日《どようび》。この時点《じてん》で不動産《ふどうさん》を持《も》ってたのはA《エー》パートナーズ。値段《ねだん》をかなり安《やす》く設定《せってい》してあって、その情報《じょうほう》を知《し》った他《ほか》の民泊《みんぱく》の客《きゃく》が、急《いそ》いで宿替《やどが》えをしたらしい。利用客《りようきゃく》の感想《かんそう》コメントの中《なか》に、泊《と》まっていた民泊《みんぱく》を急遽《きゅうきょ》キャンセルして、こちらに移《うつ》ったという書《か》きこみがいくつかあった。」

私《わたし》や翼《たすく》が行《い》った時《とき》にいたのは、その人《ひと》たちなんだね。

「で、今朝《けさ》、もっと詳《くわ》しく調《しら》べようとしたら、もう仲介《ちゅうかい》サイトから消《き》えてた。」

えっ!?

「つまりA《エー》パートナーズは、ヤミ民泊《みんぱく》を始《はじ》めて1週間《しゅうかん》足《た》らずで止《や》めたんだ。で、その物件《ぶっけん》を旭不《あさひふ》動産《どうさん》に売《う》っている。だから今《いま》の所有者《しょゆうしゃ》は、旭不動産《あさひふどうさん》。」

それって、もしや・・・逃《に》げたってこと?

「KZ《カッズ》が調査《ちょうさ》を始《はじ》めたから、あわてて撤退《てったい》したわけ?」

私《わたし》が聞《き》くと、忍《しのぶ》はあっさり首《くび》を横《よこ》に振《ふ》った。

「いや、こちらの動《うご》きに気《き》づいたとは思《おも》えない。何《なに》か、別《べつ》の理由《りゆう》だよ。」

そう言《い》いながら、その菫色《すみれいろ》の瞳《ひとみ》に挑《いど》むような光《ひかり》を浮《う》かび上《あ》がらせる。

「家《いえ》の売《う》り買《か》いのあわただしい動《うご》きも含《ふく》めて、これ絶対《ぜったい》、普通《ふつう》じゃない。」

うっ、美《うつく》しいっ!

こんな時《とき》になんだけど・・・。

「そこまではわかるんだ。だけど、」

言葉《ことば》を途切《とぎ》れさせ、一気《いっき》に脱力《だつりょく》して顔《かお》を伏《ふ》せる。

「その先《さき》が、1ミリもわからない!」

ああ迷宮《めいきゅう》だぁ・・・。

溜《た》め息《いき》をつきながら、私《わたし》はノートに書《か》きつけた。

謎《なぞ》9、新《あら》たに現《あらわ》れたA《エー》パートナーズとはどんな会社《かいしゃ》なのか、いつ頃《ごろ》中井家《なかいけ》を買《か》ったのか、について は、A《エー》パートナーズは不動産会社《ふどうさんがいしゃ》で、3番目《ばんめ》に中井家《なかいけ》を買《か》った会社《かいしゃ》と判明《はんめい》、ヤミ民泊《みんぱく》を営《いとな》んでいたが、それを終了《しゅうりょう》させ、サイトから抹消《まっしょう》している。

私《わたし》は、その後《あと》に、関連事項《かんれんじこう》として書《か》き加《くわ》えた。

中井家《なかいけ》は、一日《にち》のうちに次々《つぎつぎ》と転売《てんばい》された。

A《エー》パートナーズの後《あと》、旭不動産《あさひふどうさん》に売《う》られ、現在《げんざい》はその旭不動産《あさひふどうさん》が所有《しょゆう》している。


「それってさぁ、」

上杉君《うえすぎくん》の切《き》れ上《あ》がった目《め》に、鋭《するど》い光《ひかり》がまたたく。

「実績《じっせき》を作《つく》るためのフェイクじゃね？」

は？

「いろんな会社《かいしゃ》の間《あいだ》で買《か》ったり売《う》ったりし、かつ民泊《みんぱく》を営業《えいぎょう》しているように見《み》せて、その物件《ぶっけん》で商売《しょうばい》もやっているという実績《じっせき》を作《つく》っておいて、何《なに》かを狙《ねら》ってるんだ。」

何《なに》をっ!?

「それ以上《いじょう》は、情報不足《じょうほうぶそく》で不明《ふめい》。」

ガッカリ！

若武《わかたけ》が、力《ちから》を振《ふ》り絞《しぼ》って顔《かお》を上《あ》げる。

「ヤミ民泊《みんぱく》はもう営業《えいぎょう》していない。つまりヤミ民泊事件《みんぱくじけん》は空中分解《くうちゅうぶんかい》、消《き》えちまったんだ。腑《ふ》に落《お》ちない点《てん》も残《のこ》っているが、事件《じけん》として追《お》ってきた案件《あんけん》が消滅《しょうめつ》した以上《いじょう》、調査《ちょうさ》してもしかたがない。」

それで皆《みな》、ガックリしてるんだね。

「よって今回《こんかい》の事件《じけん》は、ここで終了《しゅうりょう》とする。」

それはKZ《カッズ》始《はじ》まって以来初《いらいはじ》めての、事件空中分解《じけんくうちゅうぶんかい》だった。

誰《だれ》もがスッキリしない様子《ようす》だったけれど、事件自体《じけんじたい》がなくなってしまったのだから、どうしようもない。

「諸君《しょくん》、ご苦労《くろう》だった。」

元気《げんき》のない若武《わかたけ》の声《こえ》を聞《き》きながら、私《わたし》はノートに書《か》きこんだ。

ヤミ民泊《みんぱく》は、登録《とうろく》されていた民泊紹介《みんぱくしょうかい》サイトから抹消《まっしょう》された。

このため、これ以上《いじょう》の調査《ちょうさ》は不能《ふのう》となった。

よってKZ《カッズ》は、ここで調査《ちょうさ》を中止《ちゅうし》するものとする。

「次《つぎ》の活動《かつどう》は、未定《みてい》だ。事件《じけん》が見《み》つかったら、また連絡《れんらく》する。では解散《かいさん》。」

23 売《う》ってない!?

秀明《しゅうめい》の授業中《じゅぎょうちゅう》ずっと、私《わたし》はスッキリしなかった。

何《なに》しろ事件《じけん》の空中分解《くうちゅうぶんかい》なんて、初《はじ》めてのことだったから。

そもそもこれは、事件未満事件《じけんみまんじけん》として始《はじ》まったもので、それが途中《とちゅう》でヤミ民泊事件《みんぱくじけん》になったんだ。

それは空中分解《くうちゅうぶんかい》したけれど、もしかしてこの裏《うら》には、また別《べつ》の事件《じけん》が潜《ひそ》んでるってこと、ない?

だって謎《なぞ》3が残《のこ》っているんだもの。

謎《なぞ》3、いつも車内《しゃない》にいる彼《かれ》らが、家《いえ》に入《はい》って何《なに》をしていたのか、それは何《なん》のためか。

若武《わかたけ》が終了《しゅうりょう》を宣言《せんげん》した以上《いじょう》、もう調査《ちょうさ》は終《お》わりだけれど、この謎《なぞ》がそのままになってるのは引《ひ》っかかる。

私《わたし》はモヤモヤした気分《きぶん》だった。

それで休《やす》み時間《じかん》、中井氏《なかいし》の家《いえ》に足《あし》を運《はこ》んでみることにしたんだ。

初《はじ》めの予定《よてい》では、謎《なぞ》3の解明《かいめい》のために、中井家《なかいけ》に潜入捜査《せんにゅうそうさ》することになっていた。

私1人《わたしひとり》じゃそこまでは無理《むり》としても、現場《げんば》に行《い》けば、何《なに》かわかってくるかもしれない。

中井家《なかいけ》は秀明《しゅうめい》からそんなに遠《とお》くなくて、休《やす》み時間中《じかんちゅう》に充分《じゅうぶん》、往復《おうふく》できる距離《きょり》だったしね。

休《やす》み時間《じかん》になると、私《わたし》は驀地《まっしぐら》に中井家《なかいけ》を目指《めざ》し、大通《おおどお》りから少《すこ》し引《ひ》っこんだ所《ところ》にあるその門《もん》の前《まえ》に立《た》った。

九条土塀《くじょうつちべい》に沿《そ》って、庭《にわ》の潜《くぐ》り戸《ど》の方《ほう》に歩《ある》いてみる。

もう民泊紹介《みんぱくしょうかい》サイトには載《の》ってないんだから、誰《だれ》も泊《と》まってないはずだよね。

そう思《おも》いながら潜《くぐ》り戸《ど》のあたりまで来《き》た時《とき》、突然《とつぜん》、

「あ！」

塀《へい》の向《む》こうで大《おお》きな声《こえ》がし、私《わたし》の目《め》の前《まえ》に水《みず》が降《ふ》ってきたんだ。

わっ！

「やぁ、申《もう》し訳《わけ》ない。」

声《こえ》と共《とも》に潜《くぐ》り戸《ど》が開《あ》き、ホースを手《て》にしたあの小父《おじ》さんが姿《すがた》を見《み》せた。

「おや、この間《あいだ》のお嬢《じょう》さんか。毎度《まいど》、驚《おどろ》かせてしまって悪《わる》いね。でも今日《きょう》は濡《ぬ》れなかったようで、幸《さいわ》いだったよ。」

穏《おだ》やかに笑《わら》う様子《ようす》は、この間《あいだ》とまったく同《おな》じ。

私《わたし》は、タイムスリップでもしたかのような気分《きぶん》になった。

だってここって、売《う》られた家《いえ》だよね。

そしたら他人《たにん》のものになってるはずでしょ。

元《もと》の持《も》ち主《ぬし》だからって、勝手《かって》に入《はい》って水撒《みずま》いたりしたら、いけないんじゃないの？

「もういらっしゃらないと思《おも》ってました。」

私《わたし》がそう言《い》うと、小父《おじ》さんは憂鬱《ゆううつ》そうな顔《かお》つきになった。

「ん、ちょっとしたトラブルでね、人《ひと》と会《あ》わなくちゃならなくなって、さっき葉山《はやま》から戻《もど》ってきたところなんだ。」

戻《もど》ってきたって・・・そんな簡単《かんたん》に自分《じぶん》の家《いえ》でもないとこに戻《もど》ってくるのって、おかしくない!?

「でもこの家《いえ》は、売《う》ったんでしょう？」

私《わたし》がそう言《い》うと、小父《おじ》さんは、目《め》を丸《まる》くした。

「誰《だれ》が？」

あなたが！

「誰《だれ》に？」

最終的《さいしゅうてき》には旭不動産《あさひふどうさん》に。

「いつ？」

先々週《せんせんしゅう》の金曜日《きんようび》。

「何《なん》のことかよくわからないけど、ここはずっと私《わたし》の持《も》ち家《いえ》だ。売《う》ってなんかないよ。」

え、えーっ!?

私《わたし》は、絶句《ぜっく》。

だってこの家《いえ》は、4軒《けん》もの不動産屋《ふどうさんや》が売《う》ったり買《か》ったりしたあげく、ヤミ民泊《みんぱく》として貸《か》し出《だ》されていたんだよ。

実際《じっさい》、ここに泊《と》まっている人《ひと》たちもいたし。

それなのに売《う》ってないって・・・どういうことっ!?

唖然《あぜん》としている私《わたし》に、小父《おじ》さんは不審《ふしん》げな目《め》を向《む》け、首《くび》を傾《かし》げながら家《いえ》に入《はい》っていこうとする。

私《わたし》はあわてて呼《よ》び止《と》めた、ほとんど必死《ひっし》だった。

「あの、私《わたし》は立花彩《たちばなあや》といいます。浜田高校付属中学《はまだこうこうふぞくちゅうがく》の1年生《ねんせい》です。お話《はなし》があるんですが、今《いま》はちょっと混乱《こんらん》していて、うまく話《はな》せません。小父《おじ》さんの電話番号《でんわばんごう》を教《おし》えてください。後《あと》で連絡《れんらく》します。」

24 ちきしょう、やられたっ！

中井氏《なかいし》から電話番号《でんわばんごう》を聞《き》き出《だ》して、私《わたし》は秀明《しゅうめい》に駆《か》け戻《もど》った。

早《はや》く誰《だれ》かに知《し》らせなくっちゃ！

玄関《げんかん》に飛《と》びこむと、廊下《ろうか》を走《はし》り、その奥《おく》に設置《せっち》されている公衆電話《こうしゅうでんわ》の受話器《じゅわき》を取《と》り上《あ》げる。

でも事件《じけん》ノートを持《も》ってなかったから、皆《みな》のスマートフォンの番号《ばんごう》がわからなかったんだ。

わかったのは、上杉君《うえすぎくん》のだけ。

それは・・・覚《おぼ》えていたから。

いつか私《わたし》は、上杉君《うえすぎくん》に伝《つた》えようと思《おも》ってたんだ、自分《じぶん》と上杉君《うえすぎくん》が友《とも》だちとして特別《とくべつ》につながっているんじゃないかってことを。

だって私《わたし》の彩《あや》という名前《なまえ》の中《なか》には、上杉君《うえすぎくん》の杉《すぎ》が入《はい》っているんだもの。

そこに私《わたし》は、運命的《うんめいてき》な何《なに》かを感《かん》じていた。

でも、それを話《はな》す機会《きかい》は、なかなかなかったんだ。

それでチャンスが来《き》た時《とき》にいつでも話《はな》せるように、私《わたし》は上杉君《うえすぎくん》のスマートフォンの番号《ばんごう》を暗記《あんき》していた。

思《おも》い切《き》ってそこにかけてみる。

ドキドキしながら受話器《じゅわき》を耳《みみ》に押《お》し付《つ》けていると、ワンコールで上杉君《うえすぎくん》の声《こえ》がした。

「誰《だれ》だよ、授業中《じゅぎょうちゅう》にかけてくんじゃねー。」

そう言《い》って切《き》ろうとしたので、あわてて止《と》める。

「え・・・立花《たちばな》なの？」

そうだよ！

「あの、大変《たいへん》なんだ。」

私《わたし》は、さっき中井氏《なかいし》から聞《き》いたことを詳《くわ》しく話《はな》した。

すると上杉君《うえすぎくん》は、うめくように言《い》ったんだ。

「ちきしょう、やられたっ！」

は？

「地面師《じめんし》だっ!!」

今《いま》まで耳《みみ》にしたことのない言葉《ことば》だった。

地面師《じめんし》というその字面《じづら》から意味《いみ》を想像《そうぞう》しようとしても、まるでできない。

だって地面《じめん》は、土《つち》の表面《ひょうめん》とか、土地《とち》のことでしょ。

師《し》というのは尊敬語《そんけいご》であったり、専門家《せんもんか》であることを表《あらわ》す言葉《ことば》なんだ。

その2つを続《つづ》けると、土《つち》の専門家《せんもんか》・・・う〜む、わからん。

「何《なに》、それ。」

私《わたし》が聞《き》くと、上杉君《うえすぎくん》は煩《わずら》わしそうに舌打《したう》ちした。

「後《あと》でな。」

あ、授業中《じゅぎょうちゅう》だっけ、ごめん。

「若武《わかたけ》に、授業終《じゅぎょうお》わったら会議《かいぎ》の招集《しょうしゅう》かけるように言《い》っとく。その時間《じかん》カフェテリアはもう終《お》わってるから、1階《かい》の談話室《だんわしつ》に集合《しゅうごう》だ。そこで待《ま》ってろ、いいな。」

そう言《い》うなり電話《でんわ》を切《き》った。

私《わたし》は何《なに》が何《なん》だかわからなかったけれど、それでも何《なん》となくほっとしていた。

上杉君《うえすぎくん》が私《わたし》の話《はなし》を受《う》けて動《うご》いてくれたことで、気持《きも》ちがかなり落《お》ち着《つ》いたんだ。

1人《ひとり》で抱《かか》えてた時《とき》とは、大違《おおちが》い。

仲間《なかま》がいるって、やっぱりすごくいいことだよね。

で、教室《きょうしつ》に向《む》かい、授業《じゅぎょう》に参加《さんか》した。

それが全部終了《ぜんぶしゅうりょう》するや否《いな》や、脱兎《だっと》のように談話室《だんわしつ》に向《む》かったんだ。

談話室《だんわしつ》は1階《かい》の奥《おく》にあって、カフェテリアとは全然《ぜんぜん》、雰囲気《ふんいき》の違《ちが》う部屋《へや》。

テーブルも木《き》だし、椅子《いす》じゃなくて低《ひく》いソファが置《お》いてあって、大人《おとな》っぽいんだ。

最上階《さいじょうかい》からやってくる皆《みな》は当然《とうぜん》、私《わたし》より遅《おそ》いはず。

と思《おも》っていたのに・・・ドアを開《あ》けると、翼《たすく》を除《のぞ》く全員《ぜんいん》がもうそろっていて真剣《しんけん》な顔《かお》で話《はな》し合《あ》っていた。

「どうするよ？」

「決《き》まってる。何《なに》もかも暴《あば》いて、白日《はくじつ》の下《もと》にさらしてやるんだ。」

「相手《あいて》は、ヤバい連中《れんちゅう》だって黒木《くろき》が言《い》ってたよ、ね。」

「ん、関《かか》わるのは危険《きけん》すぎると思《おも》うぜ。」

「だからって引《ひ》っこんでたまるか。KZ《カッズ》の力《ちから》を見《み》せてやる。」

「おお、いいじゃんいいじゃん、それでいこう！」

「じゃ対策《たいさく》を立《た》てないと。」

若武《わかたけ》や忍《しのぶ》から噴《ふ》き出《だ》す熱気《ねっき》がその場《ば》を圧倒《あっとう》し、慎重《しんちょう》な小塚君《こづかくん》や黒木君《くろきくん》、冷静《れいせい》な上杉君《うえすぎくん》を押《お》し流《なが》している感《かん》じだった。

「あ、アーヤがきた。」

私《わたし》は駆《か》け寄《よ》って、話《はなし》の邪魔《じゃま》にならないようにそっと座《すわ》る。

すぐ若武《わかたけ》が言《い》った。

「アーヤ、ご苦労《くろう》！　大手柄《おおてがら》だ。おまえの報告《ほうこく》のおかげで、一連《いちれん》の事件《じけん》の陰《かげ》になっていた重大詐《じゅうだいさ》欺事件《ぎじけん》を発見《はっけん》することができた。」

詐欺事件《さぎじけん》？

「本人《ほんにん》が一番《いちばん》、わかってないみたいだな。」

上杉君《うえすぎくん》が苦笑《くしょう》する。

「これは地面師詐欺《じめんしさぎ》と呼《よ》ばれる詐欺《さぎ》。バブル期《き》にはやったんだけど、今《いま》、東京五輪《とうきょうごりん》を前《まえ》に土地《とち》が高騰《こうとう》しているから、また地面師《じめんし》が暗躍《あんやく》し始《はじ》めてるってニュースが流《なが》れてたよ。土地《とち》が値上《ねあ》がりする時《とき》には、必《かなら》ず地面師《じめんし》が動《うご》き出《だ》すんだ。まさかこんな近《ちか》くでその事件《じけん》が起《お》きるなんて思《おも》ってなかったけど。」

はぁ・・・。

私《わたし》は、なお全容《ぜんよう》を把握《はあく》できずにいた。

様子《ようす》を見《み》ていた黒木君《くろきくん》が、低《ひく》いソファから身《み》を乗《の》り出《だ》す。

開《ひら》いた両脚《りょうあし》の上《うえ》に両肘《りょうひじ》をつき、10本《ぽん》の指《ゆび》を組《く》み合《あ》わせて、落《お》ち着《つ》いた眼差《まなざし》をこちらに向《む》けた。

「地面師《じめんし》っていうのは、他人《たにん》の土地《とち》を勝手《かって》に売《う》り飛《と》ばす詐欺師《さぎし》のこと。たいていは数人《すうにん》から10人《にん》くらいのグループで活動《かつどう》してて、役割分担《やくわりぶんたん》が決《き》まってるんだ。劇場型詐欺《げきじょうがたさぎ》の典型《てんけい》で、マニュアル通《どお》りに動《うご》く。」

そう言《い》いながら私《わたし》が手《て》にしていた事件《じけん》ノートを指差《ゆびさ》す。

「それ、見《み》せて。」

私《わたし》は急《いそ》いでノートを開《ひら》き、黒木君《くろきくん》の方《ほう》に差《さ》し出《だ》した。

大《おお》きな手《て》をノートの上《うえ》に置《お》き、長《なが》い指《ゆび》で最初《さいしょ》の部分《ぶぶん》を指《さ》した。

「ここには書《か》いてないことも含《ふく》めて、今回《こんかい》の事件《じけん》を犯人側《はんにんがわ》から説明《せつめい》するよ。その方《ほう》がわかりやすいだろ。」

「犯人《はんにん》たちは、まずインターネットで不動産《ふどうさん》の登記情報《とうきじょうほう》を調《しら》べる。これは誰《だれ》でも見《み》ることができるんだ。」

あ、忍《しのぶ》も、そこで登記《とうき》を調《しら》べたって言《い》ってたよね。

「地番《ちばん》で探《さが》せば、そこにある土地《とち》や建物《たてもの》の権利関係《けんりかんけい》のすべてがわかる。その土地《とち》の登記上《とうきじょう》の所有者《しょゆうしゃ》がどこに住《す》んでいるとか、その土地《とち》に抵当権《ていとうけん》が設定《せってい》されているとか、その土地《とち》を購入《こうにゅう》するにあたってどこから金《かね》を借《か》りてるとかね。」

へえ、そんな個人情報《こじんじょうほう》、他人《たにん》が勝手《かって》に見《み》ることができるんだ。

「そして、その中《なか》から詐欺《さぎ》しやすそうな物件《ぶっけん》をピックアップする。抵当権《ていとうけん》が付《つ》いてないのをだ。で、リストを作《つく》って、実働隊《じつどうたい》に渡《わた》す。すると実働隊《じつどうたい》が現場《げんば》を見《み》て回《まわ》るんだ。俺《おれ》が、駅《えき》から少《すこ》し離《はな》れた住宅街《じゅうたくがい》をグルグル回《まわ》ってる車《くるま》があるって話《はなし》、しただろ。それがそう。」

あ、それ、やっぱり関係《かんけい》してたんだ。

「その結果《けっか》、中井家《なかいけ》に目《め》を付《つ》けた。次《つぎ》には張《は》りこみ部隊《ぶたい》が張《は》りこんで、家《いえ》の様子《ようす》を見《み》る。どのくらいの頻度《ひんど》で人《ひと》が出入《でい》りするとかね。中井家《なかいけ》の場合《ばあい》、1か月《げつ》やり、誰《だれ》の出入《でい》りもないことを確《たし》かめた。で、空《あ》き家《や》と見《み》て、次《つぎ》の行動《こうどう》に移《うつ》る。」

ゴックン！

「家《いえ》の中《なか》に忍《しの》びこんで、土地《とち》と建物《たてもの》の権利書《けんりしょ》を盗《ぬす》み出《だ》したんだ。」

あの時《とき》だっ！

「権利書《けんりしょ》は紙《かみ》で、サイズはB《ビー》5かA《エー》4だ。折《お》れば、ジャケットの内《うち》ポケットに入《はい》る。」

謎《なぞ》の3、いつも車内《しゃない》にいる彼《かれ》らが、家《いえ》に入《はい》って何《なに》をしていたのか、それは何《なん》のためか、の答《こた》えは、これだったんだね。

やっと、すべての謎《なぞ》が解《と》けた！

「3人《にん》は頻繁《ひんぱん》にマニキュアをしていたって、翼《たすく》が言《い》ってただろ。」

うん、聞《き》いた。

「地面師《じめんし》はたいてい、マニキュアをしてるんだ。」

はて、それはなぜ？

「普通《ふつう》のマニキュアだけど、爪《つめ》に塗《ぬ》るわけじゃない。翼《たすく》は遠《とお》くからだったからわからなかったと思《おも》うけど、実《じつ》は指《ゆび》の腹《はら》の方《ほう》に塗《ぬ》っていたんだ。」

は？

「いつヤバい仕事《しごと》に手《て》を出《だ》すことになるかわからないから、指紋《しもん》が残《のこ》らないように常《つね》に準備《じゅんび》してるわけ。」

そうだったのかっ！

「権利書《けんりしょ》が手《て》に入《はい》ったら、今度《こんど》は仲間内《なかまうち》の複数《ふくすう》の不動産会社《ふどうさんがいしゃ》と組《く》んで、その不動産《ふどうさん》を売《う》り買《か》いしたように装《よそお》う。民泊仲介《みんぱくちゅうかい》サイトに登録《とうろく》したのも、実績《じっせき》を作《つく》るためだ。」

上杉君《うえすぎくん》が言《い》ってた通《とお》りだ！

私《わたし》はすっかり感心《かんしん》して、上杉君《うえすぎくん》の方《ほう》を見《み》た。

一瞬《いっしゅん》、視線《しせん》が合《あ》って、でも上杉君《うえすぎくん》はすぐ目《め》を背《そむ》けたんだ。

うーん、まただ。

今度《こんど》は、何《なん》なのかなぁ・・・。

「中井氏《なかいし》に気《き》づかれたら元《もと》も子《こ》もないから、すべてを早《はや》く行《おこな》う必要《ひつよう》がある。で、一日《にち》のうちに何《なん》度《ど》も売《う》り買《か》いしたり、民泊《みんぱく》にも登録《とうろく》して、始《はじ》めるが早《はや》いかやめたんだ。」

なるほど。

「それらを進行《しんこう》しながら、その土地《とち》を売《う》りつける相手《あいて》、つまりカモを探《さが》す。資本《しほん》がしっかりしていて金払《かねばら》いのいい不動産屋《ふどうさんや》をだ。今回《こんかい》、目《め》を付《つ》けられてカモになったのは、旭不動産《あさひふどうさん》。」

じゃ中井氏《なかいし》だけじゃなくて、それを買《か》わされた旭不動産《あさひふどうさん》も被害者《ひがいしゃ》なんだ。

「カモが見《み》つかったら、土地《とち》の所有者《しょゆうしゃ》に成《な》りすました人間《にんげん》が、権利書《けんりしょ》とその他《た》の必要書類《ひつようしょるい》なんかを偽造《ぎぞう》してそこに行《い》き、これを売《う》りたいと申《もう》し出《で》る。もちろん相場《そうば》よりずっと低《ひく》い値段《ねだん》でオーケイを出《だ》すんだ。カモは登記《とうき》を調《しら》べるものの、実績《じっせき》のある物件《ぶっけん》だから疑《うたが》わず、安《やす》いから飛《と》び付《つ》いて売買契約《ばいばいけいやく》を結《むす》ぶ。で、成《な》りすました人間《にんげん》の口座《こうざ》に金《かね》を振《ふ》りこむ。」

そうだったんだ、よくわかった気《き》がする。自分《じぶん》も地面師《じめんし》できるかもしれないって思《おも》えるくらい。

「張《は》りこみ部隊《ぶたい》が金徳《きんとく》の社員《しゃいん》だったことから考《かんが》えて、この地面師《じめんし》グループは金徳《きんとく》の会社内組織《かいしゃないそしき》か、系列会社《けいれつがいしゃ》の関係者《かんけいしゃ》だろう。」

きっとそうだよ！

以前《いぜん》の調査《ちょうさ》でも、金徳《きんとく》はヤミ金《きん》をしたり、法律《ほうりつ》を無視《むし》して金儲《かねもう》けをしようと企《たくら》んでる組織《そしき》と関《かか》わってるってことだったもの。

「三啓不動産《さんけいふどうさん》からA《エー》パートナーズまでは、おそらく金徳《きんとく》とグルだ。」

何《なん》とかしなくっちゃ！

「中井氏《なかいし》は、」

小塚君《こづかくん》が気《き》の毒《どく》そうにつぶやく。

「知《し》らない間《あいだ》に自分《じぶん》の土地《とち》と家《いえ》を売《う》り飛《と》ばされたってことになるんだよね。」

隣《となり》で上杉君《うえすぎくん》が、眉《まゆ》を上《あ》げた。

「それだけだったら、被害少《ひがいすく》ない方《ほう》だぜ。地面師《じめんし》が絡《から》んだ事件《じけん》では、被害《ひがい》に遭《あ》った資産家《しさんか》が行方《ゆくえ》不明《ふめい》になったり白骨死体《はっこつしたい》で発見《はっけん》されたりするケースが多《おお》いんだ。狙《ねら》われるのは、家族《かぞく》のいない高《こう》齢者《れいしゃ》だから、姿《すがた》を消《け》しても周《まわ》りが気《き》づかないことが多《おお》いし。地面師《じめんし》サイドからすれば、死人《しにん》に口《くち》なしって訳《わけ》。」

恐《こわ》っ！

私《わたし》はゾクッとしながらも、中井氏《なかいし》の場合《ばあい》も、確《たし》かに誰《だれ》にも気《き》づいてもらえない可能性《かのうせい》があると思《おも》った。

知《し》らない間《あいだ》に家《いえ》や土地《とち》を売《う》り払《はら》われたり、命《いのち》を狙《ねら》われたり、家族《かぞく》がいないって恐《こわ》いことなんだね。

「でも今回《こんかい》は、俺《おれ》たちが気《き》づいたから不幸中《ふこうちゅう》の幸《さいわ》いだ。」

若武《わかたけ》の口調《くちょう》は、得意《とくい》げだった。

「権利書《けんりしょ》を盗《ぬす》み出《だ》した連中《れんちゅう》の車《くるま》が金徳《きんとく》のものだったってことも、俺《おれ》たちが調《しら》べ上《あ》げたんだからな。」

上杉君《うえすぎくん》が眉根《まゆね》を寄《よ》せる。

「あの時《とき》、男《おとこ》たちが権利書《けんりしょ》を盗《ぬす》み出《だ》したかどうかは、今《いま》のところ不明《ふめい》だ。俺《おれ》たち、確認《かくにん》してねーもん。」

あ、そうか。

「何言《なにい》ってんだ。権利書盗《けんりしょぬす》まないんだったら、何《なん》のために家《いえ》に入《はい》ったんだよ。それに権利書《けんりしょ》がなかったら、土地売《とちう》り飛《と》ばせねーだろーが。」

猛然《もうぜん》と抗議《こうぎ》した若武《わかたけ》に、黒木君《くろきくん》が軽《かる》く首《くび》を横《よこ》に振《ふ》る。

「いや、家《いえ》に入《はい》ったものの権利書《けんりしょ》が見《み》つからずに引《ひ》き上《あ》げた可能性《かのうせい》もある。そういう場合《ばあい》、地面師《じめんし》は権利書《けんりしょ》を偽造《ぎぞう》するんだ。」

偽造《ぎぞう》？

「運転免許証《うんてんめんきょしょう》や印鑑登録証明書《いんかんとうろくしょうめいしょ》なんかを偽造《ぎぞう》して弁護士《べんごし》か司法書士《しほうしょし》の所《ところ》に持《も》っていけば、所有者《しょゆうしゃ》だと証明《しょうめい》する書類《しょるい》を作《つく》ってもらえる。相当手数《そうとうてすう》がかかるから盗《ぬす》んだ方《ほう》が早《はや》いんだけどさ、できないわけじゃないよ。」

若武《わかたけ》は、しかたなさそうに言《い》い直《なお》した。

「そんじゃ、連中《れんちゅう》の罪《つみ》は住居侵入罪《じゅうきょしんにゅうざい》だ。」

派手《はで》なことが好《す》きな若武《わかたけ》としては、犯罪《はんざい》の程度《ていど》が軽《かる》くなってしまって不満《ふまん》だったらしく、上杉《うえすぎ》君《くん》をにらむ。

「それは確《たし》かだろ。刑法《けいほう》１３０条《じょう》、３年以下《ねんいか》の懲役《ちょうえき》または10万以下《まんいか》の罰金《ばっきん》だ。明《あき》らかな犯罪《はんざい》だからな。」

上杉君《うえすぎくん》はそっぽを向《む》いて知《し》らん振《ぷ》りをし、代《か》わりに忍《しのぶ》がうなずいた。

「よし、すぐ警察《けいさつ》に駆《か》けこもう。住居侵入罪《じゅうきょしんにゅうざい》で捜査《そうさ》してもらえば、そこから詐欺事件《さぎじけん》につながっていくよ。」

それを聞《き》きながら私《わたし》は思《おも》ったんだ、忍《しのぶ》はKZ《カッズ》に入《はい》ってまだ日《ひ》が浅《あさ》いから、どうもわかってないらしい、と。

「この先《さき》の流《なが》れって、そうなる？」

小塚君《こづかくん》に小声《こごえ》でささやくと、いつになくきっぱりとした答《こた》えが返《かえ》ってきた。

「絶対《ぜったい》ならないよ。今《いま》までそんなふうになったことないもの。」

そうだよね、いつものパターンなら、若武《わかたけ》がすっごく抵抗《ていこう》するよね。

「諸君《しょくん》っ！」

大声《おおごえ》で言《い》って、若武《わかたけ》がすっくと立《た》ち上《あ》がる。

私《わたし》は、小塚君《こづかくん》と目《め》くばせを交《か》わした。

ほら、きた！

「我《わ》がKZ《カッズ》が扱《あつか》ってきた事件《じけん》未満《みまん》事件《じけん》、改《あらた》めヤミ民泊《みんぱく》事件《じけん》だが、ここで三度《みたび》タイトルを変《か》えよう。史上最大《しじょうさいだい》の詐欺《さぎ》、地面師《じめんし》事件《じけん》だ。」

う・・・飾《かざ》りすぎ。

「単《たん》に、地面師《じめんし》事件《じけん》で、いいんじゃね？」

上杉君《うえすぎくん》がケッと言《い》わんばかりの顔《かお》で提案《ていあん》し、私《わたし》は素早《すばや》く手《て》を上《あ》げた。

「賛成《さんせい》に1票《ぴょう》。」

で、またたく間《ま》に全員《ぜんいん》が賛成《さんせい》して、事件名《じけんめい》「地面師事件《じめんしじけん》」が決《き》まったんだ、やれやれ。

「この地面師事件《じめんしじけん》は、」

若武《わかたけ》は、心底《しんそこ》くやしそうにそのシンプルな事件名《じけんめい》を口《くち》にし、私《わたし》たちはクスクス笑《わら》った。

「我《わ》がKZ《カッズ》が、事件未満《じけんみまん》の段階《だんかい》から追《お》ってきて、ようやく結論《けつろん》にたどり着《つ》いたものだ。この事件《じけん》を育《そだ》てたのは、KZ《カッズ》と言《い》っても言《い》いすぎではない。」

事件《じけん》を育《そだ》てたって表現《ひょうげん》、間違《まちが》ってると思《おも》うけど、初《はじ》めから関《かか》わってたのは事実《じじつ》だったから、私《わたし》は目《め》を瞑《つぶ》ることにした。

「よって、この地面師事件《じめんしじけん》に関《かん》して、我《わ》がKZ《カッズ》は世間《せけん》の注目《ちゅうもく》を浴《あ》び、賞賛《しょうさん》される権利《けんり》があるはずだ。」

やっぱり、そっちか。

「犯人《はんにん》まで突《つ》き止《と》めたというのに、このまま警察《けいさつ》に渡《わた》すのはあまりに忍《しの》びない。警察《けいさつ》は絶対《ぜったい》、自分《じぶん》たちの手柄《てがら》にするに決《き》まってるからだ。そして俺《おれ》たちは、子供《こども》は早《はや》く帰《かえ》りなさい的《てき》な扱《あつか》いをされるんだ。これからは危険《きけん》なことに首《くび》を突《つ》っこむんじゃないよ、とかさ。」

それは確《たし》かにそう、今《いま》までずっとそうだったもの。

「どうだ諸君《しょくん》、ここはやはり、まずテレビに情報《じょうほう》を売《う》るということにしないか。」

ああ、いつもの流《なが》れだぁ。

「そうすれば我《わ》がKZ《カッズ》は、誰《だれ》も気《き》づかなかった事件《じけん》を発見《はっけん》し、かつ犯人《はんにん》を突《つ》き止《と》めた異能《いのう》の中学《ちゅうがく》生集団《せいしゅうだん》ということで、テレビに出演《しゅつえん》できる、インタヴューも殺到《さっとう》する。で、今後《こんご》、KZ《カッズ》に事件《じけん》の依頼《いらい》をしたいという人間《にんげん》も出《で》てくる。いいことばっかじゃないか、どうだ!?」

上杉君《うえすぎくん》はフンという顔《かお》で横《よこ》を向《む》き、黒木君《くろきくん》は笑《わら》いをこらえて目《め》を伏《ふ》せ、私《わたし》は小塚君《こづかくん》と顔《かお》を見合《みあ》わせ、忍《しのぶ》は状況《じょうきょう》がよくわからないらしくて、目《め》をパチパチさせた。

「それより前《まえ》にさ、」

そんな声《こえ》がして、振《ふ》り向《む》くと、そこにいつの間《ま》にか翼《たすく》が来《き》ていた。

「被害者《ひがいしゃ》である中井氏《なかいし》に連絡《れんらく》して、事態《じたい》を説明《せつめい》すべきでしょ。で、彼《かれ》の被害《ひがい》を最小限《さいしょうげん》に防《ふせ》ぎ、かつ今後《こんご》どうしたいのかを聞《き》いてみる。事件《じけん》をどこに通報《つうほう》するかは、その後《あと》で考《かんが》えればいいよ。」

おお正論《せいろん》!

「美門《みかど》に1票《ぴょう》。」

上杉君《うえすぎくん》が言《い》い、私《わたし》たちは次々《つぎつぎ》と手《て》を挙《あ》げて、あっという間《ま》に、圧倒的多数《あっとうてきたすう》で方針《ほうしん》が決《き》まった。

若武《わかたけ》は、今《いま》にも歯《は》ぎしりの音《おと》が漏《も》れそうなくらい奥歯《おくば》を嚙《か》みしめる。

その顔《かお》は、見《み》る間《ま》に真《ま》っ赤《か》になっていった。

否決《ひけつ》された自分《じぶん》の提案《ていあん》を何《なん》とか諦《あきら》めるべく、ほとんど必死《ひっし》で自己主張《じこしゅちょう》と闘《たたか》っている様子《ようす》は、何《なん》だかかわいそうでもあったけれど、それ以上《いじょう》に滑稽《こっけい》で、皆《みな》が笑《わら》いをこらえて下《した》を向《む》いていた。

もちろん私《わたし》も・・・ごめんね若武《わかたけ》。

25 詐欺被害《さぎひがい》より大事《だいじ》な用事《ようじ》

でも若武《わかたけ》には、多数決《たすうけつ》を尊重《そんちょう》するというKZ《カッズ》の基本方針《きほんほうしん》を守《まも》るだけの理性《りせい》はあったらしく、まもなく気《き》を取《と》り直《なお》した。

「では、これから被害者《ひがいしゃ》である中井氏《なかいし》に接触《せっしょく》する。」

そう言《い》ってから、若干《じゃっかん》、恨《うら》みがましい目《め》で私《わたし》たちをにらみ回《まわ》す。

「誰《だれ》がやるんだ？」

私《わたし》たちは一瞬《いっしゅん》、顔《かお》を見合《みあ》わせた。

そのうちに、皆《みな》の視線《しせん》が私《わたし》の方《ほう》に集《あつ》まってきたんだ。

え・・・この空気《くうき》は、もしや？

「これまでの経過《けいか》を考《かんが》えると、アーヤだろうね。」

「ん、今《いま》まで接触《せっしょく》したこともない僕《ぼく》たちがいきなりコンタクトしても、怪《あや》しまれると思《おも》う。」

「しかも詐欺《さぎ》の話《はなし》だろ。へたすると、こっちが詐欺《さぎ》かって疑《うたが》われるよ。」

確《たし》かに、私《わたし》が適任《てきにん》かも。

「わかった、やってみる。」

そう言《い》うと、若武《わかたけ》が自分《じぶん》のスマートフォンを操作《そうさ》してからこちらに差《さ》し出《だ》した。

「それ、使《つか》え。皆《みな》に声《こえ》が聞《き》こえるようにしといたから。」

ありがと。

私《わたし》は、さっき聞《き》いた中井《なかい》氏《し》の家《いえ》の電話《でんわ》番号《ばんごう》を打《う》ちこんでから、それをテーブルに置《お》く。

やがて中井《なかい》氏《し》の声《こえ》がした。

「はい中井《なかい》ですが、」

この年代《ねんだい》の人《ひと》って、家電《いえでん》に出《で》る時《とき》に自分《じぶん》の苗字《みょうじ》を名乗《なの》るんだよね。

すごく礼儀《れいぎ》正《ただ》しいなって思《おも》う。

今《いま》はそんなことをすると、誰《だれ》だかわからない相手《あいて》にこちらの情報《じょうほう》を与《あた》えてしまうから、危《あぶ》ないんだけど、昔《むかし》はきっと、そんなことのない平和《へいわ》な時代《じだい》だったんだろうな。

「立花《たちばな》です。先《さき》ほどの件《けん》で、お話《はなし》があるんですが、今《いま》よろしいですか？」

前置《まえお》きをし、許可《きょか》を取《と》ってから、私《わたし》は中井《なかい》氏《し》の家《いえ》と土地《とち》が不自然《ふしぜん》に売買《ばいばい》されたり、民泊用《みんぱくよう》の施設《しせつ》として登録《とうろく》されたりしていて、詐欺《さぎ》に遭《あ》っている可能性《かのうせい》があること、不審《ふしん》な男《おとこ》たちが家《いえ》の前《まえ》に車《くるま》を停《と》めていて、先々週《せんせんしゅう》の金曜日《きんようび》には家《いえ》に入《はい》っていたことなどを話《はな》した。

「そんなこと、」

中井氏《なかいし》は、驚《おどろ》き半分《はんぶん》の笑《わら》い声《ごえ》を立《た》てる。

「警察《けいさつ》からならともかく、君《きみ》みたいな子供《こども》から聞《き》いても、信《しん》じられないんだが、」

無理《むり》もない。

私《わたし》はあれこれ考《かんが》え、はっと思《おも》いついた。

「ご自宅《じたく》にある土地《とち》と家《いえ》の権利書《けんりしょ》を今《いま》、確認《かくにん》してもらえますか。男《おとこ》たちは、それを盗《ぬす》んだ可能性《かのうせい》があるんです。」

中井氏《なかいし》はしかたなさそうな返事《へんじ》をし、電話口《でんわぐち》から離《はな》れた。

若武《わかたけ》が親指《おやゆび》を立《た》てる。

「いいぞ、アーヤ。これできっと本気《ほんき》にしてもらえる。」

でも私《わたし》は、内心《ないしん》、不安《ふあん》だった。

もし黒木君《くろきくん》の言《い》った通《とお》り、男《おとこ》たちが権利書《けんりしょ》の場所《ばしょ》を捜《さが》し当《あ》てられなかったとしたら、権利書《けんりしょ》はまだ中井家《なかいけ》にある。

それを見《み》たら、中井氏《なかいし》はもう私《わたし》を信《しん》じてくれないだろう。

そしたら詐欺《さぎ》は野放《のばな》しになり、事態《じたい》はいっそう悪《わる》くなっていくんだ、どうしよう!?

スマートフォンからは、いつまで経《た》っても何《なん》の声《こえ》も聞《き》こえてこない。

私《わたし》の不安《ふあん》はドンドン大《おお》きくなり、やがて恐怖《きょうふ》に変《か》わった。

「もうダメ、耐《た》えらんない！」

私《わたし》が思《おも》わず立《た》ち上《あ》がったその時《とき》、スマートフォンから大《おお》きな声《こえ》が流《なが》れ出《で》る。

「権利書《けんりしょ》がないっ！」

私《わたし》は一気《いっき》に気《き》が抜《ぬ》けて、その場《ば》にしゃがみこんだ。

若武《わかたけ》が勝《か》ち誇《ほこ》ったような叫《さけ》びを上《あ》げる。

「やったっ！　ほら見《み》ろ上杉《うえすぎ》、やっぱ盗《ぬす》まれてるじゃ、」

黒木君《くろきくん》が飛《と》び付《つ》いて若武《わかたけ》の口《くち》を塞《ふさ》ぎ、目《め》で上杉君《うえすぎくん》に電話《でんわ》に出《で》るように指示《しじ》した。

「替《か》わりました、」

上杉君《うえすぎくん》は素早《すばや》くスマートフォンを取《と》り上《あ》げて操作《そうさ》し、こちらの騒《さわ》ぎが聞《き》こえないように耳《みみ》に当《あ》てる。

「僕《ぼく》は、立花《たちばな》の友人《ゆうじん》で上杉《うえすぎ》と言《い》います。」

私《わたし》はまだドキドキする心臓《しんぞう》を抱《かか》え、床《ゆか》に座《すわ》りこんだまま、そんな上杉君《うえすぎくん》を見上《みあ》げていた。

はぁ・・・何《なん》とかうまくいったみたい、よかった。

「アーヤ、」

小塚君《こづかくん》がソファから立《た》って、私《わたし》の脇《わき》にしゃがみこむ。

「大丈夫《だいじょうぶ》？」

心配《しんぱい》そうなその顔《かお》を見《み》て、私《わたし》はあわてて立《た》ち上《あ》がった。

「ん、大丈夫《だいじょうぶ》、ごめんね。」

ソファに腰《こし》を落《お》ち着《つ》けてから目《め》を向《む》ければ、上杉君《うえすぎくん》は言葉少《ことばすく》なげに話《はな》していて、やがて電話《でんわ》を切《き》った。

それを見《み》て黒木君《くろきくん》も、若武《わかたけ》を放《はな》す。

「どうなったんだ？」

さっそく聞《き》いてきた若武《わかたけ》に、上杉君《うえすぎくん》はちょっと首《くび》を傾《かし》げた。

「解《げ》せない。」

小塚君《こづかくん》が、私《わたし》を見《み》る。

「解《げ》せないって、何《なに》？」

解《げ》せないという言葉《ことば》の《解《げ》》という字《じ》は、解説《かいせつ》とか解決《かいけつ》、理解《りかい》なんかに使《つか》われるように、解《と》き明《あ》かすとか、悟《さと》るという意味《いみ》を持《も》つ字《じ》なんだ。

で《解《げ》せない》は、その否定《ひてい》だから、理解《りかい》できないとか、納得《なっとく》できないという意味《いみ》。

私《わたし》が小塚君《こづかくん》にそれを伝《つた》えていると、上杉君《うえすぎくん》がひと言《こと》。

「権利書紛失《けんりしょふんしつ》より大事《だいじ》な用事《ようじ》って、何《なん》だ。」

は？

「今夜《こんや》これからそちらに伺《うかが》って詳《くわ》しくお話《はな》ししますって言《い》ったら、今夜《こんや》は用事《ようじ》があるからダメだって突《つ》っぱねるんだ。早《はや》い方《ほう》がいいと何度《なんど》言《い》っても、オーケイしなかった。誰《だれ》のために言《い》ってると思《おも》ってんだ。俺《おれ》もう降《お》りるからな。」

私《わたし》は、中井氏《なかいし》の言葉《ことば》を思《おも》い出《だ》した。

確《たし》かトラブルが起《お》こって、人《ひと》と会《あ》わなくちゃならなくなり、葉山《はやま》から出《で》てきたという話《はなし》だった。

今《いま》、私《わたし》が電話《でんわ》をかけたのは家電《いえでん》だから、中井氏《なかいし》は家《いえ》にいる。

そこに誰《だれ》かが来《く》るか、あるいはこれから出《で》かけるか、だ。

「よっぽど大事《だいじ》な用事《ようじ》なんだよ。それか、もう約束《やくそく》してしまっているから、断《ことわ》れないのかもしれないし。」

中井氏《なかいし》の心情《しんじょう》を汲《く》み取《と》った小塚君《こづかくん》に、上杉君《うえすぎくん》は白《しろ》い目《め》を向《む》ける。

「じゃ、勝手《かって》に詐欺被害《さぎひがい》を大《おお》きくするがいい。」

その肩《かた》を黒木君《くろきくん》が抱《だ》き寄《よ》せ、宥《なだ》めるように二《に》の腕《うで》を叩《たた》く。

上杉君《うえすぎくん》は、すっかりお冠《かんむり》で、ツンと横《よこ》を向《む》いた。

「ね、こっそり中井家《なかいけ》に行《い》ってみない？」

私《わたし》は中井氏《なかいし》の言葉《ことば》を皆《みな》に伝《つた》え、その後《あと》で提案《ていあん》した。

「人《ひと》が来《く》るんだったら見《み》ていればわかるし、様子《ようす》を立《た》ち聞《ぎ》きすることもできる。出《で》かけるんだったら後《あと》をつければいいもの。」

皆《みな》は一瞬《いっしゅん》、唖然《あぜん》、それから口々《くちぐち》に言《い》った。

「アーヤ、意外《いがい》と大胆《だいたん》だな。」

「盗《ぬす》み聞《ぎ》きと尾行《びこう》なんて、非道徳的《ひどうとくてき》と言《い》っても過言《かごん》じゃない行為《こうい》だ。」

「いつもの正義派《せいぎは》ぶりは、外面《そとづら》だけか!?」

ふんっ！

26　十字《じゅうじ》の法印《ほういん》

談話室《だんわしつ》を出《で》て、皆《みな》で中井家《なかいけ》に向《む》かう時《とき》には、あたりはすっかり暗《くら》くなっていた。

「アーヤ、時間《じかん》、大丈夫《だいじょうぶ》か？」

う・・・大丈夫《だいじょうぶ》じゃないけど、言《い》い出《だ》した手前《てまえ》、1人《ひとり》で帰《かえ》れないもの。

「俺《おれ》が家《いえ》に電話《でんわ》しとくよ。もちろん、帰《かえ》りは送《おく》るから。」

黒木君《くろきくん》がそう言《い》ってくれて、ほっとした。

ママに対《たい》して、黒木君《くろきくん》は最強《さいきょう》のカードなんだ。

信頼《しんらい》されているし、お気《き》に入《い》りだから、たいていのことは問題《もんだい》なく、すっと通《とお》る。

上杉君《うえすぎくん》でも、いいかもしれない。

でも若武《わかたけ》じゃ、そうはいかない。

うちのママは、偏見《へんけん》を持《も》ってる人《ひと》だからな。

「ところで美門《みかど》、何《なん》で集合遅《しゅうごうおく》れたんだ？」

忍《しのぶ》が聞《き》くと、翼《たすく》は大《おお》きな溜《た》め息《いき》を突《つ》いた。

「彼女《かのじょ》に引《ひ》っぱり回《まわ》されてた。」

皆《みな》が一瞬《いっしゅん》、足《あし》を止《と》める。

「何《なん》だ、彼女《かのじょ》って。」

「いつの間《ま》に作《つく》ったの？」

「引《ひ》っぱり回《まわ》されたって、おまえ、言《い》うなりになってるわけか。」

「おい情《なさ》けねーな。ガンと言《い》ってやれ。」

婚約者《こんやくしゃ》にストレスを感《かん》じている忍《しのぶ》だけが、わずかに理解《りかい》を示《しめ》した。

「しかたないよ、女子《じょし》と小人《しょうじん》は、養《やしな》いがたしっていうじゃないか。」

小塚君《こづかくん》が私《わたし》を見《み》る。

私《わたし》は即《そく》、解説《かいせつ》した。

「えっと女性《じょせい》および徳《とく》のない人間《にんげん》は、親《した》しくすると図《ず》に乗《の》って甘《あま》えるし、遠《とお》ざけると恨《うら》むから扱《あつか》いにくいって意味《いみ》。」

皆《みな》がいっせいに、私《わたし》の方《ほう》を向《む》いた。

「女《おんな》って、そうなんだ。」

「気《き》を付《つ》けよう。」

私《わたし》は違《ちが》うからっ！

だいたい女性《じょせい》と徳《とく》のない人間《にんげん》を一括《ひとくく》りにするなんて、差別《さべつ》だと思《おも》う。

プンプンに剥《むく》れながらも、私《わたし》は心配《しんぱい》になった。

翼《たすく》は、佐田真理子《さたまりこ》に手《て》を焼《や》いてるんだろうか。

歩《ある》きながらそっと近寄《ちかよ》り、声《こえ》をかける。

「あの・・・彼女《かのじょ》との付《つ》き合《あ》い、大変《たいへん》なの？」

翼《たすく》はこちらに視線《しせん》を流《なが》し、ちょっと笑《わら》った。

「細工《さいく》は流々《りゅうりゅう》、仕上《しあ》げを御覧《ごろう》じろってとこだよ。」

夜《よる》の中《なか》で、その目《め》に不敵《ふてき》な光《ひかり》がきらめく。

「ただ時間《じかん》が必要《ひつよう》なだけだ。まぁ見《み》てなって。」

いったい何《なに》を考《かんが》えてるのか、相変《あいか》わらずわからなかった。

*

「ここだ、中井家《なかいけ》。」

若武《わかたけ》が立《た》ち止《ど》まり、全員《ぜんいん》を見回《みまわ》す。

「中《なか》の様子《ようす》を探《さぐ》ろうぜ。」

潜《くぐ》り戸《ど》の上《うえ》についているポストから鍵《かぎ》を取《と》り出《だ》し、私《わたし》たちは次々《つぎつぎ》と庭《にわ》に入《はい》った。

「俺《おれ》たち、ここで見張《みは》るから。」

黒木君《くろきくん》と小塚君《こづかくん》を残《のこ》し、全員《ぜんいん》が潜入《せんにゅう》する。

暗闇《くらやみ》の中《なか》、庭木《にわき》の間《あいだ》に続《つづ》く敷石《しきいし》の道《みち》を、外灯《がいとう》が照《て》らしていた。

忍《しのぶ》が、菫色《すみれいろ》の片目《かため》を細《ほそ》める。

「空気《くうき》が濁《にご》ってる。」


え？

「この間《あいだ》ここに来《き》た時《とき》には、全然《ぜんぜん》こんなじゃなかったのに、今日《きょう》は邪悪《じゃあく》な気配《けはい》が濃厚《のうこう》だ。」

ゾクッ！

体《からだ》が竦《すく》んで、私《わたし》は立《た》ち止《ど》まった。

だって邪悪《じゃあく》な気配《けはい》なんて・・・正体《しょうたい》が不明《ふめい》なだけに、すごく恐《こわ》い。

「家《いえ》の方《ほう》から漂《ただよ》ってくる。」

若武《わかたけ》がニヤッと笑《わら》った。

「おおしっ！」

その目《め》に、大胆不敵《だいたんふてき》な光《ひかり》がキラキラ輝《かがや》き始《はじ》めている。

派手《はで》な事件《じけん》に遭遇《そうぐう》し、うれしくてたまらないようだった。

「今《いま》、俺《おれ》、すげぇやる気《き》！　さ、行《い》こうぜ!!」

庭《にわ》を抜《ぬ》けて家《いえ》の方《ほう》に歩《ある》いていくと、左手《ひだりて》に建物《たてもの》があり、濡《ぬ》れ縁《えん》に面《めん》した窓《まど》に明《あ》かりが灯《とも》っていた。

窓《まど》の向《む》こうは障子《しょうじ》で、中《なか》は見《み》えない。

翼《たすく》がマスクを取《と》り、窓《まど》の正面《しょうめん》に立《た》って目《め》を瞑《つぶ》ると、大《おお》きく息《いき》を吸《す》いこんだ。

「中《なか》から中井氏《なかいし》の匂《にお》いがする。」

私《わたし》は、以前《いぜん》に翼《たすく》が、庭《にわ》の物置《ものおき》から中井氏《なかいし》の匂《にお》いを特定《とくてい》し、記憶《きおく》したと言《い》っていたことを思《おも》い出《だ》した。

「中井氏《なかいし》の他《ほか》に、2人《ふたり》の匂《にお》いがする。」

じゃ中井氏《なかいし》は、この家《いえ》で誰《だれ》かと会《あ》ってるんだ。

「男性用整髪料《だんせいようせいはつりょう》と口紅《くちべに》の匂《にお》いだから、1人《ひとり》は男《おとこ》、もう1人《ひとり》は女《おんな》だ。俺《おれ》にわかるのは、そこまで。」

翼《たすく》が窓《まど》の正面《しょうめん》から退《しりぞ》き、代《か》わって忍《しのぶ》がそこに立《た》った。

「印《いん》を結《むす》ぶから、静《しず》かに。」

わかった。

「息《いき》もするな。」

無理《むり》だよっ！

「九字法《くじほう》で印《いん》、王《おう》を加《くわ》えて十字法《じゅうじほう》だ。」

その意味《いみ》は、私《わたし》たちの誰《だれ》にもわからなかった。

「何《なに》か言《い》ってるぞ。」

「オタクの世界《せかい》だ、一般人《いっぱんじん》には理解不能《りかいふのう》。」

私《わたし》たちが首《くび》を傾《かし》げている間《あいだ》に、忍《しのぶ》は両腕《りょううで》を大《おお》きく開《ひら》き、左右《さゆう》に肘《ひじ》を張《は》って胸《むね》の前《まえ》で両指《りょうゆび》を組《く》み合《あ》わせた。

きれいな輪郭《りんかく》を描《えが》いた唇《くちびる》を開《ひら》き、響《ひび》きのいい低《ひく》い声《こえ》を出《だ》す。

「独鈷印《どっこいん》、」

10本《ぽん》の指《ゆび》を複雑《ふくざつ》に組《く》み合《あ》わせ、素早《すばや》く組《く》み替《か》えながら新《あたら》しい形《かたち》を作《つく》った。

「大金剛印《だいこんごういん》、外獅子印《そとじしいん》、内獅子印《うちじしいん》、外縛印《げばくいん》、」

菫色《すみれいろ》の瞳《ひとみ》に自信《じしん》に満《み》ちた光《ひかり》がきらめき、口元《くちもと》には不敵《ふてき》な微笑《びしょう》が浮《う》かび上《あ》がる。

その背中《せなか》を覆《おお》っていた髪《かみ》がゆっくりと空中《くうちゅう》に浮《う》き立《た》ち、光《ひかり》のように四方八方《しほうはっぽう》に広《ひろ》がった。

「内縛印《ないばくいん》、知拳印《ちけんいん》、日輪印《にちりんいん》、隠形印《おんぎょうのいん》。」

そこまで言《い》って組《く》んでいた指《ゆび》を解《と》き、空中《くうちゅう》に大《おお》きく、王《おう》という字《じ》を書《か》きながら叫《さけ》ぶ。

「王《おう》っ！」

うっ、カッコいい！

と私《わたし》が思《おも》ったその瞬間《しゅんかん》、サッと障子《しょうじ》が開《ひら》き、中井氏《なかいし》が顔《かお》を出《だ》した。

わっ！

「誰《だれ》だ。」

私《わたし》たちは、あわててガバッと地面《じめん》に伏《ふ》せたり、木《き》の陰《かげ》に飛《と》びこんだり。

うう、カッコ悪《わる》い・・・。

中井氏《なかいし》は、外灯《がいとう》に照《て》らされている庭《にわ》を見回《みまわ》した。

「声《こえ》がしたような気《き》がしたんだが・・・」

そう言《い》いながら引《ひ》っこみ、障子《しょうじ》を閉《し》める。

私《わたし》たちは胸《むね》をなで下《お》ろした。

「で、今《いま》ので、何《なに》かわかったわけか。」

声《こえ》を潜《ひそ》めて若武《わかたけ》が言《い》い、忍《しのぶ》がうなずいた。

「邪悪《じゃあく》な気配《けはい》を出《だ》しているのは、中《なか》にいる男女《だんじょ》だ。」

つまり中井氏《なかいし》は、邪悪《じゃあく》な2人《ふたり》に囲《かこ》まれてるんだ。

「2人《ふたり》のうち危険《きけん》なのは1人《ひとり》か、あるいは2人《ふたり》ともか、細《こま》かいところまではわからないけど、とにかく中井氏《なかいし》を2人《ふたり》から離《はな》した方《ほう》がいい。」

どうやってっ!?

「よし突入《とつにゅう》だ!」

若武《わかたけ》が毅然《きぜん》とした顔《かお》で言《い》い放《はな》った。

「家《いえ》の中《なか》に入《はい》る。」

だからどうやってよっ!?

「アーヤ、おまえ、あの窓《まど》に走《はし》り寄《よ》れ。」

え、私《わたし》がやるの!?

「不審者《ふしんしゃ》に追《お》いかけられました、助《たす》けてくださいって言《い》うんだ。」

その若武《わかたけ》の頭《あたま》を、後《うし》ろから上杉君《うえすぎくん》が小突《こづ》いた。

「不審者《ふしんしゃ》に追《お》いかけられて、ここの鍵《かぎ》開《あ》けて、庭《にわ》を突《つ》っ切《き》って助《たす》けを求《もと》めるのって不自然《ふしぜん》だろっ!」

そうだよ、バカ武《たけ》。

「じゃ上杉《うえすぎ》、おまえが走《はし》り寄《よ》れ。」

今度《こんど》は、どーゆー理由《りゆう》で?

「キャッチボールしてたら、ボールが逸《そ》れて庭《にわ》に入《はい》りました。取《と》らせてくださいって言《い》えばいい。」

上杉君《うえすぎくん》は、冷凍光線《れいとうこうせん》のような目《め》を若武《わかたけ》に向《む》けた。

「この時間《じかん》、子供《こども》は普通《ふつう》、キャッチボールしてない。」

そうだよ、アホ武《たけ》！

「そんじゃ七鬼《なぎ》、おまえが妖術《ようじゅつ》で2人《ふたり》を追《お》い払《はら》え。」

忍《しのぶ》は、あっさり答《こた》える。

「俺《おれ》、妖術使《ようじゅつつか》いじゃない。」

若武《わかたけ》は、やむなく翼《たすく》の方《ほう》を向《む》いた。

「じゃおまえだ。道《みち》を歩《ある》いてたら、美味《おい》しそうな料理《りょうり》の匂《にお》いがしたんで誘《さそ》われました、味見《あじみ》させてくださいって、あくまで無邪気《むじゃき》な顔《かお》で言《い》うんだ。」

翼《たすく》は首《くび》を傾《かし》げる。

「今《いま》、このうちからは料理《りょうり》の匂《にお》いしてない。何《なに》も作《つく》ってないと思《おも》う。」

若武《わかたけ》は絶句《ぜっく》、そのましゃがみこんで頭《あたま》を抱《かか》えた。

「う～ん、出《で》てこん・・・」

ああ沈没《ちんぼつ》。

「とにかく忍《しの》びこめばいいんだろ。」

上杉君《うえすぎくん》がそう言《い》い、目《め》で忍《しのぶ》を促《うなが》した。

「おまえ、屋根《やね》まで上《あ》がれるだろ。」

忍《しのぶ》がうなずくと、中井家《なかいけ》の1階《かい》の庇《ひさし》を指《さ》す。

「あそこから2階《かい》のベランダに侵入《しんにゅう》するんだ。これ貸《か》すから、」

ポケットから出《だ》したアーミーナイフを渡《わた》す。

「中《なか》に錐《きり》が入《はい》ってる。それで窓《まど》の鍵《かぎ》を外《はず》して部屋《へや》に入《はい》れ。そこから1階《かい》に降《お》りて、あのテラスの部屋《へや》の外《そと》で待機《たいき》、光《ひかり》でこっちに知《し》らせる。俺《おれ》と若武《わかたけ》、美門《みかど》はテラスの内側《うちがわ》に忍《しの》びこんで、窓際《まどぎわ》で待機《たいき》する。で、立花《たちばな》、」

はい？

「中井氏《なかいし》に電話《でんわ》をかけて、テラスに出《で》てくれるように頼《たの》むんだ。おまえなら、さっきの権利書紛失《けんりしょふんしつ》の件《けん》で信用《しんよう》ができてるから、中井氏《なかいし》もきっと言《い》うことを聞《き》く。で中井氏《なかいし》が出《で》てきたら、若武《わかたけ》と美門《みかど》で身柄《みがら》を確保《かくほ》、保護《ほご》して外《そと》に連《つ》れ出《だ》す。同時《どうじ》に俺《おれ》と、部屋《へや》の外《そと》で待機《たいき》してる七鬼《ななき》が中《なか》に飛《と》びこみ、男女2人《だんじょふたり》が中井氏《なかいし》を追《お》いかけるのを阻止《そし》する。」

素晴《すば》らしい、パチパチパチ！

「よしっ！」

若武《わかたけ》がすっくと立《た》ち上《あ》がった。

「作戦《さくせん》は決《き》まった。」

まるで自分《じぶん》が考《かんが》えたみたいな顔《かお》で、合図《あいず》を出《だ》す。

「七鬼《ななき》、行《い》けっ！」

いいけどね・・・。

忍《しのぶ》が家《いえ》に駆《か》け寄《よ》り、手前《てまえ》に植《う》わっていた大《おお》きな木《き》の枝《えだ》に飛《と》び付《つ》いたかと思《おも》うと、あっという間《ま》にその上《うえ》に立《た》ち、次《つぎ》の枝《えだ》に飛《と》び移《うつ》って、そこからベランダにダイビングッ！

距離《きょり》が３ｍ《メートル》ほどあったから、私《わたし》は思《おも》わず息《いき》を呑《の》んだ。

わっ、落《お》ちるっ！

でも忍《しのぶ》は、難《なん》なくベランダの手摺《てす》りを両手《りょうて》でキャッチ、そこから懸垂《けんすい》して体《からだ》を持《も》ち上《あ》げると、ヒラリとベランダの中《なか》に姿《すがた》を消《け》した。

その前《まえ》に、こちらに向《む》かって、Ｖ《ブイ》サインを出《だ》す余裕《よゆう》まであった、う～むカッコいい！

「じゃ俺《おれ》らだ。」

若武《わかたけ》が自分《じぶん》のスマートフォンを出《だ》し、中井氏《なかいし》の番号《ばんごう》を表示《ひょうじ》してから私《わたし》に差《さ》し出《だ》す。

「上杉《うえすぎ》、美門《みかど》、行《い》くぞ！」

３人《にん》でこっそりテラスに歩《あゆ》み寄《よ》り、次々《つぎつぎ》と手摺《てす》りを越《こ》えて中《なか》に入《はい》っていった。

やがて忍《しのぶ》からオッケイの連絡《れんらく》があったらしく、上杉君《うえすぎくん》がこちらに向《む》かって手《て》を上《あ》げる。

私《わたし》は大《おお》きく息《いき》を吸《す》いこんで自分《じぶん》を落《お》ち着《つ》かせ、中井氏《なかいし》に電話《でんわ》をかけた。

私《わたし》がしくじったら、この作戦《さくせん》は失敗《しっぱい》するんだと考《かんが》えると、すごく緊張《きんちょう》して手《て》が震《ふる》えてしまった。

「はい、」

中井氏《なかいし》の声《こえ》は、かなり迷惑《めいわく》そうだった。

今《いま》にも電話《でんわ》を切《き》りそうで、私《わたし》はあわてた。

「あの立花《たちばな》ですが、」

声《こえ》が、少《すこ》し和《やわ》らぐ。

「ああ君《きみ》か。さっきはありがとう。よく知《し》らせてくれたね。後《あと》で詳《くわ》しい事情《じじょう》を聞《き》かせてくれないか。とりあえず明日《あした》になったら、すぐ警察《けいさつ》に行《い》くつもりで、い」

そこで突然《とつぜん》、声《こえ》が途絶《とだ》えた。

え？

私《わたし》がアタフタしていると、直後《ちょくご》に中井氏《なかいし》の、絶命《ぜつめい》するかのようなうめき声《ごえ》っ！

きゃあっ、やられたっ!!

27 KZ《カッズ》、前代未聞《ぜんだいみもん》の大失態《だいしったい》

あわわ、どーしようーっ！

どうすればいいのっ!?

私《わたし》は取《と》り乱《みだ》し、スマートフォンを握《にぎ》りしめたまま大《だい》パニックっ！

テラスでこちらを見《み》ていた上杉君《うえすぎくん》が、片手《かたて》で手摺《てす》りを摑《つか》んで一気《いっき》に飛《と》び越《こ》え、私《わたし》に走《はし》り寄《よ》ってきた。

「どした、立花《たちばな》？」

私《わたし》は、必死《ひっし》で状況説明《じょうきょうせつめい》っ！

上杉君《うえすぎくん》はレンズの向《む》こうの目《め》に、透明《とうめい》な光《ひかり》をまたたかせた。

「遅《おそ》かったか・・・・」

何《なん》とかしてよっ！

「そのスマホ、貸《か》せ。」

私《わたし》からスマートフォンを取《と》り上《あ》げ、電話《でんわ》をかける。

「ああ黒木《くろき》？　非常事態《ひじょうじたい》だ。玄関《げんかん》から入《はい》って部屋《へや》の外《そと》で待機《たいき》しろ。用《よう》ができたら呼《よ》ぶ。」

電話《でんわ》を切《き》り、若武《わかたけ》たちのいるテラスに戻《もど》っていく。

私《わたし》も、その後《あと》を追《お》った。

「上杉《うえすぎ》、どうした？」

声《こえ》を殺《ころ》して聞《き》く若武《わかたけ》を無視《むし》し、上杉君《うえすぎくん》はテラスに立《た》って、ガラス戸《ど》と障子《しょうじ》を開《あ》け、部屋《へや》の中《なか》へっ！

私《わたし》も、それに続《つづ》いた。

中《なか》には、忍《しのぶ》が邪悪《じゃあく》だといった凶悪犯《きょうあくはん》がいる。

恐《こわ》かったけれど、でも私《わたし》たちの方《ほう》が、人数《にんずう》が多《おお》いんだ。

勇気《ゆうき》を出《だ》して対抗《たいこう》して、何《なん》とか中井氏《なかいし》を救《すく》い出《だ》さないとっ！

「何《なん》だ、おまえらはっ！」

中《なか》にいた2人《ふたり》の男女《だんじょ》は、びっくりして立《た》ち上《あ》がった。

2人《ふたり》の前《まえ》には、中井氏《なかいし》が倒《たお》れている。

「他人《たにん》の家《いえ》に、勝手《かって》に入《はい》ってきやがってっ！」

その2人《ふたり》を見《み》て、私《わたし》は頭《あたま》を殴《なぐ》られたような気《き》がした。

中井氏《なかいし》が倒《たお》れていたのもショックだったけど、その2人《ふたり》の顔《かお》から受《う》けたショックの方《ほう》が、倍《ばい》も大《おお》きかった。

だって、それは司書《ししょ》の中屋敷先生《なかやしきせんせい》とその弟《おとうと》、つまり久美《くみ》さんの母親《ははおや》と叔父《おじ》さんだったんだものっ!!

私《わたし》はとっさに、若武《わかたけ》の陰《かげ》に隠《かく》れた。

もしかして先生《せんせい》は、私《わたし》の顔《かお》を覚《おぼ》えているかもしれないと思《おも》ったから。

「僕《ぼく》たち今《いま》、中井《なかい》さんと電話中《でんわちゅう》で、」

そう言《い》いながら上杉君《うえすぎくん》が、片手《かたて》に持《も》っていたスマートフォンをさりげなく掲《かか》げる。

「途中《とちゅう》で声《こえ》が途絶《とだ》えたんで、何《なに》かあったんじゃないかと思《おも》って駆《か》けつけてきたんです。中井《なかい》さんは1人暮《ひとりぐ》らしだし高齢《こうれい》だから、万《まん》が一《いち》のことがあったら自分《じぶん》では救急車《きゅうきゅうしゃ》に電話《でんわ》できないかもしれないと心配《しんぱい》になって。他《ほか》に人《ひと》がいるって思《おも》わなかったので。」

2人《ふたり》は、ほっとしたように顔《かお》を見合《みあ》わせた。

「ああそうだったの。」

そう言《い》ったのは中屋敷先生《なかやしきせんせい》だった。

「電話中《でんわちゅう》に、突然倒《とつぜんたお》れて意識不明《いしきふめい》になってしまって。今《いま》、救急車《きゅうきゅうしゃ》を呼《よ》んだところなの。」

あ、そうだったんだ。

「父《ちち》は高齢《こうれい》で持病《じびょう》もあるから、よく倒《たお》れるのよ。」

お父《とう》さんなんだ。

中井氏《なかいし》と中屋敷先生《なかやしきせんせい》が親子《おやこ》だったなんて・・・思《おも》ってもみなかった。

「今日《きょう》は葉山《はやま》から出《で》てきたこともあって、疲《つか》れたんじゃないかしら。心配《しんぱい》かけてごめんなさいね。でも、もう救急車《きゅうきゅうしゃ》を待《ま》つだけだから。」

そう言《い》いながら先生《せんせい》は私《わたし》たちを見回《みまわ》した。

「皆《みな》さん、お帰《かえ》りなさい。」

その目《め》には、ものすごく真剣《しんけん》な光《ひかり》があった。

とても一生懸命《いっしょうけんめい》に、ほとんど必死《ひっし》でこの場《ば》を取《と》り繕《つくろ》い、私《わたし》たちを追《お》い返《かえ》そうとしている、そんな感《かん》じだったんだ。

私《わたし》は、先生《せんせい》が言《い》ったことを思《おも》い出《だ》した。

自分《じぶん》は不器用《ぶきよう》だから、いつも夢中《むちゅう》でトコトンやってしまうって。

今《いま》の先生《せんせい》は、まさにそういう雰囲気《ふんいき》を漂《ただよ》わせていた。

「さぁ、もう帰《かえ》って。」

そう言《い》われてしまえば、部外者《ぶがいしゃ》の私《わたし》たちとしては、帰《かえ》らないわけにはいかない。

「わかりました、お大事《だいじ》に。」

答《こた》えながら上杉君《うえすぎくん》は、翼《たすく》に目《め》くばせした。

「来《く》る時《とき》は焦《あせ》っていたので庭《にわ》から失礼《しつれい》しましたが、帰《かえ》りは玄関《げんかん》から退散《たいさん》します。」

若武《わかたけ》が、皆《みんな》の靴《くつ》を運《はこ》んでくる。

自分《じぶん》の分《ぶん》を持《も》った翼《たすく》が素早《すばや》く部屋《へや》のドアを開《あ》けて外《そと》に出《で》た。

その後《あと》に上杉君《うえすぎくん》が続《つづ》き、開《ひら》いているドアの隙間《すきま》に立《た》ちはだかる。

先《さき》に出《で》ていった翼《たすく》が、部屋《へや》の前《まえ》に待機《たいき》している黒木君《くろきくん》たちを玄関《げんかん》の方《ほう》へ追《お》いやっているらしかった。

私《わたし》もその後《うし》ろに立《た》ち、先生《せんせい》たちに見《み》えないように完璧《かんぺき》にガードする。

「では失礼《しつれい》します。」

若武《わかたけ》が最後《さいご》に部屋《へや》を出《で》て、私《わたし》たちは家《いえ》の前《まえ》で合流《ごうりゅう》した。

「前代未聞《ぜんだいみもん》の大失態《だいしったい》だ。」

若武《わかたけ》が苦々《にがにが》しそうに吐《は》き出《だ》す。

「フルメンバーで大挙《たいきょ》して乗《の》りこんだっていうのに、何《なん》の事件《じけん》でもなかったあげくに、地面師詐《じめんしさ》欺《ぎ》についてどうするかの話《はなし》もできなかった。」

小塚君《こづかくん》が困《こま》ったようにつぶやく。

「しかたないよ、中井氏《なかいし》が倒《たお》れるなんて想定外《そうていがい》だったんだもの。」

皆《みな》がうなずいたけれど、若武《わかたけ》の憤慨《ふんがい》は収《おさ》まらなかった。

事件《じけん》を見《み》つけて色《いろ》めき立《た》ち、ものすごく張《は》り切《き》っていただけに、この空振《からぶ》りに怒《いか》りを抑《おさ》えられないらしい。

私《わたし》たちが息《いき》を潜《ひそ》めていると、怒《いか》りの矛先《ほこさき》は、やがて忍《しのぶ》に向《む》かった。

「いったい、どこが邪悪《じゃあく》で、何《なに》が危険《きけん》だったんだ。」

忍《しのぶ》をにらむ。

「葉山《はやま》から出《で》てきた老人《ろうじん》が、娘《むすめ》や息子《むすこ》と会《あ》ってたってだけの話《はなし》じゃないか。家族《かぞく》の間《あいだ》にだって、トラブルの1つや2つはあるだろ。おまえがああ言《い》ったおかげで、あんなに厳重《げんじゅう》にメンバー配置《はいち》したってのに、ただの親戚《しんせき》の会合《かいごう》だったんだぞ。おい、責任感《せきにんかん》じてるんだろうな。」

若武《わかたけ》の怒《いか》りは瞬間風速的《しゅんかんふうそくてき》だから、このまま黙《だま》ってやり過《す》ごすのがベストの対応《たいおう》。

でも忍《しのぶ》は、メンバーとしてまだ日《ひ》が浅《あさ》いだけでなく、若武《わかたけ》の言《い》い方《かた》に相当《そうとう》ムッとしたらしかった。

真面《まとも》ににらみ返《かえ》し、言《い》い返《かえ》す。

「あそこの空気《くうき》は、ものすごく淀《よど》んでた。絶対《ぜったい》、普通《ふつう》じゃなかったんだ。信《しん》じなくても別《べつ》にいいけど。」

そう言《い》うなり、ぷいと背中《せなか》を向《む》け、1人《ひとり》で帰《かえ》っていこうとした。

その二《に》の腕《うで》を上杉君《うえすぎくん》が摑《つか》んで引《ひ》き止《と》める。

「俺《おれ》、七鬼《なナき》を支持《しじ》する。」

意外《いがい》な発言《はつげん》に、皆《みな》がびっくり！

上杉君《うえすぎくん》はいつも、数学《すうがく》や物理《ぶつり》を根拠《こんきょ》にしてものを考《かんが》える。

それがなんで、空気《くうき》や雰囲気重視《ふんいきじゅうし》の忍《しのぶ》に賛成《さんせい》を？

「だって、あの連中《れんちゅう》ってさ、」

眼鏡《めがね》の向《む》こうの冷《ひ》ややかな目《め》に、鋭《するど》い光《ひかり》がきらめく。

「ほんとに親子《おやこ》かよ。証拠《しょうこ》は？」

それで初《はじ》めて、皆《みな》がはっとしたんだ。

それまで立《た》っていた足場《あしば》を根底《こんてい》から覆《くつがえ》される思《おも》いだった。

中屋敷先生《なかやしきせんせい》から、父《ちち》って言《い》われて何《なん》となく信《しん》じてしまったけど、よく考《かんが》えてみれば親子《おやこ》の証明《しょうめい》はされてない。

「俺《おれ》なら、権利書《けんりしょ》の紛失《ふんしつ》が発覚《はっかく》したら、子供《こども》たちとの約束《やくそく》があっても先《さき》に延《の》ばすぜ。それどころじゃないだろ。それを延《の》ばさなかったのは、両者《りょうしゃ》が親《した》しい関係《かんけい》じゃないからだ。」

なるほど。

「同時《どうじ》にあそこでは、権利書《けんりしょ》の紛失《ふんしつ》と同《おな》じか、あるいはそれ以上《いじょう》に大事《だいじ》な用件《ようけん》が話《はな》し合《あ》われることになってたんだ。だから先《さき》に延《の》ばせなかった。」

私《わたし》は、中井氏《なかいし》の言葉《ことば》を思《おも》い返《かえ》した。

確《たし》か、トラブルが起《お》こって人《ひと》と会《あ》わなくちゃならなくなり、葉山《はやま》から出《で》てきたって言《い》っていたんだ。

でも娘《むすめ》や息子《むすこ》と会《あ》うんだったら、「人《ひと》と会《あ》う」なんて言《い》い方《かた》をするのは不自然《ふしぜん》だった。

「あの部屋《へや》、」

翼《たすく》が考《かん》がえこみながらつぶやく。

「相当《そうとう》カフェイン臭《くさ》かったよ。」

その頭《あたま》を、若武《わかたけ》が勢《いきお》いよく小突《こづ》く。

「当《あ》たり前《まえ》だろ。」

翼《たすく》のくせのない髪《かみ》が街灯《がいとう》の明《あ》かりの中《なか》で一瞬《いっしゅん》、パッと飛《と》び散《ち》り、夜《よる》の闇《やみ》の底《そこ》に沈《しず》むように静《しず》かに元《もと》の形《かたち》に戻《もど》った。

「テーブルの上《うえ》にカップが3つあったじゃないか。コーヒー飲《の》んでたんだ。別《べつ》に不自《ふし》然《ぜん》じゃないだろ。」

翼《たすく》は小突《こづ》かれた頭《あたま》を私《わたし》の方《ほう》に差《さ》し出《だ》し、目《め》で、撫《な》でてと要求《ようきゅう》する。

「コーヒー程度《ていど》の匂《にお》いじゃなかったから言《い》ったのに・・・」

おお、よしよし、かわいそうに。

撫《な》でながらそう言《い》った私《わたし》の手《て》の下《した》で、翼《たすく》は若武《わかたけ》に向《む》かってアカンべっ！

「若武《わかたけ》、暴力振《ぼうりょくふ》るわないの！」

カッとした若武《わかたけ》は、翼《たすく》に飛《と》びかかろうとして黒木君《くろきくん》に止《と》められた。

小塚君《こづかくん》が、ふっと立《た》ち止《ど》まる。

「僕《ぼく》、部屋《へや》に入《はい》ってないからカップ見《み》てないけど、中味《なかみ》が気《き》になるな。コーヒー以外《いがい》の何《なに》かが入《はい》っていたのかもしれない。で、カフェイン臭《しゅう》は、別《べつ》の所《ところ》から漂《ただよ》ってきてたとか。」

事態《じたい》が突如《とつじょ》として事件色《じけんしょく》を帯《お》びてきて、私《わたし》はコクンと息《いき》を呑《の》んだ。

隣《となり》で黒木君《くろきくん》がつぶやく。

「おい、救急車《きゅうきゅうしゃ》、遅《おそ》くないか？」

あ！

「ほんとに呼《よ》んであるのかな。」

そう言《い》いながらスマートフォンを出《だ》し、消防署《しょうぼうしょ》にかけて中井氏《なかいし》の住所《じゅうしょ》を告《つ》げる。

救急車《きゅうきゅうしゃ》がすでに出発《しゅっぱつ》しているかどうかを聞《き》いてから、出動《しゅつどう》を要請《ようせい》した。

「やっぱ、呼《よ》んでないよ。」

若武《わかたけ》が大《おお》きく舌打《したう》ちする。

「ちきしょう、騙《だま》しやがったな！　子供《こども》だと思《おも》って甘《あま》く見《み》やがって!!」

上杉君《うえすぎくん》がその頭《あたま》を小突《こづ》く。

「あっさり騙《だま》されて撤退《てったい》してきたんだ。ナメられても、しょーがねーだろ。」

シュンとしてうつむいた若武《わかたけ》の前《まえ》に、忍《しのぶ》が歩《あゆ》み寄《よ》り、身《み》を屈《かが》めてその顔《かお》をのぞきこんだ。

「これはおそらく大《おお》きな事件《じけん》だ。若武《わかたけ》、大好《だいす》きだろ。得意《とくい》だよな。今度《こんど》こそ本物《ほんもの》だぜ。」

励《はげ》ますように微笑《ほほえ》みかける。

先《さき》ほど若武《わかたけ》から非難《ひなん》されたことなど、すっかり忘《わす》れたかのような爽《さわ》やかさだった。

「さ、皆《みんな》でやっつけよう！」

若武《わかたけ》は気《き》を取《と》り直《なお》したらしく一気《いっき》に元気《げんき》になり、すっくと顔《かお》を上《あ》げたものの、その直後《ちょくご》、忍《しのぶ》をにらみつける。

「きさま、その屈《かが》みこみ方《かた》はなんだっ！　俺《おれ》はそれほど身長《しんちょう》、低《ひく》くねーっ‼」

翼《たすく》がクスクス笑《わら》った。

「七鬼《ななき》ってば、多少《たしょう》は根《ね》に持《も》ってたんだね。」

まぁ、あれほど言《い》われたんだから、少《すこ》しくらいの仕返《しかえ》しは許《ゆる》されるよ。

遠《とお》くから救急車《きゅうきゅうしゃ》のサイレンが聞《き》こえてくる。

「救急車《きゅうきゅうしゃ》が到着《とうちゃく》して、現場《げんば》があわただしくなる時《とき》がチャンスだ。」

黒木君《くろきくん》が、落《お》ち着《つ》き払《はら》った声《こえ》で言《い》った。

「若武先生《わかたけせんせい》、メンバーに指示《しじ》を。」

若武《わかたけ》は、とっさにリーダーの顔《かお》になる。

「救急車《きゅうきゅうしゃ》が着《つ》いたら、その混乱《こんらん》に乗《じょう》じて中井家《なかいけ》の捜索《そうさく》を行《おこな》う。全員《ぜんいん》、手袋《てぶくろ》を着用《ちゃくよう》のこと。小塚《こづか》は、テーブルの上《うえ》にあったカップからできるだけの情報《じょうほう》を取《と》れ。美門《みかど》は、強《つよ》いカフェイン臭《しゅう》の原因《げんいん》を探《さぐ》る、七鬼《ななき》は室内《しつない》や台所《だいどころ》を見回《みまわ》って不審物《ふしんぶつ》を捜《さが》す。全体《ぜんたい》の指揮《しき》は、現場《げんば》の状況《じょうきょう》に応《おう》じて俺《おれ》が臨機応変《りんきおうへん》に執《と》る。上杉《うえすぎ》と黒木《くろき》は、あの2人《ふたり》を調《しら》べろ。これは地面師事件《じめんしじけん》と関係《かんけい》しているかもしれ

ない。金徳《きんとく》とのつながりも要調査《ようちょうさ》だ。アーヤは事件《じけん》の整理《せいり》。新《あら》たな疑問《ぎもん》が出《で》てきたら調査《ちょうさ》の追加《ついか》をしなけりゃならないから、大至急《だいしきゅう》、俺《おれ》に連絡《れんらく》すること。各自《かくじ》、今夜中《こんやじゅう》に片付《かたづ》けろ。明日《あした》、休《やす》み時間《じかん》にカフェテリアに集合《しゅうごう》だ。では健闘《けんとう》を祈《いの》る。解散《かいさん》っ！」

28　7つの謎《なぞ》

黒木君《くろきくん》が、自分《じぶん》の調査《ちょうさ》に取《と》りかかる前《まえ》に私《わたし》を送《おく》ってくれた。

それでその途中《とちゅう》で、私《わたし》が持《も》っている中屋敷先生《なかやしきせんせい》の情報《じょうほう》を伝《つた》えたんだ。

「あの、それでこれは、どういう事件《じけん》になるの？」

先生《せんせい》が犯人《はんにん》かもしれないと考《かんが》えると、声《こえ》が震《ふる》えた。

先生《せんせい》はうちの学校《がっこう》の司書《ししょ》だし、久美《くみ》さんのお母《かあ》さんでもある。

こんな身近《みぢか》に犯人《はんにん》らしき人《ひと》がいたのは、今《いま》までにないことだった。

「あの2人《ふたり》が中井氏《なかいし》の殺害《さつがい》を企《くわだ》てて手《て》を下《くだ》したとしたら、中井氏《なかいし》が亡《な》くなれば殺人事件《さつじんじけん》。助《たす》かれば殺人未遂事件《さつじんみすいじけん》。中井氏《なかいし》が本当《ほんとう》に病気《びょうき》で倒《たお》れたとしても、救急車《きゅうきゅうしゃ》を呼《よ》んだと偽証《ぎしょう》してるから、ある程度《ていど》の責任《せきにん》は免《まぬが》れないね。」

そうなんだ・・・。

「事件《じけん》の鍵《かぎ》は、中井氏《なかいし》と2人《ふたり》があの家《いえ》で何《なに》を話《はな》していたかってことだと思《おも》うよ。上杉《うえすぎ》も言《い》ってたけど、それは中井氏《なかいし》にとって非常《ひじょう》に重要《じゅうよう》なことだったんだ。それが何《なん》だったのかがわかれば、この事件《じけん》は見《み》えてくる気《き》がする。」

家《いえ》に着《つ》くと、私《わたし》は黒木君《くろきくん》にお礼《れい》を言《い》い、家《いえ》の外《そと》まで出《で》てきたママがまだ黒木君《くろきくん》と話《はな》している間《あいだ》に部屋《へや》に戻《もど》って、手《て》を洗《あら》ったり着替《きが》えたりしてから事件《じけん》ノートを開《ひら》いた。

地面師事件《じめんしじけん》で上《あ》がっていた9つの謎《なぞ》は、すべて解決《かいけつ》していたので、その最後《さいご》に、「地面師詐欺《じめんしさぎ》に遭《あ》った中井氏《なかいし》に起《お》こった奇《き》っ怪《かい》な出来事《できごと》」というタイトルを付《つ》け、時系列《じけいれつ》にまとめてみた。


トラブルを抱《かか》えた中井氏《なかいし》は、それについて話《はな》し合《あ》うために葉山《はやま》から自宅《じたく》に戻《もど》った。

その夜《よる》、話《はな》している最中《さいちゅう》に倒《たお》れ、意識不明《いしきふめい》となる。

現場《げんば》には、浜田高校付属中学《はまだこうこうふぞくちゅうがく》の図書館司書中屋敷氏《としょかんししょなかやしきし》とその弟《おとうと》が居合《いあ》わせ、中井氏《なかいし》の子供《こども》と名《な》乗《の》り、中井氏《なかいし》には持病《じびょう》があって時々倒《ときどきたお》れると言《い》った。

現場《げんば》には、強《つよ》いカフェイン臭《しゅう》が漂《ただよ》っていた。

中屋敷姉《なかやしきあね》は、救急車《きゅうきゅうしゃ》を呼《よ》んだと言《い》ったが、実際《じっさい》には連絡《れんらく》していなかった。


これらを見《み》ながら、そこから謎《なぞ》を抽出《ちゅうしゅつ》する。まず気《き》になったのは、中井氏《なかいし》がどうして倒《たお》れたのかということだった。で、それを謎《なぞ》の1にしたんだ。その後《あと》に、現状《げんじょう》においてはっきりしない出《で》来事《きごと》を謎《なぞ》として並《なら》べた。

謎《なぞ》1、中井氏《なかいし》の倒《たお》れた原因《げんいん》。

謎《なぞ》2、中井氏《なかいし》と中屋敷姉弟《なかやしきしてい》は、どんなトラブルを抱《かか》えていて、何《なに》を話《はな》していたのか。

謎《なぞ》3、中井氏《なかいし》と中屋敷姉弟《なかやしきしてい》は、本当《ほんとう》に親子《おやこ》なのか。

謎《なぞ》4、中井氏《なかいし》には、持病《じびょう》があったのか。

謎《なぞ》5、カップに入《はい》っていたのは、本当《ほんとう》にコーヒーか。

謎《なぞ》6、部屋《へや》に漂《ただよ》っていた強《つよ》いカフェイン臭《しゅう》は、どこから臭《にお》っていたのか。

謎《なぞ》7、中屋敷姉弟《なかやしきしてい》は中井氏《なかいし》の殺害《さつがい》を企《たくら》んだのか。もしそうならば、どういう手段《しゅだん》を使《つか》ったのか。その動機《どうき》は何《なに》か。

書《か》き終《お》えたそれらを眺《なが》めて、私《わたし》は、今回《こんかい》はいつもと逆《ぎゃく》のパターンになっていることに気《き》づいた。

いつも謎《なぞ》を上《あ》げてから、それを究明《きゅうめい》するために行動《こうどう》に移《うつ》るんだけど、今回《こんかい》はすでに皆《みんな》が動《うご》き始《はじ》めていたから。

上杉君《うえすぎくん》と黒木君《くろきくん》が中屋敷姉弟《なかやしきしてい》と中井氏《なかいし》を調《しら》べているから、そこから謎《なぞ》2、3はわかってくるはずだし、謎《なぞ》5は小塚君《こづかくん》がカップを調《しら》べればはっきりする。謎《なぞ》6は翼《たすく》が究明《きゅうめい》するし、忍《しのぶ》の室内調査《しつないちょうさ》も役《やく》に立《た》つに違《ちが》いなかった。

そして謎《なぞ》の2から6が解決《かいけつ》すれば、謎《なぞ》1と7の答《こた》えは自然《しぜん》に出《で》てくる。

よし、完璧《かんぺき》!

私《わたし》はニンマリ笑《わら》いながら、誰《だれ》からも見捨《みす》てられている謎《なぞ》4、中井氏《なかいし》の持病《じびょう》についての調査《ちょうさ》を若《わか》武《たけ》に連絡《れんらく》するために部屋《へや》を出《で》た。

階段《かいだん》を降《お》りていき、電話《でんわ》を取《と》り上《あ》げる。

ダイニングの方《ほう》からは、ママの機嫌《きげん》のいい声《こえ》が聞《き》こえてきた。

どうやら黒木君《くろきくん》を家《いえ》に上《あ》げて、接待《せったい》しているらしい。

黒木君《くろきくん》だって忙《いそが》しいのにっ!

私《わたし》はイラッとしたけれど、若武《わかたけ》から大至急《だいしきゅう》と言《い》われていたことを思《おも》い出《だ》し、とりあえず電話《でんわ》をして謎《なぞ》4について話《はな》し、追加《ついか》の調査《ちょうさ》を頼《たの》んだ。

「おお了解《りょうかい》。それ、てんで忘《わす》れてたよ。上杉《うえすぎ》・黒木《くろき》チームに言《い》っとく。サンクス。」

電話《でんわ》を切《き》ってから、黒木君《くろきくん》を解放《かいほう》するようにママに言《い》いに行《い》く。

ダイニングのドアを開《あ》けると、何《なん》とママは、テーブルに俯《うつぶ》せて眠《ねむ》りこけていた。

黒木君《くろきくん》は長《なが》い人差《ひとさ》し指《ゆび》を唇《くちびる》の前《まえ》に立《た》てて、しっと言《い》い、そっと椅子《いす》を立《た》つ。

ごめんね、ママの我《わ》が儘《まま》に付《つ》き合《あ》わせて。

私《わたし》は、胸《むね》の前《まえ》で両手《りょうて》を合《あ》わせて一礼《いちれい》した。

黒木君《くろきくん》は何《なん》でもないといったようにウィンクし、片手《かたて》を挙《あ》げてダイニングから出《で》ていく。

その様子《ようす》は、余裕《よゆう》があって大人《おとな》っぽくて、とても素敵《すてき》だった。

ん、ママがお気《き》に入《い》りにする気持《きも》ちが、よくわかる！

29 悪役《あくやく》には向《む》いてない

明《あ》くる朝《あさ》になって、はっと気《き》づいたこと。

中屋敷姉弟《なかやしきしてい》について調《しら》べるのは、上杉君《うえすぎくん》と黒木君《くろきくん》の役目《やくめ》だけれど、私《わたし》も、久美《くみ》さんと接触《せっしょく》すれば何《なん》らかの情報《じょうほう》を得《え》ることができるかもしれない。

昨日《きのう》、黒木君《くろきくん》の時間《じかん》を無駄《むだ》にしてしまったお詫《わ》びに、ちょっとやってみよう。

それで登校《とうこう》すると、すぐ久美《くみ》さんを捜《さが》したんだ。

すぐ見《み》つかったけれど、声《こえ》をかけられなかった。

なぜって、グループの女子《じょし》と一緒《いっしょ》に、どこかに行《い》くところだったから。

誰《だれ》もが、いつもみたいに燥《はしゃ》いだ大声《おおごえ》も上《あ》げず、笑《わら》ったりもせず、黙々《もくもく》と歩《ある》いていく。

え、どこに？

こっそり後《あと》をつけると、グループは、庭《にわ》から体育館《たいいくかん》の脇《わき》に入《はい》った。

薄暗《うすぐら》いその通路《つうろ》には、体育館《たいいくかん》に出入《でい》りするドアが間隔《かんかく》を置《お》いて数個並《すうこなら》んでいて、それらの向《む》かい合《あ》いは学校《がっこう》を囲《かこ》む塀《へい》だった。

グループは、その狭《せま》い通路《つうろ》の一番奥《いちばんおく》まで歩《ある》いていく。

首《くび》を傾《かし》げながら様子《ようす》をうかがっていて、私《わたし》はびっくり！

その一番奥《いちばんおく》のドアには、なんと翼《たすく》が寄《よ》りかかっていて、その前《まえ》に立《た》っている佐田真理子《さたまりこ》と親密《しんみつ》そうに話《はな》していたんだ。

近寄《ちかよ》っていくグループの気配《けはい》に気《き》づいた2人《ふたり》が、こちらを見《み》る。

瞬間《しゅんかん》、グループの1人《ひとり》が言《い》った。

「佐田《さた》さん、聞《き》きたいんだけど、」

佐田真理子《さたまりこ》は、こちらに向《む》き直《なお》る。

「ここんとこずっと翼《ツバサ》と一緒《いっしょ》に登下校《とうげこう》して、お昼《ひる》も一緒《いっしょ》だよね。これからも、そうなわけ？」

佐田真理子《さたまりこ》はちょっと笑《わら》った。

「たぶん。だって付《つ》き合《あ》ってんだもん。」

するとグループから次々《つぎつぎ》と声《こえ》が上《あ》がったんだ。

「だったら、あなた、もうグループ抜《ぬ》ければ？」

「そうだよ。ちっとも一緒《いっしょ》にいないんだから意味《いみ》ないじゃん。」

「私《わたし》ら、後回《あとまわ》しにされてるみたいで気分悪《きぶんわる》いから。」

佐田真理子《さたまりこ》は、鼻《はな》で笑《わら》う。

「おまえらがそう言《い》うんなら、それでいいよ。ただし、これは私《わたし》が作《つく》ったグループだからな。私《わたし》が抜《ぬ》けたら解散《かいさん》なんだよ。それでいいのか!?」

グループの全員《ぜんいん》が声《こえ》をそろえた。

「今《いま》だって抜《ぬ》けてるようなもんじゃん。」

「いっそ、スッキリしていいよ。」

「さっき皆《みんな》で話《はな》し合《あ》った時《とき》、そう言《い》われるってことは予想《よそう》してた。最終的《さいしゅうてき》にはそれでいいって結論《けつろん》になってるから。」

「じゃ佐田《さた》さん、さようなら。」

「いつまでもお幸《しあわ》せに。」

そう言《い》うなり回《まわ》れ右《みぎ》をし、全員《ぜんいん》がそそくさとこちらに戻《もど》ってきたんだ。

私《わたし》は焦《あせ》って、開《あ》いていたドアを見《み》つけて体育館《たいいくかん》の中《なか》に入《はい》り、グループの全員《ぜんいん》をやり過《す》ごす。

「何《なん》だあいつら、いい気《き》になりやがって。」

そう言《い》って佐田真理子《さたまりこ》は、翼《たすく》を振《ふ》り返《かえ》った。

「でも別《べつ》にいい。私《わたし》には、翼《ツバサ》がいるもん。」

翼《たすく》は、凜《りん》とした光《ひかり》を湛《たた》えたその目《め》に、わずかに笑《え》みを含《ふく》む。

「俺《おれ》に何《なに》、期待《きたい》してんの？　最初《さいしょ》から、おまえはタイプじゃないってはっきり言《い》ってあるだろ。付《つ》き合《あ》ったのは、友情《ゆうじょう》を証明《しょうめい》するためだ。あともう1つ、おまえをグループから外《はず》すため。」

驚《おどろ》いたのは、佐《さ》田《た》真《ま》理《り》子《こ》ばかりじゃなかった、私《わたし》もびっくり！

「それ、どういうことだよ!?」

翼《たすく》は、軽《かる》く肩《かた》を竦《すく》める。

「おまえが絶対的《ぜったいてき》な力《ちから》を振《ふ》るって、他《ほか》のメンバーを押《お》さえつけてる構図《こうず》が気《き》に入《い》らなかったんだ。」

佐《さ》田《た》真《ま》理《り》子《こ》は激高《げきこう》し、見《み》る間《ま》に真《ま》っ赤《か》になった。

「付《つ》き合《あ》った目的《もくてき》は、私《わたし》のグループ外《はず》しだったのか!?　きさま、企《たくら》みやがったな、汚《きたね》ぇーぞっ!!」

翼《たすく》は、冷《ひ》ややかな微笑《びしょう》を広《ひろ》げる。

「俺《おれ》は、おまえから言《い》われた通《とお》りにしてただけだよ。交際宣言《こうさいせんげん》して、登校一緒《とうこういっしょ》、教室移動一緒《きょうしついどういっしょ》、昼休《ひるやす》み一緒《いっしょ》、下校一緒《げこういっしょ》。全部《ぜんぶ》おまえが言《い》ったことでしょ。」

佐《さ》田《た》真《ま》理《り》子《こ》は、グッと言葉《ことば》に詰《つ》まる。

「おまえの要求通《ようきゅうどお》りにしながら、考《かんが》えてたけどね。このまま俺《おれ》と過《す》ごす時間《じかん》が長《なが》くなれば、当然《とうぜん》グループから不満《ふまん》が出《で》るし、亀裂《きれつ》も入《はい》るって。おまえ、それに気《き》づかなかったわけ？　そりゃ残《ざん》念《ねん》だったね。そんなことまで教《おし》えてやるほど、俺《おれ》、親切《しんせつ》じゃないからさ。で、どうする？　今後《こんご》も俺《おれ》と付《つ》き合《あ》う気《き》あるの？　あるなら、俺《おれ》は構《かま》わないけどね。」

瞬間《しゅんかん》、佐田真理子《さたまりこ》はバシッと翼《たすく》の頬《ほお》を叩《たた》いた。

「おまえみたいに性格《せいかく》の悪《わる》い、ねじ曲《ま》がった奴《やつ》と付《つ》き合《あ》ってたまるか。別《わか》れてやるっ！」

叫《さけ》ぶなり猛然《もうぜん》と駆《か》け出《だ》し、隠《かく》れている私《わたし》の前《まえ》を通《とお》って教室《きょうしつ》の方《ほう》に向《む》かった。

翼《たすく》は、大《おお》きな溜《た》め息《いき》を突《つ》く。

すごく後味《あとあじ》の悪《わる》そうな、哀《かな》しげな顔《かお》だった。

私《わたし》は体育館《たいいくかん》から出《で》て、歩《あゆ》み寄《よ》り、翼《たすく》の前《まえ》に立《た》った。

「凄腕《すごうで》の猛獣使《もうじゅうつか》いだったね。」

翼《たすく》は、驚《おどろ》いたように私《わたし》を見《み》る。

「でも今《いま》、かなり嚙《か》まれたでしょ。」

好《す》きでもない相手《あいて》に、皆《みな》の前《まえ》で交際《こうさい》を申《もう》しこまねばならないのは、どれほど屈辱的《くつじょくてき》だっただろう。

その相手《あいて》と毎日《まいにち》、長《なが》い時間《じかん》一緒《いっしょ》に過《す》ごさなければならないのは、どれほど苦《くる》しかっただろう。

でも翼《たすく》は、私《わたし》との友情《ゆうじょう》のために、そして久美《くみ》さんのために頑張《がんば》ったんだ。

「その傷《きず》は、私《わたし》のせいだよね。」

そう言《い》いながら私《わたし》は両手《りょうて》を伸《の》ばし、翼《たすく》の手《て》を取《と》り上《あ》げて握《にぎ》りしめた。

「あなたが私《わたし》のためにしてくれたことに、とても感謝《かんしゃ》してる。ありがとう！」

瞬間《しゅんかん》、私《わたし》を見《み》つめる翼《たすく》の目《め》に透明《とうめい》な涙《なみだ》が浮《う》かび上《あ》がり、見《み》る間《ま》に大《おお》きく膨《ふく》らんで、零《こぼ》れ落《お》ちた。

ああ翼《たすく》は、すごく辛《つら》かったんだなって、よくわかった。

「女《おんな》を傷《きず》つけるのは、心《こころ》が痛《いた》いよ。俺《おれ》、悪役《ヒール》には向《む》いてないかも。」

そう言《い》いながらゆっくりと体《からだ》を前《まえ》に倒《たお》し、その額《ひたい》を私《わたし》の肩《かた》に押《お》し付《つ》けた。

「動《うご》かないで。ちょっとでいいから、こうしていて。」

肩《かた》に翼《たすく》の涙《なみだ》が染《し》み、冷《つめ》たい輪《わ》を描《えが》く。

私《わたし》は片手《かたて》で翼《たすく》の後頭部《こうとうぶ》を押《お》さえ、そっと撫《な》でた。

ごめんね翼《たすく》、ありがとう。

＊

部活《ぶかつ》に参加《さんか》する翼《たすく》と別《わか》れて、私《わたし》は教室《きょうしつ》に戻《もど》った。

ホームルームまでまだ時間《じかん》があり、女子《じょし》はあちらこちらに固《かた》まって話《はな》したり、男子《だんし》は教室《きょうしつ》の後《うし》ろのスペースでじゃれたりしていた。

自分《じぶん》の机《つくえ》に向《む》かって歩《ある》いていくと、久美《くみ》さんが近《ちか》づいてきてこう言《い》ったんだ。

「おはよ。今日《きょう》、一緒《いっしょ》に帰《かえ》ろう！」

教室内《きょうしつない》を見回《みまわ》せば、佐田真理子《さたまりこ》のグループの子《こ》たちはもう固《かた》まっていなかった。

1人1人《ひとりひとり》が自分《じぶん》の机《つくえ》に着《つ》いたり、席《せき》の近《ちか》くの子《こ》たちと話《はなし》をしていたんだ。

皆《みな》、それぞれに自然《しぜん》な表情《ひょうじょう》で、とても伸《の》びやかな感《かん》じがした。

佐田真理子《さたまりこ》は・・・席《せき》にいなかった。

「佐田《さた》さんは？」

私《わたし》が聞《き》くと、久美《くみ》さんはクスッと笑《わら》った。

「保健室《ほけんしつ》に行《い》ったみたい。何《なに》かショックなことがあったらしいよ。」

自分《じぶん》から別《わか》れを言《い》い出《だ》したものの、やっぱり痛手《いたで》だったんだね。

相当《そうとう》好《す》きだったんだ、翼《たすく》のこと。

早《はや》く立《た》ち直《なお》ってくれるといいけど。

そう思《おも》いながら、今《いま》なら聞《き》けると考《かんが》えて口《くち》を開《ひら》いた。

「あの、中屋敷《なかやしき》さんのお祖父《じい》さん、つまりお母《かあ》さんのお父《とう》さんって、中井《なかい》っていうの？」

久美《くみ》さんは即座《そくざ》に首《くび》を横《よこ》に振《ふ》る。

「ううん、渡辺《わたなべ》だよ。」

親子《おやこ》じゃないんだっ！

じゃ中屋敷先生《なかやしきせんせい》は、嘘《うそ》をついてたってことになる。

あの先生《せんせい》の性格《せいかく》からして、あの場《ば》を完璧《かんぺき》に取《と》り繕《つくろ》おうとしていたのに違《ちが》いない。

でも他人《たにん》である中井氏《なかいし》と中屋敷姉弟《なかやしきしてい》が、あそこでいったい何《なん》の話《はなし》をしていたんだろう。

私《わたし》は、久美《くみ》さんからできる限《かぎ》りの情報《じょうほう》を入手《にゅうしゅ》しようという気《き》になった。

「この間《あいだ》、交差点《こうさてん》で会《あ》った時《とき》、叔父《おじ》さんが一緒《いっしょ》だったよね。何《なん》の仕事《しごと》してる人《ひと》？」

久美《くみ》さんは、なぜそんなことを聞《き》くのかといったような、腑《ふ》に落《お》ちない表情《ひょうじょう》になる。

「前《まえ》は郵便局《ゆうびんきょく》の保険係《ほけんがかり》、今《いま》は日本郵政《にっぽんゆうせい》グループのかんぽ生命保険《せいめいほけん》で働《はたら》いてる。担当区域《たんとうくいき》が駅周辺《えきしゅうへん》でね、時々《ときどき》、出会《であ》ったりもするんだ。ちょっと恥《は》ずいから、私《わたし》は知《し》らん振《ぷ》りするけど。」

ちゃんとした定職《ていしょく》についているんだったら、消費者金融《しょうひしゃきんゆう》の金徳《きんとく》とは関係《かんけい》ありそうもないなぁ。

「何《なに》か困《こま》ってるっていう話《はなし》、聞《き》いてない？」

久美《くみ》さんは、ますます不思議《ふしぎ》そうな顔《かお》になった。

「うちの叔父《おじ》さんに興味《きょうみ》があるの？　あ、ひと目惚《めぼ》れとか？　独身《どくしん》だよ。」

そういう興味《きょうみ》じゃないからっ！

「そういえばこの間食事《あいだしょくじ》した時《とき》に、叔父《おじ》さん、かなり深刻《しんこく》な顔《かお》でさ、食事《しょくじ》の後《あと》、話《はなし》があるっていうんで、私《わたし》だけ先《さき》に帰《かえ》ったんだ。」

やっぱトラブルを抱《かか》えてるんだ。

それが何《なん》なのか、ああ知《し》りたいっ！

でも久美《くみ》さんは先《さき》に帰《かえ》ったんだから、わからないだろうなぁ。

「深刻《しんこく》な話《はなし》って、何《なん》だったんだろう。」

「さぁ知《し》らない。」

やっぱり。

「それよか今日《きょう》、一緒《いっしょ》に帰《かえ》るの、帰《かえ》らないの？」

私《わたし》がYES《イエス》というと、久美《くみ》さんは満面《まんめん》の笑《え》みを浮《う》かべた。

「じゃ放課後《ほうかご》にね。」

コンビニ仮面《かめん》は、半《なか》ば脱《ぬ》げつつあった。

佐田真理子《さたまりこ》のグループが崩壊《ほうかい》して、支配《しはい》と抑圧《よくあつ》から解放《かいほう》されたんだ、きっと。

あとは、家《いえ》でのお母《かあ》さんの支配《しはい》だけど・・・これは難《むずか》しいだろうなぁ。

私《わたし》は自分《じぶん》とママのことを考《かんが》えて、ちょっと溜《た》め息《いき》をついた。

母親《ははおや》を相手《あいて》に回《まわ》して戦《たたか》うこと自体《じたい》、子供《こども》にはなかなかできにくい。

ましてや勝《か》つのは、すごくハードル高《たか》いよ。

久美《くみ》さんに手《て》を貸《か》したくても、具体的《ぐたいてき》にどうすればいいのか全然《ぜんぜん》わからないしなぁ・・・。

30 いきなり誕生《たんじょう》、KZ《カッズ》セブン！

その放課後《ほうかご》、私《わたし》は久美《くみ》さんと一緒《いっしょ》に帰《かえ》り、そして家《いえ》から秀明《しゅうめい》に行《い》って、休《やす》み時間《じかん》を待《ま》ってカフェテリアに向《む》かった。

たった1日《にち》で、どれだけの調査《ちょうさ》ができたのか。

危《あや》ぶみながらカフェテリアに行《い》ってみると、やっぱり！

皆《みな》、戦死状態《せんしじょうたい》に近《ちか》かった。

上杉君《うえすぎくん》も黒木君《くろきくん》も組《く》んだ腕《うで》をテーブルに置《お》き、その上《うえ》に顔《かお》を伏《ふ》せていたし、若武《わかたけ》は椅子《いす》の背《せ》もたれに寄《よ》りかかって天井《てんじょう》を仰《あお》ぎ、虚脱状態《きょだつじょうたい》、辛《かろ》うじて座《すわ》っている翼《たすく》や小塚君《こづかくん》や忍《しのぶ》も、目《め》が半分《はんぶん》しか開《あ》いてなかった。

それでも、私《わたし》が、

「若武《わかたけ》、全員《ぜんいん》そろったよ。」

そう声《こえ》をかけると、若武《わかたけ》はシャキッと体《からだ》を起《お》こした。

「KZ《カッズ》会議《かいぎ》を始《はじ》める！　まずアーヤ、事件《じけん》の全貌《ぜんぼう》と謎《なぞ》を発表《はっぴょう》。」

私《わたし》は、まだぼんやりしている皆《みな》に、よくわかるようにゆっくりと昨日《きのう》整理《せいり》したノートを読《よ》み上《あ》げた。

「トラブルを抱《かか》えていた中井氏《なかいし》が、それについて話《はな》し合《あ》うために葉山《はやま》から自宅《じたく》に戻《もど》った、これが今回《こんかい》の事件《じけん》の発端《ほったん》です。その夜《よる》、中井氏《なかいし》は、浜田高校付属中学《はまだこうこうふぞくちゅうがく》の図書館司書中屋敷氏《としょかんししょなかやしきし》およびその弟《おとうと》と話《はな》している最中《さいちゅう》に倒《たお》れ、意識不明《いしきふめい》になりました。この時《とき》、中屋敷姉《なかやしきあね》は、中井氏《なかいし》の子供《こども》と名乗《なの》り、父《ちち》には持病《じびょう》があって時々倒《ときどきたお》れると言《い》っています。現場《げんば》には、強《つよ》いカフェイン臭《しゅう》が漂《ただよ》っていました。また中屋敷姉《なかやしきあね》は救急車《きゅうきゅうしゃ》を呼《よ》んだと言《い》いましたが、実際《じっさい》には連絡《れんらく》していませんでした。これらの状況《じょうきょう》から謎《なぞ》を抽出《ちゅうしゅつ》すると、謎《なぞ》1、中井氏《なかいし》の倒《たお》れた原因《げんいん》。謎《なぞ》2、中井氏《なかいし》と中屋敷姉《なかやしきし》弟《てい》は、どんなトラブルを抱《かか》えていて、何《なに》を話《はな》していたのか。謎《なぞ》3、中井氏《なかいし》と中屋敷姉《なかやしきし》弟《てい》は、本当《ほんとう》に親子《おやこ》なのか。謎《なぞ》4、中井氏《なかいし》には、持病《じびょう》があったのか。謎《なぞ》5、カップに入《はい》っていたのは、本当《ほんとう》にコーヒーか。謎《なぞ》6、部屋《へや》に漂《ただよ》っていた強《つよ》いカフェイン臭《しゅう》は、どこから臭《にお》っていたのか。謎《なぞ》7、中屋敷姉《なかやしきし》弟《てい》は中井氏《なかいし》の殺害《さつがい》を企《たくら》んだのか。もしそうならば、どういう手段《しゅだん》を使《つか》ったのか。その動機《どうき》は何《なに》か。以上《いじょう》7つです。」

若武《わかたけ》が、ご苦労《くろう》と言《い》いそうになったので、私《わたし》は手《て》を上《あ》げて止《と》め、久美《くみ》さんから入手《にゅうしゅ》した情報《じょうほう》を発表《はっぴょう》しようとした。

でもよく考《かん》えたら、その役目《やくめ》を割《わ》り当《あ》てられているのは、上杉君《うえすぎくん》と黒木君《くろきくん》だった。

私《わたし》が発表《はっぴょう》するのは、まずいかもしれない。

いくら手助《てだす》けをするつもりでも、越権行為《えっけんこうい》だし。

だけど今回《こんかい》の調査《ちょうさ》は、今《いま》までになく急《いそ》いでやっている。

チーム全体《ぜんたい》として考《かんが》えれば、わかっていることはセクションに拘《こだわ》らずドンドン言《い》った方《ほう》がいいのかもしれなかった。

どうしよう!?

「何《なん》だ、早《はや》く言《い》え。」

迷《まよ》いながら、聞《き》いてみた。

「私《わたし》のクラスに、中屋敷姉《なかやしきあね》の娘久美《むすめくみ》が在籍《ざいせき》しています。今朝《けさ》、事情《じじょう》を聞《き》いてみたのですが、ここで報告《ほうこく》してもいいでしょうか？」

若武《わかたけ》がもちろんだというように大《おお》きくうなずき、その向《む》こうで黒木君《くろきくん》もオーケイサインを出《だ》していた。

それで、ほっとして発表《はっぴょう》したんだ。

「中屋敷姉弟《なかやしきしてい》と中井氏《なかいし》は、赤《あか》の他人《たにん》でした。これにより謎《なぞ》の3は解決《かいけつ》しました。中屋敷姉弟《なかやしきしてい》のうち、姉《あね》は浜田高校付属中学《はまだこうこうふぞくちゅうがく》の図書館司書《としょかんししょ》、弟《おとうと》は日本郵政《にっぽんゆうせい》グループのかんぽ生命保険会社《せいめいほけんがいしゃ》に勤《きん》務《む》。担当区域《たんとうくいき》は駅周辺《えきしゅうへん》。先週《せんしゅう》の火曜日《かようび》にはかなり深刻《しんこく》な様子《ようす》で、食事《しょくじ》の後《あと》、姉《あね》と話《はなし》をしたそうです、以上《いじょう》。」

若武《わかたけ》は満足《まんぞく》そうだった。

「よし、じゃ次《つぎ》。昨日《きのう》の解散後《かいさんご》の現場《げんば》の動《うご》きを報告《ほうこく》するから、そこに付《つ》け加《くわ》えろ。」

了解《りょうかい》!

「あの後《あと》、救急車《きゅうきゅうしゃ》が来《き》て、中井氏《なかいし》を運《はこ》び出《だ》した。中屋敷姉《なかやしきあね》は、その救急車《きゅうきゅうしゃ》に同乗《どうじょう》して病院《びょういん》に向《む》かった。」

う・・・娘《むすめ》だと言《い》った手前《てまえ》、あの場《ば》を完璧《かんぺき》に繕《つくろ》うには、そうするしかなかったんだ、きっと。

性格《せいかく》、出《で》てるなぁ。

「だが弟《おとうと》の方《ほう》は、救急隊員《きゅうきゅうたいいん》が出《で》たり入《はい》ったりしている間《あいだ》に、逃《に》げた。」

逃《に》げたぁっ!?

「裏口《うらぐち》から、サッと姿《すがた》を晦《くら》ませたんだ。」

そう言《い》いながら忌々《いまいま》しそうに舌打《したう》ちする。

「男《おとこ》なら最後《さいご》まで残《のこ》れよ、逃《に》げんじゃねー。」

黒木君《くろきくん》がちょっと笑《わら》った。

「そのおかげで救急車《きゅうきゅうしゃ》が立《た》ち去《さ》った後《あと》、中井家《なかいけ》は無人《むじん》になったんだろ。で、自由《じゆう》に調査《ちょうさ》できたんだから、KZ《カッズ》としては逃《に》げた弟《おとうと》に感謝《かんしゃ》すべきじゃないか。」

若武《わかたけ》は、そっぽを向《む》く。

「卑怯《ひきょう》な奴《やつ》は許《ゆる》せねー。それは犯罪《はんざい》より悪《わる》い！」

え、そうなの？

「その、妙《みょう》な若武正義《わかたけせいぎ》コードは、とりあえず置《お》いとけ。」

上杉君《うえすぎくん》が突《つ》き放《はな》すように言《い》い、眼鏡《めがね》の中央《ちゅうおう》を中指《なかゆび》で押《お》し上《あ》げる。

「俺《おれ》と黒木《くろき》の調査《ちょうさ》を報告《ほうこく》する。中屋敷姉弟《なかやしきしてい》については、さっき立花《たちばな》が言《い》った通《とお》りだ。金徳《きんとく》とのつながりは、まるでなし。中井氏《なかいし》とのトラブルについては確証取《かくしょうと》れず。だが中屋敷弟《なかやしきおとうと》の仕事《しごと》の担《たん》当地区《とうちく》が駅周辺《えきしゅうへん》で、これは中井氏《なかいし》の家《いえ》の付近《ふきん》だ。よって弟《おとうと》が、かんぽ保険《ほけん》の勧誘《かんゆう》や集金《しゅうきん》をしていて中井氏《なかいし》と関《かか》わりを持《も》った可能性《かのうせい》は大《おお》いにある。」

私《わたし》は急《いそ》いでそれを書《か》き留《と》めた。

「それから中井氏《なかいし》に持病《じびょう》はない。」

ほんとっ!?

「今住《います》んでいる葉山《はやま》では、地域新聞《ちいきしんぶん》『キラキラ葉山《はやま》』が発行《はっこう》されているが、その中《なか》に『ご近所元気《きんじょげんき》だより』というコーナーがあって、先々月《せんせんげつ》、中井氏《なかいし》が写真付《しゃしんつ》きで登場《とうじょう》している。」

よく調《しら》べたねぇ！

「この50年間《ねんかん》、病気《びょうき》をしたことがないそうだ。もちろん持病《じびょう》もない。つまり昨日《きのう》、倒《たお》れたのは、持病以外《じびょういがい》の要因《よういん》によるものだ。」

よし、これで謎《なぞ》4が解決《かいけつ》した。

「いいぞ、諸君《しょくん》、この調子《ちょうし》でいこう。次《つぎ》、七鬼《ななき》。」

若武《わかたけ》に言《い》われて、半《なか》ば眠《ねむ》りかけていた忍《しのぶ》が背筋《せすじ》を伸《の》ばす。

「書斎《しょさい》に金庫《きんこ》があったから、誰《だれ》が開《あ》け閉《し》めしたのかはっきりさせるために、小塚《こづか》に頼《たの》んで指紋《しもん》を取《と》った。これは小塚《こづか》が分析中《ぶんせきちゅう》。あと台所《だいどころ》のゴミの中《なか》から、空《から》のPTP《ピーティーピー》包装《ほうそう》シートを見《み》つけた。これも小塚《こづか》に指紋検出《しもんけんしゅつ》を頼《たの》んだ。皆《みんな》にも見《み》せようと思《おも》って持《も》ってきたんだけど。」

そう言《い》いながらバッグから、チャックの付《つ》いた小《ちい》さなビニール袋《ぶくろ》を出《だ》した。

中《なか》には、丸《まる》い錠剤《じょうざい》のシートが入《はい》っている。

全部《ぜんぶ》で36錠分《じょうぶん》が収納《しゅうのう》できるようになっており、裏側《うらがわ》の銀紙《ぎんがみ》が全部破《ぜんぶやぶ》れていた。

「どれ、貸《か》せよ。」

上杉君《うえすぎくん》が手《て》を伸《の》ばしてビニール袋《ぶくろ》を取《と》り上《あ》げる。

「残念《ざんねん》だけど、薬名《やくめい》は書《か》いてないよ。」

そう言《い》う忍《しのぶ》には目《め》もくれず、じいっとそのシートに見入《みい》った。

「これって、どっかで見《み》た気《き》ぃする。」

考《かんが》えこみ、いつまで経《た》っても固《かた》まったまま。

しばらく待《ま》っていた若武《わかたけ》は、やがて退屈《たいくつ》し、上杉君《うえすぎくん》を放置《ほうち》して議事《ぎじ》を再開《さいかい》した。

「小塚《こづか》、このシートの指紋《しもん》は？」

今《いま》にも眠《ねむ》りこみそうだった小塚君《こづかくん》は、あわてて姿勢《しせい》を正《ただ》す。

「検出《けんしゅつ》してあるよ。でも他《ほか》にも金庫《きんこ》の指紋《しもん》とかカップの指紋《しもん》とかあるから、後《あと》でまとめて報告《ほうこく》したい。」

若武《わかたけ》はうなずき、翼《たすく》を見《み》た。

「美門《みかど》、報告《ほうこく》を。」

名前《なまえ》を呼《よ》ばれて翼《たすく》はビクッとし、トロンとしていた目《め》をまたたかせた。

「現場《げんば》に漂《ただよ》っていた強《つよ》いカフェイン臭《しゅう》は、間違《まちが》いなくコーヒーカップからだった。あの場《ば》には3つのカップがあったけれど、その中《なか》の1つから強烈《きょうれつ》なカフェイン臭《しゅう》が出《で》ていたんだ。前《まえ》にも言《い》ったけど、コーヒーから自然《しぜん》に漂《ただよ》う臭《にお》いってレベルじゃなかった。そのカップの他《ほか》には、カフェイン臭《しゅう》を出《だ》していたものはない。」

それは、翼《たすく》だからわかったんだよね。

カフェインって無臭《むしゅう》だし、普通《ふつう》の人間《にんげん》には、ただのコーヒーとしか感《かん》じられないと思《おも》う、私《わたし》そうだったもの。

「そのカップだけが、濃《こ》いコーヒーだったとか？」

忍《しのぶ》が聞《き》くと、翼《たすく》は首《くび》を傾《かし》げた。

「それはあるかもしれないけど、あれほど臭《にお》わせるためには、相当濃《そうとうこ》く入《い》れないとダメだ。そんなに濃《こ》くしたら飲《の》めない。飲《の》めないものをテーブルに出《だ》すとは思《おも》えないでしょ。」

確《たし》かに。

「じゃそれが、何《なん》でテーブルに出《で》てたわけ？」

忍《しのぶ》の単純《たんじゅん》な質問《しつもん》に、誰《だれ》も答《こた》えられなかった。

私《わたし》たちは行《い》き詰《づ》まり、顔《かお》を見合《みあ》わせる。

ただ上杉君《うえすぎくん》1人《ひとり》だけが、自分《じぶん》の手《て》の中《なか》にある薬《くすり》のシートを見《み》つめていた。

若武《わかたけ》は、現状《げんじょう》を何《なん》とか打開《だかい》すべく、まだ報告《ほうこく》をしていない最後《さいご》の1人《ひとり》、小塚君《こづかくん》の方《ほう》を向《む》く。

「じゃ小塚《こづか》、カップを調《しら》べた結果《けっか》は?」

小塚君《こづかくん》は自分《じぶん》のバインダーを出《だ》し、実験《じっけん》と結果《けっか》を記録《きろく》してあるページを広《ひろ》げた。

「3つのカップの中《なか》には、どれもコーヒーが入《はい》っていた。」

それ、すごく普通《ふつう》だ、ガッカリするくらい普通《ふつう》すぎる。

「その中《なか》の1つのカップから、コーヒーの他《ほか》に微細《びさい》な化合物《かごうぶつ》が検出《けんしゅつ》された。それが美門《みかど》の言《い》った強烈《きょうれつ》な臭《にお》いのするカップだと思《おも》う。」

お、絞《しぼ》れた!

「でも化合物《かごうぶつ》の量《りょう》が少《すく》なすぎて分析不能《ぶんせきふのう》だった。」

ああ残念《ざんねん》。

「翼《たすく》が言《い》っていたことから考《かんが》えても、他《ほか》のカップにはなかった微細《びさい》な化合物《かごうぶつ》が入《はい》っていたことから考《かんが》えても、このカップの中味《なかみ》が怪《あや》しいのは間違《まちが》いない。で、どうすればいいのか考《かんが》えたんだ。コーヒーの成分《せいぶん》の中《なか》で、人体《じんたい》に影響《えいきょう》があるとすればカフェインだ。それで残《のこ》っていたコーヒーの中《なか》からカフェインを抽出《ちゅうしゅつ》してみようと思《おも》いついた。クロロフォルムを使《つか》ってね。」

はぁ・・・。

「普通《ふつう》のコーヒーの場合《ばあい》、200ミリリットル中《ちゅう》に含《ふく》まれているカフェイン量《りょう》は、120ミリグラムくらいだ。で、あのカップにあったコーヒーからカフェインを抽出《ちゅうしゅつ》し、その濃度《のうど》を元《もと》にあのカップ1杯分《ぱいぶん》のカフェイン量《りょう》を算出《さんしゅつ》してみたんだ。そしたら、なんと7グラムもあった。これは致死量《ちしりょう》だよ。」

げっ！

私《わたし》は絶句《ぜっく》。

でも何《なん》となく、腑《ふ》に落《お》ちない気《き》もした。

だって致死量《ちしりょう》って、なんで？

コーヒーって普通《ふつう》に飲《の》むものでしょ、それで死《し》ねるの？

「カフェインはコーヒーや緑茶《りょくちゃ》、チョコレートに含《ふく》まれている成分《せいぶん》で、中枢神経《ちゅうすうしんけい》に作用《さよう》するアルカロイドの一種《いっしゅ》だ。」

そうなんだ、結構《けっこう》すごいものなんだね。

「覚醒《かくせい》作用《さよう》や解熱《げねつ》鎮痛《ちんつう》作用《さよう》があり、医薬品《いやくひん》としても利用《りよう》されている。でも多量《たりょう》に摂取《せっしゅ》すると死《し》に至《いた》るんだ。」

じゃチョコレートでも、食《た》べすぎると死《し》ぬんだっ！

「致死量《ちしりょう》は、個人差《こじんさ》があるけど、だいたい5グラムから10グラム。まぁ普通《ふつう》に飲《の》んだり食《た》べたりしている分《ぶん》には問題《もんだい》ない。コーヒーだけで中毒死《ちゅうどくし》しようと思《おも》ったら、何《なん》リットルも飲《の》まなきゃならないよ。チョコレートでも同《おな》じ。」

ほっ！

「でもあのカップに入《はい》っていたのは特別製《とくべつせい》、飲《の》んだら死《し》ぬだけのカフェインの入《はい》った殺人《さつじん》コーヒーだったんだ。」

翼《たすく》の鼻《はな》が感知《かんち》してたのは、それだったんだね。

「思《おも》い出《だ》したっ！」

上杉君《うえすぎくん》がハッと覚醒《かくせい》し、手《て》にしていた薬《くすり》のシートを持《も》ち上《あ》げる。

「これ、カフェドロップだ。」

は？

「製薬会社《せいやくがいしゃ》が出《だ》してるカフェドロップっていう名前《なまえ》の眠気防止剤《ねむけぼうしざい》。」

眠気防止剤《ねむけぼうしざい》？

私《わたし》がキョトンとしていると、上杉君《うえすぎくん》は眼鏡《めがね》の向《む》こうの切《き》れ上《あ》がった目《め》に、鋭《するど》い光《ひかり》をまたたかせた。

「秀明《しゅうめい》で飲《の》んでる奴《やつ》がいたんだ。眠《ねむ》くてたまらない時《とき》、これを飲《の》むと眠気《ねむけ》が吹《ふ》っ飛《と》んで勉強《べんきょう》に専《せん》念《ねん》できるって。普通《ふつう》に売《う》ってる眠気防止剤《ねむけぼうしざい》の中《なか》でも一番強《いちばんつよ》い奴《やつ》で、無水《むすい》カフェインが1錠《じょう》200ミリグラムくらい入《はい》ってるらしい。」

えっと、これは36錠入《じょうい》りだから全部飲《ぜんぶの》むと、カフェイン量《りょう》は7200ミリグラムで、小塚君《こづかくん》がカップから推定《すいてい》したカフェイン量《りょう》と、ほぼ同《おな》じっ！

「きっとコーヒーの中《なか》に、この眠気防止剤《ねむけぼうしざい》を砕《くだ》いて入《い》れたんだ。翼《たすく》でなけりゃ臭《にお》いにも気《き》づかないし、そのまま飲《の》めば、急性《きゅうせい》カフェイン中毒《ちゅうどく》を起《お》こす。」

じゃ中井氏《なかいし》が倒《たお》れたのは、それを飲《の》んだからだ。

小塚君《こづかくん》が分析《ぶんせき》できなかった微細《びさい》な化合物《かごうぶつ》っていうのは、その眠気防止剤《ねむけぼうしざい》に含《ふく》まれていた他《ほか》の成《せい》分《ぶん》だったのに違《ちが》いない。

「だけどさ、」

上杉君《うえすぎくん》が、冴《さ》え冴《ざ》えとしていた眼差《まなざし》を曇《くも》らせる。

「カフェイン中毒《ちゅうどく》は内臓《ないぞう》に異常《いじょう》が出《で》ず、証拠《しょうこ》が残《のこ》らないんだ。だから中毒死《ちゅうどくし》した遺体《いたい》を解剖《かいぼう》しても、原因《げんいん》がわからないことが多《おお》いって言《い》われてる。」

それじゃ病院《びょういん》では、中井氏《なかいし》が倒《たお》れたのも原因不明《げんいんふめい》って診断《しんだん》するよね、困《こま》ったな。

「ダメじゃん、それ！」

若武《わかたけ》が怒《おこ》ったような声《こえ》を上《あ》げる。

「もし中井氏《なかいし》が死《し》ねば、これは殺人事件《さつじんじけん》になるんだぜ。重大犯罪《じゅうだいはんざい》だ。証拠《しょうこ》がなくっちゃ証明《しょうめい》できないじゃないか。何《なん》とかしろよ！」

何《なん》とかって言《い》われても・・・どうしよう⁉

「あ、それなら大丈夫《だいじょうぶ》。」

あっけらかんと言《い》ったのは、忍《しのぶ》だった。

「現場《げんば》の床《ゆか》に、ひどく汚《よご》れてる部分《ぶぶん》があったんだ。で、それ、採取《さいしゅ》しといたから。」

小塚君《こづかくん》が、敬服《けいふく》の溜《た》め息《いき》をつく。

「カフェイン中毒《ちゅうどく》になると、かなり嘔吐《おうと》するんだ。その吐物《とぶつ》の中《なか》には、事態《じたい》を証明《しょうめい》するあらゆる証拠《しょうこ》が含《ふく》まれている。七鬼《ななき》、すごいよ。どうしてそれに気《き》づいたの？」

忍《しのぶ》は、何《なん》でもないといったように微笑《ほほえ》んだ。

「床《ゆか》の一部《いちぶ》から、普通《ふつう》じゃない妖気《ようき》が立《た》ってたからさ。よく見《み》たら汚《よご》れてるから、絶対何《ぜったいなに》かあると思《おも》ったんだ。後《あと》で渡《わた》すから、分析《ぶんせき》してよ。」

う～む、忍《しのぶ》は忍《しのぶ》なりにすごいかも。

「よし、よくやった！」

若武《わかたけ》は、すっかり機嫌《きげん》を直《なお》す。

「問題《もんだい》は、誰《だれ》がそのカップに眠気防止剤《ねむけぼうしざい》を入《い》れたかってことになるな。」

小塚君《こづかくん》が、バインダーの中《なか》の用紙《ようし》をめくりながら片手《かたて》を上《あ》げ、発言《はつげん》の許可《きょか》を求《もと》めた。

「後《あと》でまとめて話《はな》すって言《い》った指紋《しもん》の件《けん》だけど、薬《くすり》シートについていた指紋《しもん》は1種類《しゅるい》だけ。同《おな》じ物《もの》が殺人《さつじん》コーヒーの入《はい》っていたカップからも検出《けんしゅつ》された。このカップには中井氏《なかいし》の指紋《しもん》もついている。つまり中井氏《なかいし》は飲《の》んだ人《ひと》、それ以外《いがい》の指紋《しもん》は、薬《くすり》を入《い》れた人《ひと》だ。中屋敷姉弟《なかやしきしてい》のどちらかだろうから、2人《ふたり》の指紋《しもん》を取《と》れば簡単《かんたん》にわかるよ。」

事件《じけん》は煮詰《につ》まってきたっ！

「金庫《きんこ》のダイヤル部分《ぶぶん》からは、2つの指紋《しもん》が採取《さいしゅ》できた。1つは中井氏《なかいし》のもの。もう1つは正体《しょうたい》不明者《ふめいしゃ》のもの。これは、以前《いぜん》に中井家《なかいけ》の前《まえ》に停《と》まっていた車《くるま》のドアから採取《さいしゅ》したものと同《おな》じだった。」

すごいっ！

「つまり車《くるま》に乗《の》っていた金徳《きんとく》の社員《しゃいん》の誰《だれ》かが金庫《きんこ》を開《あ》けたってことになる。中《なか》には、たぶん土地《とち》建物《たてもの》の権利書《けんりしょ》が入《はい》ってたんだ。」

おお、やったっ!!

「その権利書《けんりしょ》にも、同《おな》じ指紋《しもん》が付《つ》いてるはずだ。金徳社員《きんとくしゃいん》が、もうちょっとていねいにマニキュアを塗《ぬ》っていたら、たぶん検出《けんしゅつ》できなかったと思《おも》うけど、雑《ざつ》だったから幸《さいわ》いだった。」

3人《にん》とも大男《おおおとこ》だったから、細《こま》かい作業《さぎょう》が苦手《にがて》だったとか？

「結構《けっこう》！」

若武《わかたけ》が、気取《きど》った声《こえ》を出《だ》す。

「リーダーの俺《おれ》は、諸君《しょくん》の働《はたら》きに非常《ひじょう》に満足《まんぞく》している。」

口調《くちょう》は冷静《れいせい》だったけれど、その目《め》には抑《おさ》えきれない熱情《ねつじょう》がキラキラと輝《かがや》き始《はじ》めていた。

「我《わ》が栄光《えいこう》のKZ7《カッズセブン》は、ついに『地面師事件《じめんしじけん》』の証拠《しょうこ》を掴《つか》んだ！　同時《どうじ》にそれに付随《ふずい》して起《お》こった『殺人《さつじん》コーヒー事件《じけん》』の証拠《しょうこ》もだ!!」

上杉君《うえすぎくん》が、隣《となり》にいた忍《しのぶ》を見《み》る。

「今《いま》、『栄光《えいこう》の』って修飾《しゅうしょく》、付《つ》けたよな。おまけに『KZ7《カッズセブン》』とも言《い》った。何《なん》だ、KZ7《カッズセブン》って。」

忍《しのぶ》は、反対隣《はんたいどなり》にいた小塚君《こづかくん》に目《め》を向《む》ける。

「何《なに》？」

小塚君《こづかくん》は、隣《となり》の私《わたし》を見《み》た。

「たぶんKZ《カッズ》メンバーは今《いま》、7人《にん》だから、そのことだよね？」

私《わたし》はうなずく。

「我《わ》がKZ《カッズ》って言《い》うより、我《わ》がKZ7《カッズセブン》って言《い》った方《ほう》がカッコいいと思《おも》ったんじゃない？」

私《わたし》たちの戸惑《とまど》いをよそに、若武《わかたけ》は言葉《ことば》に熱《ねつ》をこめた。

「いいぞ、KZ7《カッズセブン》諸君《しょくん》！」

上杉君《うえすぎくん》がウエッという顔《かお》をする。

でも若武《わかたけ》は調子《ちょうし》に乗《の》っていたから、そんな反応《はんのう》なんて気《き》にもしなかった。

「これで謎《なぞ》の1、中井氏《なかいし》の倒《たお》れた原因《げんいん》。謎《なぞ》の5、カップに入《はい》っていたのは、本当《ほんとう》にコーヒーか。謎《なぞ》の6、部屋《へや》に漂《ただよ》っていた強《つよ》いカフェイン臭《しゅう》は、どこから臭《にお》っていたのか。以上《いじょう》の3つに答《こた》えが出《で》た。また同時《どうじ》に謎《なぞ》の7、中屋敷姉弟《なかやしきしてい》は中井氏《なかいし》の殺害《さつがい》を企《たくら》んだのか。もしそうならば、どういう手段《しゅだん》を使《つか》ったのか、についてもはっきりした。アーヤ、残《のこ》る謎《なぞ》の整理《せいり》、報告《ほうこく》。」

いきなりの名指《なざ》しに、私《わたし》は焦《あせ》りながら何《なん》とか頑張《がんば》った。

「残《のこ》っているのは謎《なぞ》の2、中井氏《なかいし》と中屋敷姉弟《なかやしきしてい》はどんなトラブルを抱《かか》えていて、何《なに》を話《はな》していたのか。それに謎《なぞ》の7の一部《いちぶ》、殺害《さつがい》の動機《どうき》は何《なに》か、の2つですが、これは現在《げんざい》の時点《じてん》で1つにまとめられます。これを新《あら》たに謎《なぞ》8とし、中井氏《なかいし》と中屋敷姉弟《なかやしきしてい》の間《あいだ》に起《お》こったトラブルは何《なに》か、とすることを提案《ていあん》します。これを究明《きゅうめい》すれば、殺害《さつがい》の動機《どうき》も、当日話《とうじつはな》していたこともわかってくるはずだと思《おも》うので。」

若武《わかたけ》がオーケイサインを出《だ》し、皆《みな》も賛成《さんせい》の挙手《きょしゅ》をして、謎《なぞ》はついに1つになった。

最後《さいご》のその謎《なぞ》は、8、中井氏《なかいし》と中屋敷姉弟《なかやしきしてい》の間《あいだ》に起《お》こったトラブルは何《なに》か。

「アーヤ、謎《なぞ》8に関《かん》する状況《じょうきょう》を整理《せいり》して説明《せつめい》。」

私《わたし》はあわてて事件《じけん》ノートをめくった。

「中屋敷姉《なかやしきあね》は学校図書室《がっこうとしょしつ》の司書《ししょ》、弟《おとうと》はかんぽ保険会社《ほけんがいしゃ》に勤務《きんむ》しており、担当地区《たんとうちく》を持《も》っています。その担当地区《たんとうちく》の中《なか》に、中井家《なかいけ》が含《ふく》まれている。先週《せんしゅう》、弟《おとうと》は姉《あね》と深刻《しんこく》な話《はなし》をした。また昨日《さくじつ》、中井氏《なかいし》は2人《ふたり》と話《はな》し合《あ》うために葉山《はやま》から出《で》てきた。そして権利書《けんりしょ》の盗難《とうなん》がわかっても2人《ふたり》と会《あ》う予定《よてい》を優先《ゆうせん》させた、以上《いじょう》です。」

上杉君《うえすぎくん》が腕《うで》を組《く》み、椅子《いす》の背《せ》にもたれかかる。

「殺人《さつじん》コーヒーの入《はい》っていたカップの指紋《しもん》は、中井氏《なかいし》のと、それ以外《いがい》の1つだったんだろ。」

そうだよ。

「だったら関係《かんけい》してるのは姉《あね》か弟《おとうと》のどっちかで、片方《かたほう》は関与《かんよ》してない可能性《かのうせい》があるな。もっとも片方《かたほう》が指示《しじ》して、片方《かたほう》が薬《くすり》を入《い》れたってこともないわけじゃないけど。」

犯人《はんにん》が中屋敷先生《なかやしきせんせい》かもしれないと考《かんが》えて、私《わたし》は胸《むね》が震《ふる》えた。

そんなこと・・・あるのだろうか。

「父《ちち》だと偽《いつわ》ったのも、救急車《きゅうきゅうしゃ》を呼《よ》んだと偽《いつわ》ったのも、姉《あね》だ。主犯《しゅはん》は彼女《かのじょ》かもしれない。」

翼《たすく》が眉《まゆ》を上《あ》げる。

「でも姉《あね》には、中井氏《なかいし》を殺《ころ》す動機《どうき》がないでしょ。弟《おとうと》なら考《かんが》えられるけど、」

えっ、考《かんが》えられるのっ!?

驚《おどろ》く私《わたし》の前《まえ》で、皆《みな》がうなずく。

わかってないのは、私1人《わたしひとり》みたいだった。

わ、ついていけてない、どうしよ!?

アタフタしていると、黒木君《くろきくん》がちょっと笑《わら》って口《くち》を開《ひら》いた。

「俺《おれ》が調《しら》べたところでは、かんぽ保険《ほけん》の保険金《ほけんきん》は、口座振替《こうざふりかえ》で支払《しはら》うことが多《おお》い。だが昔《むかし》からの契約者《けいやくしゃ》で、どうしても集金《しゅうきん》してほしいと希望《きぼう》する客《きゃく》には、地区担当者《ちくたんとうしゃ》が集金《しゅうきん》に回《まわ》っているそうだ。」

はぁ・・・。

「おい黒木《くろき》、遠回《とおまわ》しに言《い》うな。てんで通《つう》じてない。」

その通《とお》りです、すみません。

「えっと、」

今度《こんど》は翼《たすく》がこちらに身《み》を乗《の》り出《だ》した。

「これは予想《よそう》だけどね、中井氏《なかいし》は、かんぽ保険《ほけん》に加入《かにゅう》していたんだ。」

ふむ。

「その保険料《ほけんりょう》は、地区《ちく》の担当者《たんとうしゃ》だった中屋敷弟《なかやしきおとうと》が集金《しゅうきん》して会社《かいしゃ》に持《も》ち帰《かえ》り、納金《のうきん》することになっていた。ところが弟《おとうと》は、おそらく、その金《かね》を着服《ちゃくふく》したんだ。」

わっ！

「で、中井氏《なかいし》がそれに気《き》づき、弟《おとうと》に抗議《こうぎ》、弁償《べんしょう》を要求《ようきゅう》した。弟《おとうと》は火曜日《かようび》に姉《あね》に相談《そうだん》、2人《ふたり》は中《なか》井氏《いし》と話《はな》し合《あ》うために昨日《きのう》、中井家《なかいけ》に出《で》かけた。その着服金額《ちゃくふくきんがく》はおそらく相当《そうとう》な高額《こうがく》で、中井氏《なかいし》は弟《おとうと》に逃《に》げられることを恐《おそ》れ、話《はな》し合《あ》いを急《いそ》いだんじゃないのかな。」

それで権利書《けんりしょ》より、優先《ゆうせん》したのかぁ。

それにしても中井氏《なかいし》、踏《ふ》んだり蹴《け》ったりだよね、お気《き》の毒《どく》。

「その話《はな》し合《あ》いの席《せき》を利用《りよう》して中井氏《なかいし》を殺害《さつがい》しようとしたのは、順当《じゅんとう》に考《かんが》えれば金《かね》を着服《ちゃくふく》していた弟《おとうと》だよ。でも姉《あね》が弟《おとうと》を庇《かば》って手《て》を下《くだ》したとか、そこまでしないまでも、協力《きょうりょく》したってこともありうるでしょ。」

なるほど、そういうことね。

私《わたし》が遅蒔《おそま》きながらようやくすべてを理解《りかい》していると、上杉君《うえすぎくん》が背《せ》もたれから身《み》を起《お》こし、きっぱりと言《い》った。

「問題《もんだい》のカップについていた指紋《しもん》が誰《だれ》のものかをはっきりさせるんだな。それで実行犯《じっこうはん》が確定《かくてい》する。」

皆《みな》が賛同《さんどう》し、若武《わかたけ》が私《わたし》に目《め》を向《む》けた。

「よし、アーヤ、」

はい？

「中屋敷《なかやしき》の娘《むすめ》と同《おな》じクラスなんだろ。その子《こ》を通《つう》じて、母親《ははおや》の指紋《しもん》をゲットしろ。」

げっ！

「それをカップの指紋《しもん》と照合《しょうごう》する。一致《いっち》すれば薬《くすり》を入《い》れたのは姉《あね》、一致《いっち》しなければ弟《おとうと》だ。」

そう言《い》いながら若武《わかたけ》は、自信《じしん》たっぷりに微笑《ほほえ》んだ。

「これですべての証拠《しょうこ》がそろい、事件《じけん》は解明《かいめい》される。我《わ》がKZ7《カッズセブン》の名前《なまえ》が世《よ》の中《なか》に轟《とどろ》き、その実力《じつりょく》に世界《せかい》が平伏《ひれふ》す日《ひ》も近《ちか》いぞ！」

31　終《お》わりよければ、すべてよし！

待《ま》っていた。

KZ会議《カッズかいぎ》が終《お》わり、教室《きょうしつ》に戻《もど》ろうとしていると、カフェテリアのドアを出《で》た所《ところ》で、翼《たすく》と忍《しのぶ》が

「アーヤ、」

「俺《おれ》たちも同《おな》じクラスだからさ、その役目《やくめ》、代《か》わろうか？」

「ん、俺《おれ》たちが中屋敷《なかやしき》に接触《せっしょく》するよ。」

ありがたかったけれど、男子《だんし》より同《おな》じ女子同士《じょしどうし》の方《ほう》が、きっといい。

それに久美《くみ》さんとは、翼《たすく》や忍《しのぶ》より私《わたし》の方《ほう》が親《した》しいもの。

「大丈夫《だいじょうぶ》、きちんとやるから。」

そう言《い》って私《わたし》は2人《ふたり》と別《わか》れた。

でも内心《ないしん》、すごく不安《ふあん》だったんだ。

だって久美《くみ》さんを通《つう》じて中屋敷先生《なかやしきせんせい》の指紋《しもん》を手《て》に入《い》れるためには、久美《くみ》さんにすべてを話《はな》さなければならない。

それを聞《き》いた久美《くみ》さんが、どんなに傷《きず》つくかと思《おも》うと、たまらない気持《きも》ちだった。

私《わたし》はあれこれと考《かんが》え、心《こころ》を痛《いた》めていて、その夜《よる》もう寝《ね》なければならない時間《じかん》になって、ふと思《おも》いついた。

久美《くみ》さんに話《はな》すくらいなら、いっそ中屋敷先生《なかやしきせんせい》に直接話《ちょくせつはな》した方《ほう》がいい、って。

そしてもし先生《せんせい》が実行犯《じっこうはん》なら、自首《じしゅ》を勧《すす》めるんだ。

そうすれば、罪《つみ》は軽《かる》くなるんだもの。

先生《せんせい》にとっても、久美《くみ》さんにとっても、それが一番《いちばん》いい。

よし、決《き》めた！

いったんは、そう思《おも》った。

ところが、よく考《かんが》えたら、私《わたし》が若武《わかたけ》から受《う》けた指令《しれい》は、指紋《しもん》の入手《にゅうしゅ》だけだった。

ここで指紋《しもん》が手《て》に入《はい》ればすべての証拠《しょうこ》がそろうから、若武《わかたけ》はたぶんテレビ局《きょく》に持《も》っていくつもりなんだ。

でも私《わたし》が先生《せんせい》に自首《じしゅ》を勧《すす》めて、先生《せんせい》がその通《とお》りにしたら、警察《けいさつ》がすべてを知《し》り、警察《けいさつ》から新聞《しんぶん》やテレビに情報《じょうほう》が流《なが》れることになる。

KZ《カッズ》が真相《しんそう》を解明《かいめい》した事実《じじつ》はまったく無視《むし》され、若武《わかたけ》の野望《やぼう》は粉々《こなごな》になってしまうんだ。

きっとものすごく怒《おこ》るに違《ちが》いない。

命令違反《めいれいいはん》で、私《わたし》をKZ《カッズ》から追放《ついほう》するかもしれなかった。

そう考《かんが》えると、背筋《せすじ》がゾクゾクした。

KZ《カッズ》は私《わたし》の生《い》きがいなんだ、追放《ついほう》されるなんて・・・耐《た》えられない！

どうしよう⁉

「彩《あや》、まだ起《お》きてる？」

下《した》からママの声《こえ》がした。

「電話《でんわ》だけど、砂原君《すなはらくん》から。」

私《わたし》は部屋《へや》から飛《と》び出《だ》し、階段《かいだん》を駆《か》け降《お》りた。

「今《いま》、ロンドンですって。」

こちらに受話器《じゅわき》を差《さ》し出《だ》しながら、ママが溜《た》め息《いき》をつく。

「あなたが断《ことわ》りさえしなかったら、今頃一緒《いまごろいっしょ》にロンドンに住《す》んでいられたのにねぇ。」

それは、「七夕姫《たなばたひめ》は知《し》っている」の中《なか》での出来事《できごと》だった。

「そしたら私《わたし》も、イギリス旅行《りょこう》の拠点《きょてん》ができたのに。残念《ざんねん》。今《いま》からでもいいから、復縁《ふくえん》しない？」

私《わたし》は、ママから受話器《じゅわき》を奪《うば》い取《と》り、指《ゆび》でママの部屋《へや》の方《ほう》を指《さ》した。

「もう行《い》って。」

しかたなさそうに引《ひ》き上《あ》げていくママを見送《みおく》ってから、電話《でんわ》に出《で》る。

「今《いま》、空港《くうこう》。これから乗《の》るんだ。もう一度《いちど》だけ、声《こえ》聞《き》きたくてさ。」

ああ、砂原《すなはら》は行《い》ってしまうんだ。

もう帰《かえ》れないかもしれないのに。

「あの最高《さいこう》の台詞《せりふ》、もう一回《いっかい》言《い》ってよ。」

クスッと笑《わら》った砂原《すなはら》に、私《わたし》は答《こた》えた。

「もう一度《いちど》聞《き》きたかったら、日本《にっぽん》に戻《もど》ってきて。」

生《い》きて帰《かえ》ってきてほしかった。

「そしたら、きっと言《い》うから。」

電話《でんわ》の向《む》こうで、パチンと指《ゆび》を鳴《な》らす音《おと》がする。

「じゃ、このまま日本《にっぽん》行《い》きの飛行機《ひこうき》に乗《の》ろうかな。」

嘘《うそ》つき、もう決《き》めてるくせに。

鉄《てつ》より堅《かた》い意志《いし》の持《も》ち主《ぬし》のくせに。

「元気《げんき》でな。」

ん。

「おまえが幸《しあわ》せになれるよう祈《いの》ってるよ、じゃ。」

プツンと電話《でんわ》が切《き》れる。

きっともう会《あ》えない、そんな気《き》がした。

砂原《すなはら》は、1人《ひとり》で自分《じぶん》の道《みち》を進《すす》んでいくんだ。

私《わたし》は、ドッと泣《な》いてしまった。

でも泣《な》きながら思《おも》っていた、砂原《すなはら》は自分《じぶん》の信念《しんねん》を実現《じつげん》するために、いろんなものを振《ふ》り捨《す》てて進《すす》んでいく。

払《はら》った犠牲《ぎせい》を誇《ほこ》りに変《か》えて、生《い》きていくんだ。

私《わたし》だって、そういう生《い》き方《かた》ができるはずだ。

自分《じぶん》が正《ただ》しいと信《しん》じることを実行《じっこう》しよう。

中屋敷先生《なかやしきせんせい》に自首《じしゅ》を勧《すす》めて、それでKZ《カッズ》から追放《ついほう》されるなら、それでもいい。

それは私《わたし》が、正《ただ》しいことをするために払《はら》う犠牲《ぎせい》で、きっとこれからの私《わたし》の誇《ほこ》りになるはずだから。

＊

明《あ》くる朝《あさ》、私《わたし》は決意《けつい》を胸《むね》に、早《はや》く家《いえ》を出《で》た。

そして学校《がっこう》に行《い》くなり、図書室《としょしつ》に向《む》かったんだ。

途中《とちゅう》の渡《わた》り廊下《ろうか》から目《め》をやると、図書室《としょしつ》の窓《まど》にはまだカーテンが閉《し》まっていた。

中屋敷先生《なかやしきせんせい》は、来《き》ていないのかもしれない。

胸《むね》をドキドキさせながらドアの前《まえ》に立《た》ち、引《ひ》き手《て》に手《て》をかける。

頑張《がんば》れ、私《わたし》！

ドアはスッと動《うご》き、中《なか》から蛍光灯《けいこうとう》の明《あ》かりが漏《も》れてきた。

カウンターの端《はし》の方《ほう》で、中屋敷先生《なかやしきせんせい》が一人《ひとり》でラベル貼《は》りをしている。

「おはようございます。」

声《こえ》をかけて近《ちか》づいたんだけれど、もう心臓《しんぞう》が喉《のど》から飛《と》び出《だ》してきそうだった。

「あの、お話《はな》ししたいことがあるんですが、今《いま》、いいですか？」

中屋敷先生《なかやしきせんせい》は、ちょっと待《ま》ってと言《い》い、作業中《さぎょうちゅう》だったラベル貼《は》りを終《お》わってから、こちらを向《む》いた。

「どうぞ話《はな》して、何《なに》？」

私《わたし》は、すごく迷《まよ》った。

どんな言葉《ことば》から始《はじ》めればいいのか、どういうふうに話《はなし》を進《すす》めればいいのか。

でも次第《しだい》に、全部《ぜんぶ》を話《はな》さなければならないのだから、どれが先《さき》でどれが後《あと》かなんて、大《たい》した違《ちが》いではないように思《おも》えてきた。

「あの、私《わたし》は友《とも》だちと探偵《たんてい》チームを作《つく》っているんです。謎解《なぞと》きが好《す》きだし、それで人《ひと》の役《やく》に立《た》てればうれしいから。」

そう切《き》り出《だ》して、中井氏《なかいし》が倒《たお》れたあの夜《よる》、自分《じぶん》があの場《ば》にいたことを始《はじ》めとしたすべてを話《はな》したんだ。

先生《せんせい》は次第《しだい》に顔《かお》を強張《こわば》らせ、恐《おそ》ろしいほど暗《くら》い顔《かお》になっていった。

「先生《せんせい》の指紋《しもん》をもらえれば、それで全部《ぜんぶ》がわかるところまで私《わたし》たちの調査《ちょうさ》は進《すす》んでいます。証拠《しょうこ》も押《お》さえてあり、誰《だれ》に向《む》かってもきちんとした説明《せつめい》をすることができます。もし先生《せんせい》がこの事件《じけん》に関《かか》わっているのなら、警察《けいさつ》に自首《じしゅ》してください。そうすれば罪《つみ》も軽《かる》くなります。そうでないなら、私《わたし》たちは警察《けいさつ》に通報《つうほう》しなければなりません。きっと警察《けいさつ》が先生《せんせい》の指紋《しもん》を取《と》りに来《く》るでしょう。」

警察《けいさつ》でなくてテレビ局《きょく》かもしれなかったけれど、今《いま》それを言《い》っても先生《せんせい》を混乱《こんらん》させるだけだから、黙《だま》っていた。

「弟《おとうと》がね、」

先生《せんせい》は、重《おも》いものでも引《ひ》きずっているかのような口調《くちょう》でそう言《い》った。

「中井《なかい》さんから預《あず》かっていた保険《ほけん》のお金《かね》を使《つか》いこんだのよ。」

やっぱり！

「長年《ながねん》にわたって外国為替証拠金取引《FX》に手《て》を出《だ》していて、損失《そんしつ》を抱《かか》えて、その穴《あな》を埋《う》めるのに必要《ひつよう》だったみたい。」

話《はな》しながら先生《せんせい》は、カウンターの近《ちか》くにあった椅子《いす》に力《ちから》なく座《すわ》りこんだ。

「それを中井《なかい》さんに気《き》づかれたの。弟《おとうと》から相談《そうだん》されて、姉《あね》の私《わたし》にできるのは、とにかく中井《なかい》さんに謝《あやま》って弁償《べんしょう》することだと思《おも》って、弟《おとうと》から葉山《はやま》の連絡先《れんらくさき》を聞《き》いて、会《あ》う約束《やくそく》を取《と》り付《つ》けたの。私《わたし》も自分《じぶん》の貯金《ちょきん》を引《ひ》き出《だ》して、それを持《も》って2人《ふたり》で中井家《なかいけ》に行《い》った。足《た》りない分《ぶん》は、今後少《こんごすこ》しずつ返《かえ》していくつもりだったの。でも弟《おとうと》は、中井《なかい》さんを殺《ころ》して決着《けっちゃく》をつけようと考《かんが》えていたみたい。私《わたし》は、それに気《き》づかなかった。中井《なかい》さんが苦《くる》しみ出《だ》したから、驚《おどろ》いて、弟《おとうと》に救急車《きゅうきゅうしゃ》を呼《よ》んでって言《い》ったのよ。呼《よ》んでくれたとばかり思《おも》っていた。そこにあなたたちがきたから、もうあの場《ば》を取《と》り繕《つくろ》うのに精一杯《せいいっぱい》で、他《ほか》のことは何《なに》も考《かんが》えられない状態《じょうたい》だった。その後《あと》、救急車《きゅうきゅうしゃ》が来《き》たら、弟《おとうと》はひどくあわてて、呼《よ》んでないって言《い》い出《だ》して救急隊員《きゅうきゅうたいいん》を追《お》い返《かえ》そうとしたの。このまま死《し》ねばいいんだって。それで初《はじ》めて弟《おとうと》の気持《きも》ちを知《し》ったのよ。」

そうだったんだ・・・。

「あの後《あと》、弟《おとうと》はすぐ逃《に》げ出《だ》してしまって、今《いま》も連絡《れんらく》がつかなくってね。気《き》の小《ちい》さな子《こ》だから、追《お》い詰《つ》められて自殺《じさつ》でもするんじゃないかと心配《しんぱい》で、」

そう言《い》いながら顔《かお》を上《あ》げ、私《わたし》を見《み》た。

「でも私《わたし》が警察《けいさつ》に出頭《しゅっとう》してすべてを話《はな》せば、警察《けいさつ》が弟《おとうと》を捜《さが》してくれるわね。今後《こんご》のことを考《かんが》えたら、それが一番《いちばん》いいいかもしれない。」

私《わたし》はうなずいた。

「そう思《おも》います。」

先生《せんせい》は立《た》ち上《あ》がり、図書室《としょしつ》の中《なか》を見回《みまわ》す。

「こんなことに関《かか》わってしまったら、もう勤《つと》めていられないかもしれないけど・・・図書館《としょかん》が好《す》きだったな。」

私《わたし》が胸《むね》を打《う》たれ、何《なに》も言《い》えずにいると、先生《せんせい》は出入《でい》り口《ぐち》のドアに向《む》かい、引《ひ》き手《て》に手《て》をかけた。

その時《とき》ドアがサッと開《ひら》いて、その向《む》こうから、なんと、久美《くみ》さんが姿《すがた》を見《み》せたんだ。

先生《せんせい》は、真《ま》っ青《さお》になった。

私《わたし》もだった。

だって久美《くみ》さんに知《し》られたくなかったから、直接《ちょくせつ》、先生《せんせい》に話《はな》しにきたのに・・・。

ここに久美《くみ》さんがやってくるなんて、思《おも》いもしなかった。

この先《さき》、いったいどうなるんだろう!?

「昨日《きのう》、お母《かあ》さんにボールペン貸《か》したでしょ。それ、友《とも》だちのだったんだ。今朝《けさ》になって気《き》がついて、返《かえ》してもらおうとしたらお母《かあ》さんもう出《で》かけた後《あと》だったから、追《お》いかけてきたの。全部《ぜんぶ》、聞《き》いたからね。」

先生《せんせい》は、哀《かな》しそうに微笑《ほほえ》んだ。

「ごめんね、これからあなたに迷惑《めいわく》かけるかもしれない。」

久美《くみ》さんの2つの目《め》から、大《おお》きな涙《なみだ》が零《こぼ》れ落《お》ちた。

「いいよ、迷惑《めいわく》かけてよ。」

え？

「私《わたし》、お母《かあ》さんが間違《まちが》いをする人《ひと》だってわかって、すごくほっとしてる。この気持《きも》ち、何《なん》なんだろう・・・たぶん今《いま》までお母《かあ》さんは完璧《かんぺき》で正《ただ》しい人《ひと》だと思《おも》ってたから、間違《まちが》いなんて絶対《ぜったい》にしないって考《かんが》えてたから、それに比《くら》べて自分《じぶん》はなんてダメなんだろうって感《かん》じて、自分《じぶん》には価値《かち》がないって思《おも》ってしまっていたんだ。すごく辛《つら》かった。自分《じぶん》に自信《じしん》がないから1人《ひとり》じゃ何《なに》も決《き》められなくって、お母《かあ》さんの考《かんが》えや友《とも》だちの言《い》うことを基準《きじゅん》にして、その通《とお》りにしてるしかなかったんだ。でもお母《かあ》さんが間違《まちが》うんなら、私《わたし》が間違《まちが》ってもいいんだよね。私《わたし》、自分《じぶん》の思《おも》う通《とお》りにして、そして間違《まちが》っても、いいんだよね。」

そう言《い》いながら久美《くみ》さんは涙《なみだ》を拭《ぬぐ》い、ニッコリした。

「すごく自由《じゆう》になった気《き》がする。お母《かあ》さん、一緒《いっしょ》に警察《けいさつ》、行《い》ってあげるよ。」

その笑顔《えがお》は自然《しぜん》で、とても柔《やわ》らかくて、少《すこ》し前《まえ》までコンビニ仮面《かめん》だったなんて信《しん》じられないくらいだった。

今度《こんど》は先生《せんせい》が、ポロポロと涙《なみだ》を落《お》とす番《ばん》。

「ごめんね。でも、お母《かあ》さんは完璧《かんぺき》じゃなかったのよ。全然《ぜんぜん》そうじゃないから、頑張《がんば》らなくっちゃって思《おも》って、いつも必死《ひっし》だっただけなの。」

久美《くみ》さんはそっとその肩《かた》を抱《だ》いた。

「私《わたし》たち、もっとわかり合《あ》わないといけないよね。」

ああよかった、うまくまとまって。

先生《せんせい》は法《ほう》に触《ふ》れていないんだから、この先《さき》も学校《がっこう》にいられるはずだし、2人《ふたり》で理解《りかい》し合《あ》い、愛《あい》情《じょう》で結《むす》ばれていれば、どんなこともきっと乗《の》り越《こ》えていけるだろう。

そう思《おも》いながら私《わたし》は、これから爆発《ばくはつ》するだろう若武《わかたけ》の怒《いか》りを想像《そうぞう》して、ゾクッとした。

それは、間違《まちが》いなく私《わたし》に向《む》かってくるんだ。

でも自分《じぶん》で決《き》めたことだから、しかたがない。

頑張《がんば》ってやり抜《ぬ》くぞ!

32 永遠《えいえん》に続《つづ》きますように！

「これは、どーゆーことだっ!?」

翌日《よくじつ》のKZ会議《カッズかいぎ》で若武《わかたけ》は、予想通《よそうどお》り、カンカンに怒《おこ》っていた。

若武《わかたけ》がテレビ局《きょく》に持《も》ちこもうとしていたすべてが、前夜《ぜんや》のニュースで全国《ぜんこく》に報道《ほうどう》されてしまったからだった。

中屋敷先生《なかやしきせんせい》の出頭《しゅっとう》により、殺人《さつじん》コーヒー事件《じけん》が明《あき》らかになり、警察《けいさつ》が弟《おとうと》を捜索《そうさく》、夕方《ゆうがた》までに逮捕《たいほ》したんだ。

先生《せんせい》は参考人扱《さんこうにんあつか》いで、すぐ家《いえ》に帰《かえ》ることができたし、ニュースにも本名《ほんみょう》は出《で》なかった。

「アーヤ、おまえの仕業《しわざ》だろうがっ!?」

中井氏《なかいし》は病院《びょういん》で意識《いしき》を取《と》り戻《もど》し、権利書《けんりしょ》の盗難《とうなん》を訴《うった》えて、金徳社員《きんとくしゃいん》が逮捕《たいほ》され、今《いま》まで彼《かれ》らが関《かか》わってきた地面師詐欺《じめんしさぎ》の全貌《ぜんぼう》も明《あき》らかになった。

悪《あく》は滅《ほろ》びる、ふっふっふ。

「許《ゆる》さんっ！」

私《わたし》をにらんで、若武《わかたけ》は突《つ》っ立《た》った。

頭《あたま》から湯気《ゆげ》を噴《ふ》き出《だ》しそうなほど、カッカとしていた。

「俺《おれ》はおまえに、指紋《しもん》をゲットしろって言《い》ったんだぞ。おまえは、それに従《したが》わなけりゃならなかったのに、何《なに》やってたんだ。メンバーがそれぞれ勝手《かって》なことをし出《だ》したら、KZ《カッズ》はどうなると思《おも》ってんだ。」

私《わたし》は黙《だま》っていた。

若武《わかたけ》の言《い》うことは、もっともだったし。

「おいアーヤ、何《なん》とか言《い》ったらどうだ。自分《じぶん》のやったことについての反省《はんせい》はないのか。」

はっきり言《い》って、ない。

あれは先生《せんせい》と久美《くみ》さんにとって、ベストの方法《ほうほう》だったんだ。

ただ若武《わかたけ》にとってそうではなかったのは、残念《ざんねん》だったけれど。

「おまえがそういう態度《たいど》なら、俺《おれ》にも考《かんが》えがあるぞ。リーダーの命令《めいれい》を無視《むし》する人間《にんげん》は、組織《そしき》の一員《いちいん》として認《みと》められん。おまえをKZ《カッズ》から除名《じょめい》する。」

う、ついに言《い》われた・・・。

でも覚悟《かくご》の上《うえ》だから、いい。

「若武《わかたけ》、それ、マジで言《い》ってんのっ⁉」

驚《おどろ》きの声《こえ》を上《あ》げる翼《たすく》の隣《となり》で、私《わたし》は立《た》ち上《あ》がり、皆《みな》を見回《みまわ》した。

覚悟《かくご》は、すっかり決《き》まっていたんだ。

「今《いま》までお世話《せわ》になりました。楽《たの》しかったです。それでは、さようなら。」

そう言《い》って顔《かお》を上《あ》げると、上杉君《うえすぎくん》が片手《かたて》を上《あ》げた。

「若武《わかたけ》の除名宣言《じょめいせんげん》に反対《はんたい》する者《もの》、挙手《きょしゅ》を。」

次々《つぎつぎ》と手《て》が上《あ》がるのを、私《わたし》は見《み》ていた。

ちょっと感動《かんどう》だった。

「アーヤのいないKZ《カッズ》なんて、ありえないでしょ。」

「女《おんな》が一人《ひとり》もいなくなったら、殺伐《さつばつ》としすぎるね。」

「記録係《きろくがかり》は必要《ひつよう》だし、だいたい寂《さび》しいよ、アーヤがいないと。」

最後《さいご》に忍《しのぶ》が言《い》った。

「アーヤのしたことが気《き》に入《い》らないなら、若武《わかたけ》が抜《ぬ》ければいいじゃん。」

その言葉《ことば》を聞《き》いて、翼《たすく》がニヤッと笑《わら》う。

「若武《わかたけ》の除名《じょめい》に賛成《さんせい》の者《もの》、挙手《きょしゅ》を。」

素早《すば》く皆《みな》の手《て》が上《あ》がり、若武《わかたけ》は唖然《あぜん》っ！

「何《なん》で俺《おれ》がっ⁉　リーダーの俺《おれ》を追《お》い出《だ》すなんて、おまえら正気《しょうき》かっ⁉」

皆《みな》が笑《わら》い出《だ》した。

「ＫＺ《カッズ》はこのままでいいよね。」

「ん、何《なん》の彼《か》の言《い》っても、まぁバランス取《と》れてるしな。」

「じゃ除名事件《じょめいじけん》は、なかったたってことで。」

「賛成《さんせい》！」

私《わたし》は、ほっと息《いき》をつき、若武《わかたけ》を見《み》た。

「だけどなぁ・・・」

若武《わかたけ》は諦《あきら》めきれないようで、さもくやしそうに天井《てんじょう》を仰《あお》ぐ。

「今度《こんど》こそ脚光《きゃっこう》を浴《あ》びられると思《おも》ったのに。いつもいつもこうなるのは、なぜなんだ⁉」

翼《たすく》が、からかうような笑《え》みを浮《う》かべる。

「それは、リーダーに運《うん》がないからでしょ。」

「おお美門《みかど》、よく言《い》った。ＫＺ《カッズ》が目立《めだ》てないのは、若武《わかたけ》が悲運男《ひうんおとこ》だからだ。」

「つまりすべては、若武《わかたけ》のせいってことで。」

「おおし、決《き》まりね。」

若武《わかたけ》が顔《かお》を真《ま》っ赤《か》にして叫《さけ》んだ。

「決《き》めるなっ！」

皆《みな》で笑《わら》い転《ころ》げる。

私《わたし》も笑《わら》いながら、若武《わかたけ》の長年《ながねん》の夢《ゆめ》を自分《じぶん》が踏《ふ》みにじったことを、少《すこ》しだけ申《もう》し訳《わけ》なく思《おも》った。

ごめんね、若武《わかたけ》。

でも、こんな他愛《たわい》のない会話《かいわ》をして笑《わら》っていられるのは、とても幸《しあわ》せなことだ。

いつまでも、こうしていたい、していられるといい。

ああどうかKZ《カッズ》が、そして私《わたし》たちのこの日々《ひび》が、永遠《えいえん》に続《つづ》きますように！

あとがき

皆様《みなさま》、いつも読《よ》んでくださって、ありがとう！

この事件《じけん》ノートシリーズは、KZ《カッズ》、G《ジェニ》、KZD《カッズディー》の、3つの物語《ものがたり》に分《わ》かれて、同時《どうじ》に進行《しんこう》しています。

これらの違《ちが》いをひと言《こと》でいうと、KZ《カッズ》の3年後《ねんご》の話《はなし》を彩《あや》の妹《いもうと》の目《め》から書《か》いているのがG《ジェニ》、KZ《カッズ》を深《ふか》めてキャラクターの心《こころ》の深層《しんそう》を追求《ついきゅう》しているのがKZD《カッズディー》です。

本屋《ほんや》さんでは、KZ《カッズ》とG《ジェニ》は青《あお》い鳥文庫《とりぶんこ》の棚《たな》にありますが、KZD《カッズディー》は一般文芸書《いっぱんぶんげいしょ》のコーナーに置《お》かれています。

またこれらに共通《きょうつう》した特徴《とくちょう》は、そのつど新《あたら》しい事件《じけん》を扱《あつか》い、謎《なぞ》を解決《かいけつ》して終《お》わるので、どこからでも読《よ》めることです。

気《き》に入《い》ったタイトル、あるいはテーマの本《ほん》から読《よ》んでみてください。

ご意見《いけん》、ご感想《かんそう》など、お待《ま》ちしています。

＊

藤本《ふじもと》ひとみです。

取材《しゅざい》で、日本《にっぽん》やヨーロッパを歩《ある》いています。

ああ世界《せかい》は広《ひろ》いっ！

まだまだ知《し》らない事《こと》が山《やま》のようにあり、それに出食《でくわ》すたびに感心《かんしん》したり、考《かんが》え込《こ》んだり。

これらの取材旅行《しゅざいりょこう》から汲《く》み上《あ》げた成果《せいか》は、事件《じけん》ノートシリーズに反映《はんえい》させ、皆様《みなさま》にお目《め》に掛《か》けたいと思《おも》っています。

どうぞ、これからのＫＺ《カッズ》にご期待《きたい》ください、トン！

こんにちは、住滝良《すみたきりょう》です。
お菓子《かし》を手作《てづく》りすることに憧《あこが》れていました。
本《ほん》を見《み》ないでササッと作《つく》れたら、カッコいいなと思《おも》っていたのです。

そしてある日《ひ》、決意《けつい》！

「よし、お菓子《かし》を作《つく》れるようになる！」

奮起《ふんき》した住滝《すみたき》は、最初《さいしょ》パウンドケーキに挑戦《ちょうせん》しました。

クックパッドで美味《おい》しそうなレシピを調《しら》べて、材料《ざいりょう》をキチンと計《はか》り、いざ！

レシピを見《み》ると、

『ふるった粉類《こなるい》を加《くわ》えて、サックリ混《ま》ぜる。』

・・サ、サックリ??

生地《きじ》を練《ね》るように混《ま》ぜてはならない、のは分《わ》かっていましたが、〝サックリ〟？

〝サックリ〟ってどんな混《ま》ぜ方《かた》??

疑問《ぎもん》に思《おも》いながら、一応《いちおう》、自分《じぶん》の想像《そうぞう》した〝サックリ〟で混《ま》ぜて、パウンドケーキ型《がた》へ生地《きじ》を流《なが》しました。

予熱《よねつ》しておいたオーブンに入《い》れて、スタートボタン。

終了《しゅうりょう》の合図《あいず》と同時《どうじ》に、ワクワクしながら開《あ》けると・・・

「・・・膨《ふく》らんでない。どうして？」

試《ため》しに爪楊枝《つまようじ》で生地《きじ》を指《さ》すと、中《なか》から生地《きじ》がついてくるのです！

つまり、半生《はんなま》っ!!

住滝《すみたき》には半生《はんなま》ケーキを再《ふたた》びオーブンに入《い》れて焼《や》いて・・・・・を繰《く》り返《かえ》すことしかできませんでした。

結局《けっきょく》、いくら繰《く》り返《かえ》しても膨《ふく》らまず、住滝《すみたき》の奮起《ふんき》した心《こころ》はサックリ折《お》れました。

美味《おい》しいお菓子《かし》の焼《や》き方《かた》、特《とく》に〝サックリ混《ま》ぜる〟を、誰《だれ》か、住滝《すみたき》に教《おし》えてください・・・・!

＊原作者紹介

藤本《ふじもと》ひとみ

　長野県生まれ。西洋史への深い造詣と綿密な取材に基づく歴史小説で脚光をあびる。フランス政府観光局親善大使をつとめ、現在AF（フランス観光開発機構）名誉委員。著作に、『皇妃エリザベート』『シャネル』『アンジェリク　緋色の旗』『ハプスブルクの宝剣』『幕末銃姫伝』など多数。青い鳥文庫の作品では『三銃士』『マリー・アントワネット物語』（上・中・下巻）『新島八重物語』がある。

＊著者紹介

住滝《すみたき》 良《りょう》

　千葉県生まれ。大学では心理学を専攻。ゲームとまんがを愛する東京都在住の小説家。性格はポジティブで楽天的。趣味は、日本中の神社や寺の「御朱印集め」。

＊画家紹介

駒形《こまがた》

　大阪府在住。京都の造形大学を卒業後、フリーのイラストレーターとなる。おもなさし絵の作品に「動物と話せる少女リリアーネ」シリーズ（学研教育出版）がある。

この物語《ものがたり》はフィクションです。KZ《カッズ》メンバーが、子《こ》どもには好《この》ましくない行動《こうどう》に出《で》ることがありますが、読者《どくしゃ》のみなさんは、けっしてまねしないでくださいね。（編集部《へんしゅうぶ》）

この作品は書き下ろしです。

講談社　青い鳥文庫

探偵《たんてい》チームＫＺ《カッズ》事件《じけん》ノート
コンビニ仮面《かめん》は知《し》っている
藤本《ふじもと》ひとみ　原作
住滝《すみたき》　良《りょう》　文

2017年12月15日　第１刷発行
2018年６月１日　第３刷発行

（定価はカバーに表示してあります。）

発行者　渡瀬昌彦
発行所　株式会社講談社
東京都文京区音羽2-12-21　郵便番号112-8001
電話　編集（03）5395-3536
販売（03）5395-3625
業務（03）5395-3615

N.D.C.913　352p　18cm

装　丁　久住和代
印　刷　図書印刷株式会社
製　本　図書印刷株式会社
本文データ制作　講談社デジタル製作

（落丁本・乱丁本は、購入書店名を明記のうえ、小社業務あてにお送りください。送料小社負担にておとりかえします。）

■この本についてのお問い合わせは、青い鳥文庫編集まで、ご連絡ください。

ISBN978-4-06-285673-7

歴史《れきし》発見《はっけん》！ドラマシリーズ

藤本ひとみ／作　K2商会／絵

マリー・アントワネット物語《ものがたり》 上
夢《ゆめ》みる姫君《ひめぎみ》

「わたし、花《はな》のフランスに行《い》って、だれよりもしあわせになるのよ！」フランス革命《かくめい》のきっかけとなったことで有名《ゆうめい》なお姫《ひめ》さまの真実《しんじつ》の姿《すがた》は、よくいる普通《ふつう》の女《おんな》の子《こ》だったのです！　おちゃめで明《あか》るく元気《げんき》な少女《しょうじょ》が、お嫁《よめ》に来《き》てから仲間《なかま》はずれにならないためにどれほどがんばったのか——。その奮闘《ふんとう》がわかる、楽《たの》しい歴史《れきし》ドラマにワクワク。

青《あお》い鳥《とり》文庫《ぶんこ》で読《よ》める名作《めいさく》

A・デュマ／原作《げんさく》
藤本《ふじもと》ひとみ／文《ぶん》　K2商会《ケーツーしょうかい》／絵《え》

『三銃士《さんじゅうし》』

ひとりはみんなのために、
みんなはひとりのために！

冒険《ぼうけん》…
友情《ゆうじょう》…
恋《こい》…

読《よ》みはじめたらとまらない！
胸《むね》が熱《あつ》くなる、
命《いのち》をかけた冒険活劇《ぼうけんかつげき》！

「わたしの名《な》はダルタニャン。わたしの剣《けん》を受《う》けてみろ！」ルイ王朝華《おうちょうはな》やかなりしころのフランス，花《はな》の都《みやこ》パリ。片田舎《かたいなか》からやってきた，熱《あつ》い心《こころ》をもつ青年《せいねん》ダルタニャンは，３人《にん》の勇敢《ゆうかん》な銃士《じゅうし》，アトス，ポルトス，アラミスに出会《であ》う。そして彼《かれ》らとともに，国家《こっか》をゆるがす陰謀《いんぼう》に立《た》ち向《む》かうことに！　恋《こい》と友情《ゆうじょう》に命《いのち》をかけた，手《て》に汗《あせ》にぎる冒険活劇《ぼうけんかつげき》，ここに登場《とうじょう》。

こんにちは、奈子《なこ》です。姉《あね》の彩《あや》から、超天然《ちょうてんねん》と言《い》われている私《わたし》は、秀明《しゅうめい》の特別《とくべつ》クラス「G《ジェニ》」に通《かよ》っています。

このG《ジェニ》というのは、ｇｅｎｉｅ《ジェニ》の略《りゃく》で、フランス語《ご》で妖精《ようせい》という意味《いみ》。同《おな》じクラスにはカッコいい3人《にん》の男子《だんし》がいて、皆《みんな》で探偵《たんてい》チームを作《つく》っています。

妖精《ようせい》チームG《ジェニ》は、妖精《ようせい》だけに、事件《じけん》を消《け》してしまえる！
これは、過去《かこ》のどんな名探偵《めいたんてい》にもできなかった至難《しなん》の業《わざ》なんだ。
KZ《カッズ》の若武先輩《わかたけせんぱい》、上杉先輩《うえすぎせんぱい》や小塚《こづか》さんも手伝《てつだ》ってくれるしね。
さぁ**妖精《ようせい》チームG《ジェニ》**の世界《せかい》をのぞいてみて！
すっごくワクワク、ドキドキ、最高《さいこう》だよっ!!

妖精《ようせい》チームGジェニ事件《じけん》ノート

わたしたちが活躍《かつやく》します！

立花《たちばな》 奈子《なこ》
Nako Tachibana

主人公《しゅじんこう》。大学生《だいがくせい》の兄《あに》と高《こう》校生《こうせい》の姉《あね》がいる。小学《しょうがく》5年生《ねんせい》。超《ちょう》・天然系《てんねんけい》。

火影《ひかげ》 樹《たつき》
Tatsuki Hikage

野球部《やきゅうぶ》で4番《ばん》を打《う》ち、リーダーシップと運動《うんどう》神経《しんけい》、頭脳《ずのう》をあわせ持《も》つ小学《しょうがく》6年生《ねんせい》。

若王子《わかおうじ》 凜《りん》
Rin Wakaouji

フランスのエリート大学《だいがく》で学《まな》んでいた小学《しょうがく》5年生《ねんせい》。繊細《せんさい》な美貌《びぼう》の持《も》ち主《ぬし》。

美織《みおり》 鳴《めい》
Mei Miori

音楽大学付属中学《おんがくだいがくふぞくちゅうがく》に通《かよ》う中学《ちゅうがく》1年生《ねんせい》。ヴァイオリンの名手《めいしゅ》だが、元《もと》ヤンキーの噂《うわさ》も。

好評《こうひょう》発売中《はつばいちゅう》！

クリスマスケーキは知《し》っている

塾《じゅく》の特別《とくべつ》クラス「妖精《ようせい》チームG《ジェニ》」に入《はい》った奈子《なこ》に、思《おも》いもかけない事件《じけん》が！

星形《ほしがた》クッキーは知《し》っている

美織《みおり》にとんでもない疑惑《ぎわく》!?　クラブΖ《ゼータ》と全面対決《ぜんめんたいけつ》!?

5月《がつ》ドーナツは知《し》っている

G《ジェイ》チームが、初《はつ》の敗北《はいぼく》!?　一方《いっぽう》、奈子《なこ》は印象的《いんしょうてき》な少年《しょうねん》に出会《であ》って・・・。

青《あお》い鳥文庫《とりぶんこ》には、フランスが舞台《ぶたい》の楽《たの》しい物語《ものがたり》がいっぱい！

『レ・ミゼラブル—ああ無情《むじょう》—』

ビクトル・ユーゴー／作

たった一切《ひとき》れのパンを盗《ぬす》んだために19年間《ねんかん》も牢獄《ろうごく》に入《い》れられたジャン・バルジャン。つらい運命《うんめい》を背負《せお》う彼《かれ》が、寒《さむ》さにふるえる薄幸《はっこう》の少女《しょうじょ》コゼットに出会《であ》ったのは、**パリ**郊外《こうがい》の真冬《まふゆ》の森《もり》の中《なか》でした。

『三銃士《さんじゅうし》』

A・デュマ／作

「一人《ひとり》はみんなのために、みんなは一人《ひとり》のために！」熱《あつ》い心《こころ》をもつ青年《せいねん》ダルタニャンの故郷《こきょう》は、フランス南西部《なんせいぶ》**タルブ**。そこから一人《ひとり》で馬《うま》に乗《の》り、花《はな》の都《みやこ》**パリ**で3人《にん》の勇敢《ゆうかん》な銃士《じゅうし》に出会《であ》いました。

『十五少年《しょうねん》漂流記《ひょうりゅうき》』

ジュール・ベルヌ／作

無人島《むじんとう》に漂着《ひょうちゃく》した少年《しょうねん》たちは、どうやって生《い》きのびたのか？　ほかにも、謎《なぞ》の男《おとこ》ネモ艦長《かんちょう》が登場《とうじょう》する『海底《かいてい》2万《まん》マイル』など、数多《かずおお》くの冒険小説《ぼうけんしょうせつ》を書《か》いたベルヌは、フランス西部《せいぶ》**ナント**の出身《しゅっしん》。

『ファーブルの昆虫記《こんちゅうき》』

アンリ・ファーブル／作

温暖《おんだん》な気候《きこう》のフランス南東部《なんとうぶ》**プロヴァンス**地方《ちほう》で長《なが》く暮《く》らしたファーブル。昆虫《こんちゅう》への深《ふか》い愛情《あいじょう》で書《か》かれた『昆虫記《こんちゅうき》』は、ただの観察記録《かんさつきろく》にとどまらず、文学作品《ぶんがくさくひん》として、いまも世界中《せかいじゅう》で読《よ》まれています。

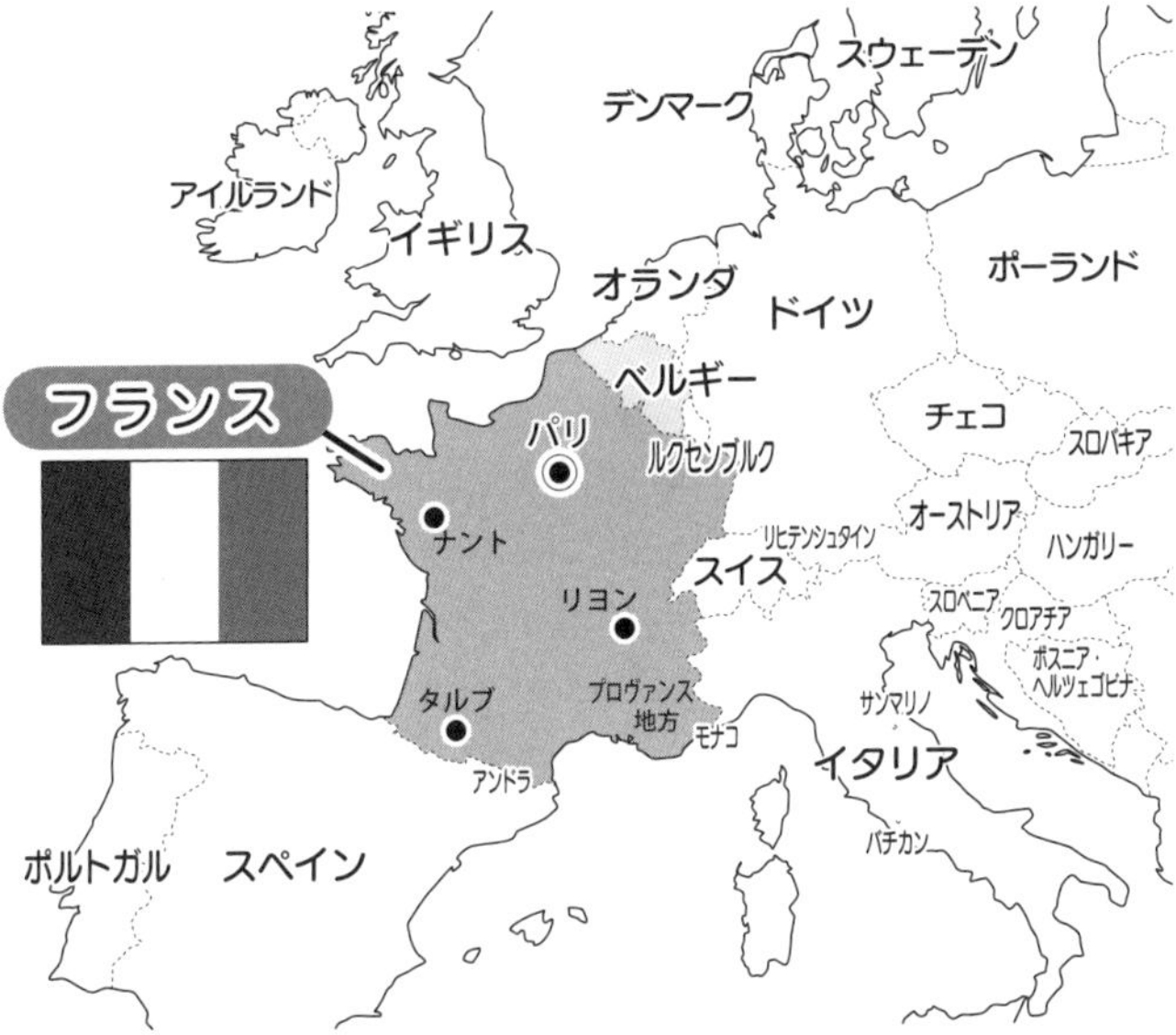

『星《ほし》の王子《おうじ》さま』

サン＝テグジュペリ／作

リヨン出身《しゅっしん》のサン＝テグジュペリは、大人《おとな》になって飛行士《ひこうし》になりました。その経験《けいけん》をもとに書《か》かれたのが『星《ほし》の王子《おうじ》さま』です。この、小《ちい》さな星《ほし》からやってきた不思議《ふしぎ》な少年《しょうねん》の物語《ものがたり》を出版《しゅっぱん》した翌《よく》年《とし》、飛行機《ひこうき》に乗《の》ったまま行方不明《ゆくえふめい》になりました。

『青《あお》い鳥《とり》』

メーテルリンク／作

フランスの隣《となり》の国《くに》、**ベルギー**に生《う》まれたメーテルリンクは、大学《だいがく》を出《で》ると**パリ**で詩人仲間《しじんなかま》たちと文学活動《ぶんがくかつどう》にはげみました。この作品《さくひん》により、「青《あお》い鳥《とり》」は「幸福《こうふく》」を象徴《しょうちょう》する言葉《ことば》となりました。

青《あお》い鳥文庫《とりぶんこ》には、イギリスが舞台《ぶたい》の楽《たの》しい物語《ものがたり》がいっぱい！

『秘密《ひみつ》の花園《はなぞの》』
（全《ぜん》３巻《かん》）

バーネット／作

ひとりぼっちのメアリがあずけられたお屋敷《やしき》は、**ヨークシャー州《しゅう》**にありました。同《おな》じくヒースの生《お》い茂《しげ》る荒野《ムーア》が舞台《ぶたい》になった有名《ゆうめい》な小説《しょうせつ》に、『嵐《あらし》が丘《おか》』（エミリー・ブロンテ／作）が。

『リトル プリンセス ―小公女《しょうこうじょ》―』

バーネット／作

インドからやってきたセーラがあずけられたのは、**ロンドン**にあるミンチン女子学院《じょしがくいん》。屋根裏部《やねうらべ》屋《や》からセーラが見《み》た、ロンドンの風景《ふうけい》が素敵《すてき》！

『クリスマス キャロル』

ディケンズ／作

ロンドンの下町《したまち》に住《す》む高利貸《こうりが》しのスクルージが、霊《れい》と過《す》ごした三晩《ばん》の物語《ものがたり》。ロンドンのクリスマスの雰囲気《ふんいき》がつたわります。

『ピーター・パンとウェンディ』

J・M・バリ／作

ケンジントン公園《こうえん》で乳母車《うばぐるま》から落《お》ちて迷子《まいご》になり、永遠《えいえん》に少年《しょうねん》のままになってしまったピーター・パンの冒険物語《ぼうけんものがたり》。**ロンドン**のケンジントン公園《こうえん》には、その有名《ゆうめい》な銅像《どうぞう》があります。

イギリス

※正式《せいしき》な国名《こくめい》は、「グレートブリテン及《およ》び北《きた》アイルランド連合王国《れんごうおうこく》」です。

『ふしぎの国《くに》のアリス』

ルイス＝キャロル／作

オックスフォード大学《だいがく》の数学《すうがく》の教授《きょうじゅ》だったキャロルが、テムズ川《がわ》に浮《う》かべた小舟《こぶね》の上《うえ》で、主人公《しゅじんこう》アリスのモデル、アリス・リデルたちに話《はな》してあげたお話《はなし》がもとに。実在《じつざい》した人物《じんぶつ》や言葉遊《ことばあそ》びがつまった物語《ものがたり》。

「名探偵《めいたんてい》ホームズ」シリーズ（全《ぜん》16巻《かん》）

コナン・ドイル／作

ホームズが下宿《げしゅく》していたのが、**ロンドン**のベーカー街《がい》２２１Ｂ《ビー》。２２１Ｂ《ビー》は、当時《とうじ》なかった地番《ちばん》ですが、いまはそのほど近《ちか》く、ベーカー街《がい》２３９にシャーロック・ホームズ博物館《はくぶつかん》があります。

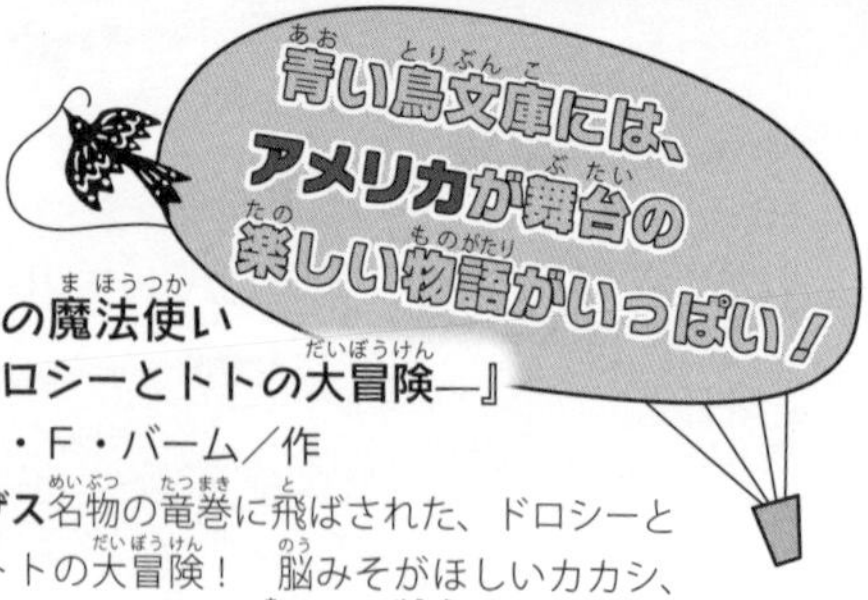

『オズの魔法使《まほうつか》い
—ドロシーとトトの大冒険《だいぼうけん》—』

L・F・バーム／作

カンザス名物《めいぶつ》の竜巻《たつまき》に飛《と》ばされた、ドロシーと愛犬《あいけん》トトの大冒険《だいぼうけん》！　脳《のう》みそがほしいカカシ、心臓《ハート》がほしいブリキの木《き》こり、勇気《ゆうき》がほしいライオンといっしょに、めざせ、エメラルドの都《みやこ》！

『トム・ソーヤーの冒険《ぼうけん》』

マーク・トウェーン／作

世界《せかい》でいちばん有名《ゆうめい》ないたずらっ子《こ》トムの冒《ぼう》険《けん》の舞台《ぶたい》は、**ミズーリ州《しゅう》**。作者《さくしゃ》やその友《とも》だちが、ほんとうに体験《たいけん》したことばかりというお話《はなし》に、びっくり！

『若草物語《わかくさものがたり》』（全《ぜん》４巻《かん》）

オルコット／作

なかよし四姉妹《しまい》の愛《あい》と涙《なみだ》と笑《わら》いがいっぱいの物《もの》語《がたり》。作者《さくしゃ》オルコットがモデルのジョーをはじめ、姉妹《しまい》が住《す》んでいた家《いえ》は、**マサチューセッツ州《しゅう》**コンコードにあります！

『あしながおじさん
—世界《せかい》でいちばん楽《たの》しい手紙《てがみ》—』

J・ウェブスター／作

孤児院育《こじいんそだ》ちのジュディは、お金持《かねも》ちの評議員《ひょうぎいん》、あしながおじさんにみとめられ、大学《だいがく》に通《かよ》えることに。ジュディが通《かよ》った大学《だいがく》のモデルになったのは、ウェブスター自身《じしん》も通《かよ》った、**ニューヨーク州《しゅう》**にあるヴァッサー大学《だいがく》。また、ウェブスターは、マーク・トウェーンの姪《めい》のむすめにあたります。

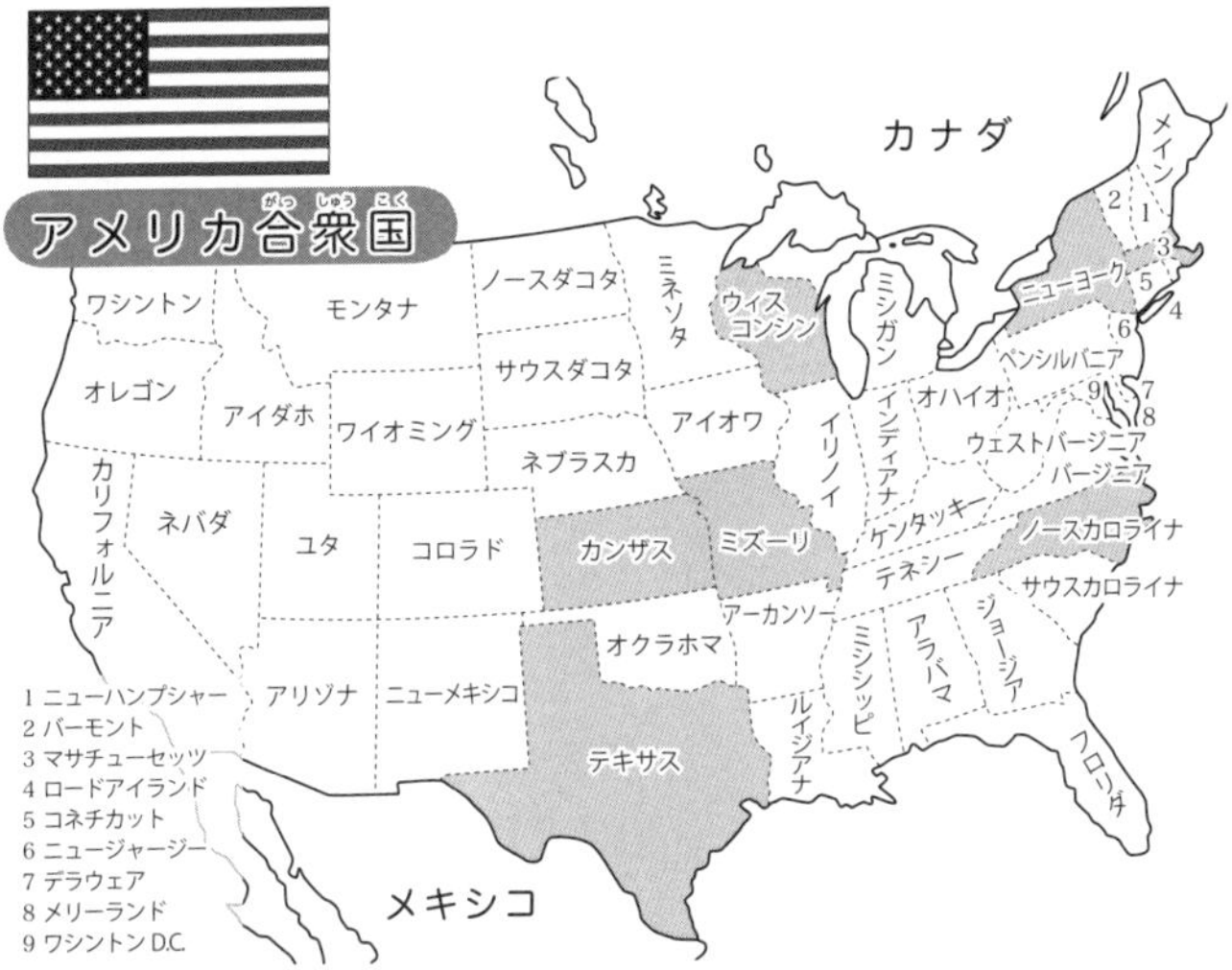

『大《おお》きな森《もり》の小《ちい》さな家《いえ》
—大草原《だいそうげん》の小《ちい》さな家《いえ》シリーズ—』

ローラ・インガルス・ワイルダー／作

ワイルダー一家《いっか》は、西部開拓時代《せいぶかいたくじだい》に、ほんとうにいた家族《かぞく》。家《いえ》も、食《た》べものも自分《じぶん》たちで作《つく》る暮《く》らしは、テレビドラマにもなり、大人気《だいにんき》に。作者《さくしゃ》であり、主人公《しゅじんこう》のローラが生《う》まれた**ウィスコンシン州《しゅう》**には、レプリカの丸太小屋《まるたごや》も作《つく》られています。

『賢者《けんじゃ》の贈《おく》り物《もの》』

O・ヘンリー／作

『最後《さいご》の一葉《ひとは》』など、有名《ゆうめい》な短編《たんぺん》をたくさん書《か》いたO・ヘンリー。**ノースカロライナ州《しゅう》**で生《う》まれ、各地《かくち》を転々《てんてん》としましたが、おもな作品《さくひん》は、**ニューヨーク**時代《じだい》に発《はっ》表《ぴょう》されました。現在《げんざい》、**テキサス州《しゅう》**オースチンに、O・ヘンリーが住《す》んでいた家《いえ》を使《つか》った博物館《はくぶつかん》、オー・ヘンリーハウスがあります。

講談社　青い鳥文庫

日本の名作

源氏物語　紫 式部
平家物語　高野正巳
坊っちゃん　夏目漱石
吾輩は猫である(上)(下)　夏目漱石
くもの糸・杜子春　芥川龍之介
伊豆の踊子・野菊の墓　川端康成 伊藤左千夫
宮沢賢治童話集
1 注文の多い料理店　宮沢賢治
2 風の又三郎　宮沢賢治
3 銀河鉄道の夜　宮沢賢治
4 セロひきのゴーシュ　宮沢賢治
耳なし芳一・雪女　小泉八雲
舞姫　森 鷗外
次郎物語(上)(下)　下村湖人
走れメロス　太宰 治
怪人二十面相　江戸川乱歩
少年探偵団　江戸川乱歩
二十四の瞳　壺井 栄
ごんぎつね　新美南吉

ノンフィクション

ほんとうにあった話

川は生きている　富山和子
道は生きている　富山和子
森は生きている　富山和子
お米は生きている　富山和子
海は生きている　富山和子
窓ぎわのトットちゃん　黒柳徹子
トットちゃんとトットちゃんたち　黒柳徹子
五体不満足　乙武洋匡
白旗の少女　比嘉富子
飛べ！千羽づる　手島悠介
マザー・テレサ　沖 守弘
ピカソ　岡田好惠
ヘレン・ケラー物語　東 多江子
アンネ・フランク物語　小山内美江子
サウンド・オブ・ミュージック　谷口由美子
しっぽをなくしたイルカ　岩貞るみこ
命をつなげ！ドクターヘリ　岩貞るみこ
ハチ公物語　岩貞るみこ
ゾウのいない動物園　岩貞るみこ
青い鳥文庫ができるまで　岩貞るみこ
もしも病院に犬がいたら　岩貞るみこ
読書介助犬オリビア　今西乃子
しあわせになった捨てねこ　今西乃子／原案 青い鳥文庫／編
はたらく地雷探知犬　大塚敦子
タロとジロ 南極で生きぬいた犬　東 多江子
盲導犬不合格物語　沢田俊子
世界一のパンダファミリー　神戸万知
海よりも遠く　白石康次郎／原案 和智正喜
ぼくは「つばめ」のデザイナー　水戸岡鋭治
ほんとうにあったオリンピックストーリーズ　日本オリンピック・アカデミー／監修
ほんとうにあった戦争と平和の話　野上 暁／監修
ピアノはともだち 奇跡のピアニスト 辻井伸行の秘密　こうやまのりお
ウォルト・ディズニー伝記　ビル・スコロン

「講談社《こうだんしゃ》 青《あお》い鳥文庫《とりぶんこ》」刊行《かんこう》のことば

太陽《たいよう》と水《みず》と土《つち》のめぐみをうけて、葉《は》をしげらせ、花《はな》をさかせ、実《み》をむすんでいる森《もり》。小鳥《ことり》や、けものや、こん虫《ちゅう》たちが、春《はる》・夏《なつ》・秋《あき》・冬《ふゆ》の生活《せいかつ》のリズムに合《あ》わせてくらしている森《もり》。森《もり》には、かぎりない自然《しぜん》の力《ちから》と、いのちのかがやきがあります。

本《ほん》の世界《せかい》も森《もり》と同《おな》じです。そこには、人間《にんげん》の理想《りそう》や知恵《ちえ》、夢《ゆめ》や楽《たの》しさがいっぱいつまっています。

本《ほん》の森《もり》をおとずれると、チルチルとミチルが「青《あお》い鳥《とり》」を追《お》い求《もと》めた旅《たび》で、さまざまな体験《たいけん》を得《え》たように、みなさんも思《おも》いがけないすばらしい世界《せかい》にめぐりあえて、心《こころ》をゆたかにするにちがいありません。

「講談社《こうだんしゃ》 青《あお》い鳥文庫《とりぶんこ》」は、七十年《ねん》の歴史《れきし》を持《も》つ講談社《こうだんしゃ》が、一人《ひとり》でも多《おお》くの人《ひと》のために、すぐれた作品《さくひん》をよりすぐり、安《やす》い定価《ていか》でおおくりする本《ほん》の森《もり》です。その一さつ一さつが、みなさんにとって、青《あお》い鳥《とり》であることをいのって出版《しゅっぱん》していきます。この森《もり》が美《うつく》しいみどりの葉《は》をしげらせ、あざやかな花《はな》を開《ひら》き、明日《あす》をになうみなさんの心《こころ》のふるさととして、大《おお》きく育《そだ》つよう、応援《おうえん》を願《ねが》っています。

昭和《しょうわ》五十五年《ねん》十一月《がつ》

講　談　社